REINHARD PELTE

Tiefflug

VERZWEIFELT GESUCHT Kriminalrat Tomas Jung ist ausgebrannt, sein letzter Fall hat ihn schwer mitgenommen. Um sich zu erholen, reist er mit seiner Frau an die Algarve. Doch kaum am Zielflughafen angekommen, wird die Urlaubslaune getrübt: der Koffer seiner Frau ist unauffindbar. Ein Nachbar des Ferienhauses, ein junger Deutscher, der sich nur »Tiny« nennt, zeigt sich hilfsbereit und bietet dem Paar an, den Koffer wiederzubeschaffen. Bald schon beginnt sich Jung aber zu fragen, mit wem er es da eigentlich zu tun hat. Nach und nach muss er erkennen, dass Tiny in einen Entführungsfall verwickelt ist, der gerade die ganze Welt in Atem hält: ein englisches Mädchen ist während des Urlaubs mit ihren Eltern spurlos aus dem Hotelzimmer verschwunden. Jung konfrontiert seinen Nachbarn mit seinem Wissen und erlebt einen Albtraum …

Reinhard Pelte wurde 1943 geboren. Der Diplommeteorologe fuhr lange Zeit zur See und lernte auf diese Weise die Welt kennen. Heute lebt er bei Flensburg. Nach seinem überaus erfolgreichen Krimidebüt »Inselkoller« erscheint mit »Tiefflug« der vierte Teil der Serie um den Flensburger Kriminalrat Tomas Jung.

Bisherige Veröffentlichungen im Gmeiner-Verlag:
Inselbeichte (2011)
Kielwasser (2010)
Inselkoller (2009)

REINHARD PELTE

Tiefflug

Der vierte Fall für Kommissar Jung

GMEINER *Original*

Personen und Handlung sind frei erfunden.
Ähnlichkeiten mit lebenden oder toten Personen
sind rein zufällig und nicht beabsichtigt.

Besuchen Sie uns im Internet:
www.gmeiner-verlag.de

Im Ehnried 5, 88605 Meßkirch
Telefon 07575/2095-0
info@gmeiner-verlag.de

1. Auflage 2012

Lektorat: Claudia Senghaas, Kirchardt
Herstellung: Christoph Neubert
Umschlaggestaltung: U.O.R.G. Lutz Eberle, Stuttgart
unter Verwendung eines Fotos von Moritz Pelte
Druck: Bercker Graphischer Betrieb GmbH & Co. KG, Kevelaer
Printed in Germany
ISBN 978-3-8392-1236-3

Für Moritz und Cleo

Sympathy for the devil
Rolling Stones

INHALTSVERZEICHNIS

PROLOG

Juni 2008

Mehr als 13 Monate nach dem Verschwinden eines englischen Mädchens wird der Fall zu den Akten gelegt. Die portugiesische Polizei werde die Ermittlungen einstellen, teilte das Büro von Generalstaatsanwalt Fernando Pinto Monteiro in Lissabon mit. Es gebe keine Beweise, um die drei Verdächtigen – die Eltern sowie einen Ortsansässigen – eines Verbrechens zu beschuldigen. Sollte es neue glaubwürdige Indizien geben, könnten die Behörden die Ermittlungen jedoch wieder aufnehmen, erklärte die Staatsanwaltschaft.

Das britische Mädchen wird seit dem 3. Mai 2007 vermisst, und trotz monatelanger Ermittlungen fehlt von ihm jede Spur. Es verschwand wenige Tage vor seinem vierten Geburtstag während eines Urlaubs an der Algarve. Den Ermittlern zufolge hatten die Eltern ihre drei Kinder schlafend in einem Appartement in Praia da Luz zurückgelassen, während sie rund 50 Meter entfernt im Clube Atlantico zu Abend aßen.

Die Eltern haben wie der dritte Verdächtige alle Vorwürfe zurückgewiesen und Entschädigungsklagen gegen mehrere Zeitungen gewonnen. Im September kehrten die Eltern von Portugal nach Großbritannien zurück.

Juli 2008

Internationale Kampagne

Sie initiierten eine internationale Kampagne, um ihre Tochter wiederzufinden. Auch Prominente setzten sich für die Familie ein, darunter die Schriftstellerin J. K. Rowling und der Fußballer David Beckham. Papst Benedikt XVI. segnete die Callahans und ein Foto ihrer Tochter während der wöchentlichen Generalaudienz im Vatikan.

Die große öffentliche Aufmerksamkeit führte zu zahlreichen Hinweisen auf einen möglichen Verbleib des Mädchens. So wollten Augenzeugen sie in Spanien, Belgien und auf Malta gesehen haben. Alle diese Hinweise führten jedoch nicht zu einer konkreten Spur.

Außerdem behinderten Trittbrettfahrer die Arbeit der Polizei. So wurde in den Niederlanden ein Mann festgenommen, der die Eltern der kleinen Engländerin offenbar erpressen wollte. Er bot ihnen angeblich Informationen über den Aufenthaltsort ihrer Tochter und der Kidnapper an. Bereits zuvor war in Spanien ein Paar festgenommen worden, das die Familie erpressen wollte. Bei einer niederländischen Zeitung ging ein anonymer Hinweis auf den Ort ein, an dem angeblich die Leiche des Kindes vergraben worden sei. Die Polizei durchsuchte daraufhin ein Waldgebiet nahe der Algarve, fand jedoch nichts.

Juli 2009

Die Eltern der kleinen Engländerin haben zwei Jahre nach dem Verschwinden ihrer Tochter im US-Fernsehen an den Entführer appelliert: »Es ist nicht zu spät, das Richtige zu tun.«

Im Gespräch mit der Talkshow-Queen Oprah Winfrey forderte der Vater: »Lasst sie frei. Du kannst sie einem Priester oder einem Polizisten übergeben.«

Seine Frau fügte leise hinzu: »Unsere Tochter gehört doch in ihre Familie.«

Dass das Mädchen noch am Leben ist, stellen die Eltern nicht infrage.

»Ich habe nie das Gefühl, dass sie weit weg ist.«

*

Ein verurteilter britischer Pädophiler ist Medienberichten zufolge ein Verdächtiger im Fall der verschwundenen kleinen Engländerin. Der 64-Jährige habe vor zwei Jahren, als das englische Mädchen verschwunden ist, mit seiner Frau und seinen sechs Kindern in Südportugal gelebt, berichteten britische Zeitungen. Der Mann soll derzeit nach Angaben des Daily Mirror in einem deutschen Krankenhaus wegen Krebs behandelt werden. Die Zeitung The Sun berichtet, dass es sich um das Universitätsklinikum in Aachen handeln soll.

Verbindungen zu Deutschland habe er, weil seine

Frau eine Deutsche sei. Der Sprecher der Eltern sagte, der Brite sei eine Spur unter mehreren, der die Privatermittler der Callahans nachgehen würden.

REISEFIEBER

»Svenja, komm schnell! Die Algarve!«

Jung saß im Wohnzimmer auf dem Sofa und schaute sich die Tagesschau im Ersten an. Er war froh, endlich einen interessanten Beitrag zu sehen. Die Art von Journalismus, die er bis hierhin ertragen hatte, ärgerte ihn. Lächelnde Politikergesichter langweilten ihn. Warum wollte niemand in den Nachrichtenredaktionen einsehen, dass ihre Arbeit – Jung fiel es schwer, dieses Wort überhaupt für das, was sie da ablieferten, in den Mund zu nehmen – nur dazu diente, den ewig grinsenden Gesichtern zu ermöglichen, ihre Sprüche abzusetzen? Hatten sie kein Gefühl dafür, dass sie ihre Zuschauer ebenso verarschten wie die Politiker auch?

Die Fernsehnachrichten hatten Jung in Rage gebracht. Der Beitrag von der Algarve holte ihn zurück auf den Teppich. Seine Frau Svenja stand in der Küche und schnipselte an irgendwelchem Gemüse herum, das sie zu einem Salat verarbeiten wollte. Sie zogen es vor, abends leicht zu essen. Das trug zu einer ungestörten Nachtruhe bei, wie sie aus vielen Jahren gegenteiliger Erfahrung gelernt hatten.

Die Küche war gegen den Wohnbereich nur durch einen Esstresen abgeteilt.

»Ich komme!«, rief sie. »Kann man was von Carvoeiro sehen?«

»Nee, aber irgendein Dorf bei Lagos, Praia da Luz. Es gibt einen Riesenaufstand um ein entführtes Kind. Englische Urlauber.«

*

Morgen würden sie zu einem längeren Urlaub an die Algarve reisen. Jung hatte die Adresse eines deutschen Dauerresidenten in Carvoeiro bekommen. Über ihn war er preiswert an ein Ferienhaus in dessen Nachbarschaft gekommen. Der Deutsch-Portugiese hatte ihm am Telefon vorgeschwärmt, wie schön es gelegen sei, sehr geräumig und gepflegt und mit einem fantastischen Blick auf den Atlantik. Außerdem sei die Jahreszeit die schönste an der Algarve, noch nicht zu heiß, die Natur in voller Farbenpracht und ohne Touristenrummel. Und nicht zu vergessen, es sei im Frühling auch konkurrenzlos günstig.

Jung hatte gern eingewilligt. Er war mehr oder weniger schon vorher entschlossen gewesen. Er hatte Urlaub nötig. Die Arbeit an seinem letzten Fall hatte ihn mitgenommen und schwer belastet. Er hätte gar nicht überredet werden müssen. Eigentlich hätte das seinem Gesprächspartner während des Telefonats auch klar geworden sein müssen. Jung war irritiert, als jener nicht aufhören wollte, das Haus anzupreisen. Er erschien ihm redselig, so, als hätte er ein Glas Wein zu viel getrunken. Jung registrierte das nur beiläufig und hatte es schnell wieder vergessen. Es gab eben auch Menschen, die anders tickten als er selbst. Er bedauerte das.

*

Svenja kam aus der Küche und setzte sich neben ihn. Sie wischte sich die Hände an der Kochschürze ab.

»Nun lass mal sehen. Sieht hübsch aus. Ach nee, der blöde Polizist versperrt die Sicht.«

»Du beleidigst meinen Berufsstand, meine Liebe, ist dir das klar?«, unterbrach sie Jung künstlich entrüstet.

»Ist doch wahr! Sieh mal, jetzt kommen die Eltern dazu. Mein Gott, ziemlich daneben.«

»Wieso daneben?«

»Würdest du dich vor diese Aasgeier stellen, wenn gerade dein Kind entführt worden ist? Ich nicht.«

Jung schwieg. Svenja konnte warmherzig sein, und Jung war immer wieder überrascht, wie mühelos sie sich in die Gefühle anderer hineinzuversetzen schien – auch in deren verdrängte Varianten.

In diesem Fall vermochte er ihr nicht gleich zu folgen. Hatten die Eltern nicht gute Gründe, die Angst um ihre Tochter öffentlich zu machen und um Hilfe zu bitten? Auf der anderen Seite konnte – von der Gefühlslage der Eltern einmal abgesehen – der Gang an die Öffentlichkeit bei dem Versuch, das Kind unversehrt zurückzubekommen, äußerst hinderlich sein. Das wusste er aus eigener Erfahrung. Er war Leiter des Dezernats für unaufgeklärte Kapitalverbrechen bei der Polizei-Inspektion Nord in Flensburg. Wahrscheinlich war Svenjas Intuition richtig. Sie hatte schon oft recht behalten.

»Schade, vorbei. War nur ein kurzer Eindruck, aber schön dort. Ich freue mich auf Portugal. Wenn noch etwas zu sehen ist, rufst du mich?«

Sie erhob sich und verschwand wieder hinter den Tresen in die Küche.

»Ich versuch's noch mal später auf dem Zweiten, beim Heute-Journal!«, rief Jung ihr hinterher.

Seine Verblüffung war groß, als der Sprecher einen Brennpunkt im Anschluss an die Tagesschau ankündigte. Die Sondersendung war ins Programm genommen worden, um über die Kindesentführung an der Algarve ausführlicher zu berichten. Das war ungewöhnlich. Für einen öffentlich-rechtlichen Kanal ziemlich einmalig. Das Thema war sehr privat. Gut, die Entführung eines kleinen Mädchens weckte das Mitgefühl des Publikums und konnte sich des besonderen Interesses der breiten Öffentlichkeit sicher sein. Insofern war eine Meldung in den Nachrichten nachvollziehbar. Aber es zum Mittelpunkt einer Sondersendung zu machen, dafür mussten außergewöhnliche Umstände vorliegen. Er rief seine Frau:

»Svenja, mach Pause. Es geht weiter.«

»Was? Womit denn?«

»Die Entführung. Sie machen eine Sondersendung. Vielleicht gibt es noch was Interessantes zu sehen.«

»Was passiert denn da eigentlich? Das ist doch völlig verrückt.« Sie kam hinter dem Küchentresen hervor, nahm die Schürze ab und setzte sich wieder zu ihm aufs Sofa.

»Wie kommen die dazu, ein solches Aufheben zu machen? Was sind das für Eltern? Wie müssen die denn drauf sein, dass sie das zulassen?«

»Ich glaube eher, dass sie die Antreiber sind. Sieh doch mal die Frau. Die legt da einen Profi-Auftritt hin, als machte sie das jeden Tag.«

»Was ist die von Beruf?«

»Das ist noch nicht gesagt worden.«

»Und ihr Mann? Sieht etwas blass und weggetreten aus. Die Frau hat die Hosen an.«

»Dein Scharfblick in allen Ehren. Aber du könntest dich täuschen. Sie haben Angst um ihre Tochter, sind erschrocken. Vielleicht steht der Mann unter Schock?«

»Gerade deswegen. Da kommen ihre wahren Macken erst richtig zum Vorschein. Das ist 'ne Zicke mit großer Klappe, glaub mir.«

Jung war geneigt, seiner Frau zuzustimmen. Welche Qualitäten mussten vorliegen, um die Medien auf diese Weise für sich einzuspannen? Der Mann machte nicht den Eindruck, als sei er ein überzeugter Verfechter der eigenen Sache. Die Frau stand unerschrocken vor einem Wald von Mikrofonen. Die Bühne war zugestellt von Medienleuten. Die Szene wirkte hektisch und aufgeregt, wie auf dem Empfang eines Mitgliedes der Royal Family im Ausland.

Sie hörten gespannt dem Bericht zu und vergaßen

für den Augenblick das Interesse an ihrem Urlaubsziel. Das verschwundene Mädchen war drei Jahre alt und abends von ihrer Mutter zu Bett gebracht worden. Die Eltern gingen anschließend in ein nahe gelegenes Restaurant zum Dinner. Als sie später in ihre Ferienwohnung zurückkamen und nach dem Kind sehen wollten, lag es nicht mehr in seinem Bett. Die Wohnung sah genauso aus, wie sie sie verlassen hatten. Die Eltern dachten an nichts Schlimmes, als sie die Terrassentür offen fanden. Sie vermuteten ihre Tochter irgendwo draußen, in der Ferienanlage. Sie schilderten sie als lebhaftes und eigenwilliges Kind. Zu diesem Zeitpunkt sahen sie keine Notwendigkeit, fremde Hilfe in Anspruch nehmen zu müssen. Deshalb machten sie sich allein auf die Suche nach ihr. Ihre Suche blieb erfolglos. Je länger sie dauerte, desto unruhiger wurden sie. Nach Mitternacht schalteten sie schließlich die örtliche Polizei ein.

Die Polizei stellte einen Suchtrupp zusammen und durchkämmte das Gelände. Es war inzwischen hell geworden. Auch die Bemühungen der Polizei blieben erfolglos.

Bald begannen die Eltern, die Polizisten zu drängen, Maßnahmen einzuleiten, die bei einer Kindesentführung zu ergreifen sind. Die Polizei hielt entsprechende Schritte zurück, weil sie keine Hinweise auf eine Entführung gefunden hatte. Ein Entführer hatte sich auch nicht gemeldet.

Daraufhin informierten die Eltern die Presse. Sie baten die Journalisten zu einer improvisierten Pressekonferenz. Die Medienvertreter waren ihrer Einladung gern und zahlreich gefolgt. Vor laufenden Kameras bezichtigte die Mutter die Polizei, unqualifiziert und untätig zu sein.

Jung empfand das Auftreten des Paares, besonders das Auftreten der Frau, überheblich und unklug. Anstatt sich zu bemühen, die Polizeiarbeit zu unterstützen, kritisierte sie die Portugiesen hochnäsig und immer arroganter, je länger sie vor den Medien stand.

»Was macht die wohl beruflich?«, fragte Svenja noch einmal.

»Das kriegen wir sicher gleich zu hören. Was glaubst du, wenn du sie so reden hörst?«

»Ich finde, sie verhält sich abartig, jedenfalls nicht wie eine besorgte Mutter. Sie ist irgendetwas Intellektuelles, vermute ich mal. Könnte selbst eine von diesen Medienmonstern sein.«

In Jungs Lachen war der Sarkasmus nicht zu überhören.

»Hör mal, jetzt kommt's!«, rief er und legte den Zeigefinger an die Lippen. »Sie sind beide Ärzte. Das macht sie nicht sympathischer.«

»Nee, weiß Gott nicht. Auch noch Knete in der Tasche.«

»Die Ferienanlage sieht allerdings lange nicht so teuer aus wie unser Haus in Carvoeiro.«

»Schon wahr, unser Haus ist viel schöner. Zum Glück. Gut möglich, dass die nicht deine Kontakte haben. Wo liegt Praia da Luz eigentlich? Hoffentlich weit weg von Carvoeiro.«

»Es liegt weit genug weg. Der Rummel wird uns nicht belästigen. Ich habe genug gesehen«, seufzte Jung.

»Ich auch. Mach aus, es reicht. Hoffentlich bricht nicht der Kriminalist in dir durch, wenn wir da unten sind.«

»Wir sagen nichts, zu wem auch immer. Versprochen?«

»Versprochen.« Svenja drückte ihrem Mann einen Kuss auf die Wange und stand auf. »Der Salat ist fertig. Kommst du?«

DER ENTSCHLUSS

Er hatte gut geschlafen. Erstaunlich gut, dachte er, als ihn die Erinnerung an den Leichnam in seinem Gästezimmer überfiel.

Dennoch, er fühlte sich erfrischt. Seine Lebensgeister waren nach dem Aufstehen sehr lebendig. Schon lange hatte er sich nicht mehr so gut gefühlt. Der Zustand versetzte ihn in seine besten Zeiten, in denen ihm unentwegt schnelle und richtige Entscheidungen abverlangt worden waren. Er war den Anforderungen immer gerecht geworden, wie er meinte. Darauf war er heute noch stolz.

Umso mehr schmerzte ihn die Erinnerung an den gestrigen Abend. Er hatte sich von diesem blassgesichtigen Brillenträger überrumpeln lassen. Der Typ wird sich noch sein Leben lang an mich erinnern, schwor er sich, aber ganz sicher nicht so, wie sich dieses Kerlchen das gedacht hat. Dafür werde ich sorgen.

Er verließ rasiert und geduscht das Badezimmer und ging die geschwungene Diele entlang in die Küche. Er bereitete sich ein Müsli zu und setzte Kaffee auf. Aus dem Küchenfenster blickte er über den Pool und den mit sattgrünem Elefantengras bewachsenen Hang hinunter auf den Atlantik. Das in der Morgensonne glitzernde Meer erfüllte ihn mit Kraft und Mut. Ein blauer, wolkenloser Himmel wölbte sich über die Zitrushaine und Mandelgärten zur Rechten. Er atmete tief ein. Er hatte es verdammt gut hier, dachte er, und daran sollte sich auch nichts ändern, so wahr er Tiny the Top Gun war.

Während er sein Müsli löffelte, schaltete er den Fernseher auf dem Küchentresen ein. Morgens sah er gern die neuesten Nachrichten auf RTP1 oder RTPN. Der Sender aus Porto war auf Nachrichten spezialisiert. Heute waren beide Kanäle randvoll mit aufgeregten Berichten über eine Kindesentführung an der Algarve. Seine Neugierde wurde geweckt, als Praia da Luz erwähnt wurde. Vor den Kameras und Mikrofonen sah er die Eltern ein Interview geben. Der Löffel blieb ihm auf halbem Weg zum Mund stehen. Er legte ihn zurück und beugte sich gespannt vor. Er glaubte, seinen Augen nicht zu trauen. Das konnte einfach nicht wahr sein. Er griff zu seinem Becher, trank einen Schluck Kaffee und verbrannte sich fast die Zunge. Ärgerlich setzte er den Pott zurück.

Er hatte Mühe, sich einzugestehen, dass die beiden auf dem Bildschirm dieselben waren, mit denen er gestern Abend im Clube Carvoeiro aneinandergeraten war. Er hatte sie kennengelernt – und wie er sie kennengelernt hatte. Erst nach ein paar weiteren Schlucken Kaffee fing er an zu begreifen, welche Show die beiden da abzogen. Oder etwa nicht?

Er hastete ins Gästezimmer und schlug die Decke über dem Leichnam zurück. Es gab keinen Zweifel. Sie war tot und lag in seinem Haus.

Er schlug die Decke ganz zurück. Das Mädchen war in eine Art Jogginganzug gekleidet, ohne Schuhe und

Strümpfe. Er drehte sie auf den Bauch. Sie war unversehrt: Keine Wunden, kein Blut, keine Gewalt. Man hätte meinen können, sie schliefe. Nur ihre unnatürliche Blässe, die Starre und ihre leblosen Augen erinnerten ihn daran, dass etwas mit ihr nicht stimmen konnte. Sie musste erstickt, vielleicht vergiftet oder an inneren Verletzungen gestorben sein.

Er war kein Arzt. Er konnte keine Rückschlüsse auf die Todesursache ziehen. Er schloss die Lider über ihren Augen, deckte sie wieder zu und ging zurück in die Küche.

Die Mutter gab noch immer Interviews. Er schaute genauer hin. Von den Tränen und den Schreien der vergangenen Nacht war auf ihrem Gesicht nichts mehr zu entdecken. Sie hätte auch die Pressesprecherin von Daimler-Benz sein können. Ihre hochnäsige Unberührtheit und sogar ihr Outfit passten zu dieser Rolle.

Wartet nur, ihr beide, dachte er grimmig. Er steckte sich eine Camel Light ins Gesicht, seine erste heute Morgen, und entzündete sie. Er sog den Rauch tief in die Lungen und wälzte das Zippo, mit dem er den Glimmstängel entzündet hatte, spielerisch in der Hand hin und her. Er merkte, wie ihn der Gedanke zu berauschen begann, der angeblichen Entführung ein sensationelles Ende zu bereiten.

Maria würde am Vormittag kommen, den Einkauf mitbringen und sich um das Haus kümmern. Spätestens dann musste die Kleine aus dem Haus sein. Seine Idee von gestern Abend war immer noch gut, aber nicht mehr so einfach durchzuführen. Er überlegte nicht lange. Als er wenig später das Bündel aus dem Gästezimmer über die Auffahrt zu seinem Auto trug, pfiff er leise vor sich hin. Er legte seine Fracht in den Kofferraum. Selbst seine allernächsten Nachbarn konnten sein Pfeifen nicht hören. Sie waren nicht da.

*

Die Fahrt verlief ereignislos. Die Saison war noch nicht eröffnet und der Verkehr hielt sich in Grenzen. Ab Lagos fiel ihm das erhöhte Aufkommen an Polizeifahrzeugen auf. Er erreichte Praia da Luz, ohne aufgehalten zu werden. Die Präsenz der Medien machte sich im Umkreis des Clube Atlantico unangenehm bemerkbar. Wild geparkte Autos, zugestellte Auffahrten, aufgeregt umhereilende Frauen und Männer mit Mikrofonen, Kameras und Laptops und dazwischen eine Unzahl uniformierter Polizisten, alles zusammen erweckte den Eindruck eines Ausnahmezustandes. Aggressive Wachsamkeit und nervöse Aktivität lagen in der Luft.

Er lächelte süffisant, als er daran dachte, was sie suchten und wo sie es finden könnten. Seine innere Anspannung wuchs. Er zwang sich zu cooler Gelassenheit, er konnte das, er war schließlich Tiny the Top Gun. Mit höchster Aufmerksamkeit suchte er sich seinen Weg zum Parkareal des Clube. Er hatte Glück. Die öffentliche Zudringlichkeit hatte sich auf das Empfangsgebäude der Ferien-Siedlung konzentriert. Auf dem Parkplatz war es ruhig und er fand einen Stellplatz weit weg von allem hektischen Betrieb.

Er rief sich das Kennzeichen ins Gedächtnis, das er den Papieren entnommen hatte und nach dem er suchte. Er hätte nie daran gezweifelt, das Auto auf dem Parkplatz zu finden. Und er zweifelte auch jetzt nicht daran, nachdem er den Massenauftrieb der Polizei gesehen hatte.

Seine Intuition ließ ihn nicht im Stich. Er entdeckte das Fahrzeug ein paar Reihen weiter zwischen zwei Kleinwagen. Es war ein Peugeot. Er erinnerte sich dunkel und wunderte sich, wie er überhaupt seine langen Beine hatte darin unterbringen können. Er schaute sich um. Er war allein, nur die Geräusche der lauten Gesellschaft wehten gedämpft von weit her über den Platz. Er schlenderte ein paar Mal auf und ab und sah unauffällig in das Fahrzeug. Es war genauso leer, wie er es im Gedächtnis behalten hatte. Er versuchte, die Türen zu öffnen. Vergeblich. Er drückte die Entriegelung der Heckklappe. Sie gab nach. Er triumphierte. Nach einem kurzen Rundumblick zog er die Klappe weiter auf und sah in den Kofferraum. Zwei Holzkisten füllten den ohnehin kleinen Stauraum vollständig aus. Sie machten ihn unbrauchbar für das, was er vorhatte. Das Brandzeichen irgendeines Châteaus zierte die Kisten. Er grinste breit. Dann packte er eine der Kisten, klemmte sie sich unter den Arm und schloss die Heckklappe.

Fast bedauerte er, dass ihm auf dem Weg zu seinem Auto niemand begegnete, den er hätte freundlich grüßen und fragen können, welchen Grund es für die laute Hektik da drüben eigentlich gäbe. Er öffnete die Tür zu seinem Auto und legte die Kiste auf den Rücksitz. Unbehelligt schaffte er die zweite Kiste heran. Dann machte er eine Pause und sah sich um. Auf seinem Gesicht spiegelte sich tiefe Genugtuung.

Nun blieb nur noch eines zu tun. Er öffnete den Kofferraum seines Autos und überprüfte noch einmal witternd seine Umgebung. Auf dem Zugang von der Anlage zum Parkplatz näherte sich ein Pulk Männer. Er ließ die Klappe fallen wie ein Stück heißes Blech. Einige der Männer trugen Zivil, der Rest Polizeiuniformen. Sie gestikulierten und diskutierten aufgeregt. Sie sahen sich auf dem Parkplatz suchend um. Er glaubte, besser daran zu tun, aus ihrem Gesichtsfeld zu verschwinden, und setzte sich zurück hinter das Steuer. Er breitete seine Windjacke über die Kisten auf der Rückbank.

Von seinem Platz konnte er nicht verfolgen, was die Männer taten. Er hörte sie, verstand aber nicht, worum sich ihre Konversation drehte. Schließlich vernahm er eine irritierende Mischung aus Ausrufen der Verwunderung, Wut und Erleichterung.

Wenig später sah er die Männer zur Ferienhaus-Siedlung zurückeilen. Er öffnete die Wagentür, setzte einen Fuß auf den Asphalt und äugte vorsichtig über das Wagendach. Zwei Polizisten standen rechts und links neben dem Peugeot und spähten, die Hände über die Augen gelegt, durch die Scheiben. Er ließ sich in den Sitz zurückfallen und schloss die Wagentür.

Er wartete. Er verspürte keinen Grund, sich unnütze Gedanken machen zu müssen. Er wartete geduldig, bis einer der Männer zurückkam. Wenig später fuhr der

Peugeot vom Parkplatz und verschwand aus seinem Gesichtskreis. Die beiden Polizisten entfernten sich in Richtung Empfangsgebäude.

Er atmete erleichtert aus. Das war noch einmal gut gegangen. Oder war es danebengegangen? Es hätte auch klappen können, knapp, aber um so wünschenswerter. Ihn überfiel eine leise Wut.

Er verharrte nicht lange, startete den Motor und fuhr zurück auf die N 125. Die Straße führte ihn über Lagos und Portimao nach Lagoa, wo er, aus dem Kreisel kommend, nach Carvoeiro abbog. In der engen Bucht des Fischerdorfes setzte er sich in ein Café oberhalb des schmalen Strandes. Die bunten Fischerboote auf dem glatten Sand kamen ihm vor wie gestrandete Träume von einer fernen, fröhlichen Welt.

»Desculpe, minha menina bonita. Uma bica de Maceira, faça favor!«, bestellte er bei der hübschen Bedienung.

»Nao faz mal, Senhor, a seu servico.«

Sie kannte ihn entfernt von einsamen Wintervormittagen. Als sie die dickwandige kleine Tasse und das bauchige Glas vor ihn auf den Tisch gestellt hatte, bedankte er sich artig.

»Obrigadinha.«

»De nada, senhor.« Sie lächelte ihn an und zog sich zurück. Der stark gebrannte Kaffee tat ihm gut und der Weinbrand wärmte seinen Magen.

Er musste sich etwas einfallen lassen. Maria war noch im Haus. Morgen würden nebenan die deutschen Urlauber einziehen. Je länger er die Kleine bei sich behielt, desto schwieriger würde es werden. Dennoch, die Eltern des toten Mädchens hatten Schwachpunkte. Sie machten sich auf eine Art angreifbar, die ihm ein stilles Grinsen aufs Gesicht zauberte. Die Minuten verrannen. Er genoss den Kaffee. Der Alkohol beruhigte ihn. Dann fasste er einen Entschluss.

»A conta, faca favor.«

Als er die Rechnung bezahlte, lächelte er die hübsche Bedienung an. Sein Lächeln brachte sie aus dem Konzept. Sie wusste nicht, was sie davon halten sollte. War das Lächeln nun jungenhaft oder fies?

»Até logo«, verabschiedete sie sich schüchtern.

»Boa tarde, minha menina.«

Tiny erhob sich aus seinem Stuhl und verließ das Café.

DIE REISE

Jung hatte keine Lust, mit dem eigenen Auto zum Flughafen zu fahren. Die Prozedur, das Auto in den entlegenen Parkhäusern unterzustellen, war lästig und kostete Zeit. Die Gebühren waren so hoch, dass es ihn Überwindung kostete, sie ohne Not in Kauf nehmen zu müssen. Der Airport-Zubringer von Flensburg war nicht wesentlich teurer und vor allem viel bequemer. Der Fahrer war ein Profi. Er lieferte sie am richtigen Terminal rechtzeitig ab und sammelte sie nach Reiseende am richtigen Terminal pünktlich wieder ein.

Diesmal hatte Jung einen Sammeltransporter abgelehnt und eine Limousine für sie allein gebucht. In der Vergangenheit hatten die Sammeltransporte für unliebsame Überraschungen gesorgt. Sie gewannen auch Zeit, die sonst beim Einsammeln der Mitfahrer verloren ging. Dennoch mussten sie früh raus. Der Flieger ging kurz nach acht Uhr.

*

»Wann kommt er?«, rief Svenja aus dem ersten Stock herunter.

Jung stand in der Küche und trank seinen Mineral- und Vitamincocktail, der – laut Beipackzettel – nur auf nüchternen Magen seine optimale Wirkung entfaltete.

Jung war früh aufgestanden. Zudem wartete er auf den Fahrer, der sie nach Fuhlsbüttel bringen sollte.

»Um vier Uhr!«, rief er zurück.

»Warum so früh? Das ist doch 'ne Scheißzeit. Ich muss noch meine Haare föhnen.«

»Sicherheitskontrollen. Zwei Stunden vorher ist Check-in.«

»Trotzdem, Scheißflieger.«

Svenja gefiel sich gelegentlich darin, eine deftige Sprache zu führen. Seit sie die TV-Serie Sopranos, die im Mafiamilieu spielte, für sich entdeckt und alle Staffeln angesehen hatte, kam das immer öfter vor. Wer sie so reden hörte, konnte leicht einen falschen Eindruck von ihr bekommen. Jung schätzte an seiner Frau eher das Gegenteil von Grobheit und Vulgarität. Aber wenn sie einen Grund zu haben glaubte, verfiel sie gern in die Sprache der Sopranos. Und die Gründe schienen immer mehr zu werden. Das fängt ja gut an, dachte Jung.

Der Fahrer kam pünktlich. Er verstaute das Gepäck im Wagen und fasste sich in Geduld und Freundlichkeit, bis Svenja sich von ihrem Föhn losgerissen hatte und reisefertig war.

Sie waren spät dran. Als sie von der Südumgehung Flensburgs auf die A 7 nach Hamburg einbogen, versuchte der Fahrer seinen weiblichen Passagier zu beschwichtigen. »Das holen wir locker wieder raus, junge Frau.«

Jung wusste, wie sehr seine Frau die Raserei auf der Autobahn hasste. Auch für die ungehobelte Kumpelhaftigkeit des Fahrers ging ihr jeder Sinn ab. Er sah seine Frau kurz aus den Augenwinkeln an und schwieg.

»Muss das denn sein, so früh am Flughafen? Das ist doch abartig.«

»Recht haben Sie, junge Frau. Die Procedures werden immer abartiger, aber die Menschen auch. Wenn Sie nicht an Kidnapper, Highjacker und Terroristen geraten, dann an Trunkenbolde, Stinker, Hypochonder, Luftkranke oder hyperaktive und lärmige Typen.«

»Sie machen Spaß, oder?«

»Keineswegs. Da hilft nur die erste Klasse. Aber gegen die richtig Bösen hilft die auch nicht.«

»Auf Charterflügen gibt's keine erste Klasse«, resignierte Svenja.

Als sie bei Rendsburg die Hochbrücke über den Nord-Ostsee-Kanal passierten, hatte der Fahrer sie mit allem bekannt gemacht, was einen Menschen mit Verstand davon überzeugt haben musste, umzukehren und zu Hause zu bleiben.

Jung hatte die ganze Zeit geschwiegen. Er spürte, dass Svenjas Urlaubsstimmung schweren Belastungen ausgesetzt war. Sie steigerten sich, als der Verkehr nach der Vereinigung mit der A 215 aus Kiel deutlich dichter wurde, der Fahrer aber seine Reisegeschwindigkeit nicht drosselte. Es machte ihm Spaß, seine Fahrkünste und die außergewöhnlichen Fähigkeiten seines Wagens vorzuführen.

Jungs Gefühle waren zwiespältig. Natürlich wünschte er seiner Frau eine entspannte Reise, schon aus Eigennutz. Er wusste, wie giftig sich die Atmosphäre aufladen konnte, wenn die Unzumutbarkeiten für Svenja überhandnahmen. Dann war es angebracht, sich in ihrer Nähe vorsichtig zu bewegen und kein falsches Wort fallen zu lassen. Andernfalls wurde man schnell zum Blitzableiter. Jung stand dafür zur Verfügung, einfach weil er ihr Ehemann war. Ihr Zorn hätte nicht jeden Beliebigen getroffen. Ihre anerzogene Höflichkeit und Contenance hätten das nicht zugelassen. Jung war aber in der Rolle des Blitzableiters nicht gut. Er taugte nicht dafür, weil er sich zu schnell missbraucht fühlte und zurückgab, was eigentlich besser begraben worden wäre. Sein Verhalten war nicht hilfreich, das hatte er längst begriffen. Es zu ändern, fiel ihm schwer.

Andererseits hatte er berechtigte Bedenken, vor der Abfahrt zum Flughafen in einen Stau zu geraten. An jedem Werktag um die frühen Morgenstunden wurde in den Verkehrsnachrichten vor Staus auf der A 7 gewarnt. Jung hatte sich oft gefragt, warum dieses Phänomen nicht abzustellen war. Bei der Aussicht, jeden Morgen auf dem Weg zur Arbeit im Stau stehen zu müssen, hätte er sich etwas einfallen lassen. Liebten die Autofahrer etwa ihre Staupause? Er konnte nicht daran glauben.

Ihrem Fahrer blieb nichts anderes übrig. Der Verkehr kam vor Schnelsen-Nord zum Erliegen, wie es Jung befürchtet hatte. Zu ihrem Glück reichte die herausgefahrene Zeit aus, noch rechtzeitig am Flughafen anzukommen.

Sie waren die Letzten, für die der Schalter offengehalten worden war. Ihr Gepäck, Svenjas großer Schalenkoffer und seine geräumige Reisetasche, wurden sie ohne Ermahnungen und dumme Sprüche los. Sie atmeten erleichtert auf. Vor dem Boarding blieb genug Zeit, sich ein schnelles Frühstück zu gönnen. Svenja gab zu bedenken, ob sie nicht zuerst die Sicherheitskontrollen hinter sich bringen sollten. Auf dem Weg zum Gate würde eine Tasse Kaffee den optimalen Schlusspunkt hinter diese leidige Prozedur setzen. Zu essen gäbe es später im Flieger auch. Jung war einverstanden.

Sie stellten sich vor den Sicherheitsschleusen an. Die Reihen waren lang. Svenja stand in der Reihe neben ihm. Sie bewegte sich schneller voran als er. Neidisch sah er zu, wie sie weit vor ihm durch die Magnetschleuse verschwand. Anschließend nahm eine junge Sicherheitsbeamtin sie unter ihre Fittiche.

Jung wandte sich ab und wartete geduldig in der Schlange. Endlich stand er an dem Fließband und packte seine Utensilien in den bereitstehenden Container. Als er ihn auf dem Fließband hinter der schwarzen Schürze des Durchleuchtungsofens verschwinden sah, erinnerte ihn das Bild an eine Feuerbestattung, der er vor einiger Zeit beigewohnt hatte. Eine von Wichtigkeit durchdrungene Stimme schreckte Jung aus seinen Erinnerungen.

»Legen Sie den Gürtel ab, Sir.«

»Was?«

»Gürtel ab, Sir.«

Was sollte dieses affige ›Sir‹, fuhr es Jung durch den Kopf. Waren sie hier in Heathrow oder in Fuhlsbüttel? Jung sah die Stimme an. Sie gehörte einem Kaugummi kauenden Glatzkopf ohne Hals, der in einer äußerst knapp sitzenden Uniform steckte. Jung konnte sich nicht bremsen und wurde wütend.

»Die Scheiße, die Sie reden, wird auch nicht besser, wenn Sie ein ›Sir‹ dranhängen.«

»Legen Sie den Gürtel aufs Band, Sir.«

Jung gab auf und löste seinen Gürtel. Zum Glück trug er Jeans, die auch ohne Gürtel hielten. Jung führte in seinem Handgepäck außer wichtigen Sachen wie Ausweis, Portemonnaie, Tickets und Handy auch einige nützliche Kleinigkeiten mit, darunter ein Schweizermesser und einen Zigarrencutter.

»Das Taschenmesser bleibt am Boden, Sir.«

Am liebsten hätte Jung dem Kerl seinen Dienstausweis unter die Nase gehalten. Stattdessen blaffte er: »Stecken Sie sich das Messer sonst wohin. Verletzen Sie sich nicht an dem Cutter. Das würde mir leid tun, für den Cutter.«

Die Stimme reagierte nicht. Der Kerl sortierte das Messer aus und warf es in einen Behälter neben sich. Den Cutter legte er zurück. Er sah seinen Klienten noch einmal kurz an und wandte sich dem Nächsten in der Schlange zu.

Jung nahm seine Siebensachen und fädelte den Gürtel wütend in die Schlaufen seines Hosenbundes.

Er suchte die Umgebung nach Svenja ab. Sie war nirgendwo zu entdecken. Er ging in Richtung auf das Gate, wo demnächst das Boarding beginnen sollte. Kurz davor setzte er sich an den Tresen einer Kaffeebar. Hier, an Pier 1, wartete er auf seine Frau.

Er spürte sie kommen, noch bevor er sie zu Gesicht bekam. Ihr Gang versetzte ihn in äußerste Alarmbereitschaft.

»Was ist los, Svenja?«, empfing er sie besorgt. »Wo bist du gewesen?«

»Das möchte ich lieber nicht erzählen.« Sie versprühte die gefährliche Giftigkeit einer schwarzen Mamba. »Bitte bestell mir eine Tasse Kaffee.«

Jung bestellte zwei Tassen Kaffee. Er beging den Fehler und fragte weiter: »Was ist passiert? Haben sie dir etwas abgenommen?«

»Abgenommen? Das ist die Höhe. Die haben sich mein Parfüm gekrallt.«

»Wie das?«

»Ich hatte mir extra für den Urlaub mein Lieblingsparfüm gegönnt, ein Sonderangebot.«

»Ja und?« Jung spürte, dass seine Ahnungslosigkeit sie zur Weißglut reizte, und er beschloss, den Mund zu halten, was immer auch noch kommen mochte.

»Der Flakon ist angeblich zu groß. Auf meinen Protest schlugen sie mir vor, ihn gegen Gebühr zu deponieren. Gegen Gebühr! Das muss man sich mal auf der Zunge zergehen lassen. Und dann auch noch wegschließen. Ich brauche mein Parfüm jetzt, im Urlaub, mein Gott!« Sie machte eine Kunstpause und verdrehte die Augen. »Wo leben wir eigentlich? Mein Haarspray haben sie auch gleich kassiert.«

Jung glaubte sich zu erinnern, dass Flüssigkeiten über 100 Milliliter im Handgepäck nicht mehr mitgeführt werden durften.

»Ich muss dir wohl nicht sagen, was ich denen erzählt habe«, fuhr Svenja aufgebracht fort. »Zur Strafe schleppten sie mich in eine Kabine. Ich musste mich ausziehen.«

Der Kaffee kam. Jung reichte ihr die Tasse. Sie nahm sie und trank. Sie versuchte sich zu beruhigen.

»Die Krönung kam aber erst noch. In der Nebenkabine hatte jemand einen Zusammenbruch, Kreislauf oder Herzinfarkt, was weiß ich. Jede Menge Sanität jedenfalls. Ich tippe mal, sie war total okay. Ihr kam nur das Kotzen, als sie sich ausziehen sollte. Die Brühe floss unter der Trennwand in meine Kabine. Ich hätte gleich dazu kotzen können. Gott, oh Gott!« Svenja stöhnte und nahm noch einen Schluck Kaffee. »In meinem Slip haben sie nach Bomben gesucht. Was ist das für ein Scheißland?«

Jung wusste nachher nicht mehr, welcher Teufel ihn geritten hatte. Vielleicht war es der kindische Wunsch, seiner Frau den Verlust ihres Lieblingsparfüms zu ersetzen. Jedenfalls fragte er: »Wie heißt denn dein Lieblingsparfüm?«

»Weißt du das denn nicht?«, fragte sie beleidigt.

Als er stumm blieb, sagte sie verächtlich: »Flower Bomb von Victor & Rolf.«

Die unfreiwillige Komik überwältigte Jung. Er konnte sich nicht zurückhalten und prustete los: »Vielleicht haben sie dich deswegen verhaftet?«

Seine Frau starrte ihn erbittert an. Jung verstummte. Sie knallte die Tasse auf den Tresen und enteilte zum Boarding an Gate C 18.

Lange Zeit später, als sie schon lange wieder zu Hause waren, sollte sich Jung daran erinnern, dass in diesem Augenblick ihr Urlaub eigentlich zu Ende gewesen war. Sie hätten umkehren und nach Hause fahren sollen. Mit Sicherheit wäre er zu diesem Entschluss gekommen, wenn er gewusst hätte, was ihn noch erwartete.

Als er den Kaffee bezahlte, fragte er sich, ob der horrende Betrag nicht besser in den Kauf eines Ratgebers geflossen wäre. In letzter Zeit überschwemmten unzählige dieser Helfer den Buchmarkt. Allerdings erinnerte er sich nicht, darunter einen gesehen zu haben, der sich mit der Frage beschäftigte: Wie bewahre ich im Urlaub Gelassenheit? Er müsste den Ratgeber schon selbst schreiben. Darüber verfiel er ins Grübeln.

Bis sie in der engen Sitzreihe des Charterfliegers Platz genommen hatten, war kein weiteres Wort mehr zwischen ihnen gefallen. Jung dachte mit Wehmut an seinen letzten Lufthansa-Linienflug von Hamburg nach Wien anlässlich eines Meetings bei Interpol. Wie viel Beinfreiheit und Ruhe hatte er da genießen dürfen, obwohl er als Beamter auf Dienstreisen auch nichts Besseres als die Schweineklasse beanspruchen durfte. Jung fühlte sich unbehaglich.

Die dritte Passagierin in ihrer Reihe entlastete Jung schließlich. Sie kam als Letzte, kurz bevor die Gangway vom Flugzeug getrennt wurde. Jung roch sie, bevor er sie sah. Ihre hohe Stimme vibrierte, als sie darum bat, zu ihrem Platz am Fenster durchgelassen zu werden. Jung schnallte sich ab und trat in den Gang. Svenja blieb sitzen, drehte die Knie beiseite und machte sich dünn. Die

Frau stolperte dennoch über Svenjas Füße, fiel vornüber und hätte sich fast den Kopf an der Kabinenwand aufgeschlagen. Der Beinah-Unfall brachte die Frauen ins Gespräch und sie versanken darin. Jung atmete auf.

Bald danach reichten die Flugbegleiter die Angebotslisten des Duty-Free-Shops durch die Reihen. Svenja blätterte darin herum. Flower Bomb konnte sie nirgends finden. Jedoch fand sie einen willkommenen Einstieg, ihrer Nachbarin von ihren Missgeschicken am Boden zu erzählen. Sie hatte eine kongeniale Zuhörerin gefunden, die eine Menge zur Sache beizutragen hatte. So verging die Zeit wie im Flug. Sogar die gefrierschrankkalten Schinkenbaguettes, die die Flugbegleiterinnen austeilten, als servierten sie ein Drei-Sterne-Menü, rissen die Frauen nicht aus ihrem Gespräch. Nach dem ersten Bissen hatte Jung keinen Appetit mehr. Bis der Flieger in Faro gelandet war, sinnierte er über die Esskultur an Bord von Charterfliegern.

Auf dem Weg zum Baggage-claim dackelte Jung hinter den Frauen her, als sei er ihr Bodyguard. Er gestand sich ein, dass ihn nichts zu diesem Job befähigte, schon gar nicht seine körperliche Ausstattung. Am Band angekommen, brauchte er nicht lange zu warten, bis seine Reisetasche vor ihm auftauchte und er sie vom Band greifen konnte.

Die Frauen verabschiedeten sich voneinander mit einer Vertrautheit, als kannten sie sich schon von Kindesbeinen an. Jetzt fehlte nur noch Svenjas Schalenkoffer. Er war eigentlich nicht zu übersehen. Das orangene Monstrum war aber auch dann noch nicht in Sicht gekommen, als das letzte Gepäckstück vom Band gezogen worden war.

»Was ist denn los? Wo ist mein Koffer?«, fragte Svenja alarmiert.

»Vielleicht kommt er ja noch«, versuchte Jung sie zu beruhigen.

Er kam nicht. Svenja kontrollierte das Band-Display auf die Richtigkeit der angezeigten Flugdaten. Jung wagte nicht, sie darauf aufmerksam zu machen, dass eines ihrer Gepäckstücke bereits vor ihnen auf dem Boden stand.

»Und jetzt? Ohne den Koffer können wir gleich wieder kehrtmachen. Keinen Tag bleibe ich ohne meinen Koffer.« Svenja sah ihren Mann panisch an.

»Ich gehe zum Flugschalter und frage, was wir tun können.«

»Ich komm mit, warte!«, rief Svenja erregt.

Die junge Frau am Flugschalter war von ausgesuchter Höflichkeit. Sie verwies sie an den Handlingsagent des Flughafens. Der Handlingsagent entpuppte sich ebenfalls als eine smarte Sie mit der gleichen, standardisierten Höflichkeit, die auch ihre Kollegin am Schalter auszeichnete. Sie nahm ihre Flugdaten und die Ferienadresse auf und fragte, wie sie telefonisch zu erreichen seien. Jung wollte ihr seine Handynummer geben, die sie aber mit Bedauern zurückwies. Aus Mangel an einer Festnetznummer nannte er die Telefonnummer seines Nachbarn, des Deutsch-Portugiesen. Sie versprach, sich um den Verbleib des Koffers zu kümmern und sich zu melden, wenn sie Genaueres wüsste.

»Und wann wird das sein?«, fragte Svenja aufgebracht.

»Sorry ma'm, that's not sure. But you can be assured that I'll do everything I can. Please, trust me.« Sie lächelte sie an.

»Was kann denn passiert sein?«

»There are many reasons why. Unfortunately it's not a rare event, ma'm. If I have any information, I give you a call, okay?«

Die Frau musste öfter mit Deutschen zu tun gehabt haben, die ihr Gepäck suchten, sonst hätte sie die Fragen nicht so glatt verstehen und beantworten können.

»Und nun?«, fragte Svenja genervt.

»Ich hole das Auto, das ich bestellt habe«, erwiderte Jung lakonisch.

»Es wäre mir lieber, du könntest meinen Koffer holen.«

Jung drehte sich ab und machte sich in der weiten Halle auf die Suche nach der Autovermietung. Er hatte keine Mühe. Während er die Formalitäten abwickelte und das Auto auf dem Stellplatz vor der Ankunftshalle suchen ging, nutzte er die Zeit, um sich zu entspannen.

Als er den Mietwagen gefunden hatte, hielt er inne und holte tief Luft. Es war angenehm warm. Die Sonne stand an einem blauen Himmel und schien auf Stechpalmen und üppige Blumenrabatten. Jung hatte solche Blumen noch nie vorher gesehen. Ihre fleischigen Blätter wirkten exotisch und ihre Blüten strahlten in leuchtenden Bonbonfarben. Dazwischen wuchsen andere, deren orangefarbene, schnabelartige Blüten ihm bekannt vorkamen, an deren Namen er sich aber nicht erinnerte. Für einen Moment überkam ihn ein Hauch des Urlaubsgefühls, das er sich erst vor wenigen Tagen zurechtfantasiert hatte, als er – aus dem Fenster seines Arbeitszimmers starrend – von der grauen Trübsinnigkeit Nordfrieslands angefallen worden war.

Er öffnete die Wagentür und setzte sich hinter das Steuer. Es war ein Peugeot, ausreichend für zwei Erwachsene mit Gepäck. Er fuhr in die Haltebucht vor dem Arrival. Svenja hatte die Reisetasche an den Bordstein geschleppt und wartete. Ihre Haare glänzten in der Sonne.

Sie sah wirklich gut aus, dachte Jung versonnen, groß und schlank. Ihre äußerliche Attraktivität lenkte davon ab, wie enervierend intelligent sie war. Die Frisur ihrer Haare hob ihre hübsche Kopfform hervor. Eine extravagante Strenesse-Sonnenbrille umgab sie mit einer Aura mondäner Unnahbarkeit, die eigentlich gar nicht zu ihr passte. Zu dreiviertellangen, hellen Sommerhosen und flachen Sportschuhen trug sie eine weiße, langärmelige Bluse, darüber einen kurzärmeligen, hellgrauen Sommerpullover. Ihren klassischen, dunklen Blazer hatte sie sich etwas zu lässig über die Schultern geworfen. Ihre Lieblingstasche von Furla umarmte sie wie einen Schatz, den sie fürchtete zu verlieren. Svenja war voller Bewunderung für den perfekten Zuschnitt der Tasche und die schlichte Eleganz des glatten, dunklen Leders. Dazu war sie auch noch praktisch und im Alltag überaus nützlich, wie sie oft betonte. Ihr Anblick ließ Jung lächeln.

»Was machen wir denn jetzt?«, fragte sie hilflos, nachdem Jung das Gepäck verstaut und sie im Wagen Platz genommen hatten.

»Wir fahren jetzt in unser Ferienhaus, was denn sonst?«, erwiderte Jung gut gelaunt.

»Wie weit ist das denn?«

»Rund 50 Kilometer Luftlinie, auf der Straße einige Kilometer mehr.«

»Was? Und wenn nun der Koffer auftaucht?«

»Dann ruft sie uns an. Dazu müssen wir erst einmal da sein, okay?«

Jung merkte, dass seine Logik sie entsetzlich nervte.

»Weiß der Nachbar denn Bescheid?«, quengelte sie.

»Ich habe ihm unsere Ankunftszeit mitgeteilt. Er hat die Schlüssel.«

Svenja schwieg. Jung startete den Motor und fuhr los. Er hatte zu Hause die Straßenkarte studiert und beschlossen, nicht die Autobahn, sondern die Küstenstraße über Albufeira, Ferreiras und Porches nach Lagoa zu nehmen. Er kannte die Abneigung Svenjas gegen Schnellstraßen und Autobahnen. Außerdem glaubte er, so einen ersten Eindruck von Land und Leuten zu gewinnen.

Seine Überlegungen erwiesen sich als richtig, führten aber nicht zu dem gewünschten Urlaubseffekt.

An die portugiesischen Autofahrer musste er sich

gewöhnen, was ihm Mühe bereitete und viel Konzentration abforderte. Unzählige Kreisel und eine aus den Fugen geratene Beschilderung kosteten ihn auch den letzten Rest an Reserven. Er fluchte. Um sich zu orientieren, hätte er besser daran getan, sich nach dem Sonnenstand zu richten. Für das hin und wieder in der Ferne glitzernde Meer hatte er keinen Blick. Auch links und rechts der Straße war nichts zu sehen, was ihn aufgeheitert hätte. Die üppige Vegetation zur Frühlingszeit verlor sich zwischen Tankstellen, Gebrauchtwagenhändlern, Kaufläden, Werkstätten, Souvenirbuden, Baustellen, Töpfereien, Schnellrestaurants und allen nur erdenklichen Grässlichkeiten einer schnellen Touristikindustrie. Jung hatte den Eindruck, als führe er durch eine nie enden wollende, schmuddelige Ortsdurchfahrt im wilden Westen. Zu allem Überfluss schalteten die Fußgängerampeln auch ohne wartende Fußgänger auf Rot.

Svenja mäkelte herum, warum es nicht schneller voranginge. »Wenn das so weitergeht, bin ich morgen weg. Das ist mein bitterer Ernst.«

»Dein Koffer wird schon noch auftauchen. Ich trau dem Handlingsagent einiges zu.«

Jungs Versuch, seine Frau zu beschwichtigen, bewirkte das Gegenteil.

»Das glaubst du doch selbst nicht, Tomas.«

Jung war froh, dass Svenja sich noch an seinen Vornamen erinnerte.

Er wollte endlich ankommen. Deswegen konzentrierte er sich ausschließlich auf die Bewältigung des

Verkehrs. Er hatte alle Hände voll zu tun, sich nicht zu verfahren. In ihm fing es an zu brodeln. Er kannte sich selbst gut genug, um sich im Klaren darüber zu sein, dass ihre Reise in nächster Zeit eine entscheidende Wende nehmen musste, damit nicht eskalierte, was ohnehin schon unerfreulich war.

Jung wähnte sich auf dem besten Weg, als er die Abzweigung nach Carvoeiro in den vielen Kreiseln nicht verpasste. Auch in dem engen Fischerdorf traf er auf Anhieb den gewundenen Fahrweg vom schmalen Strand hinauf auf die steile Klippe und weiter zum Clube Carvoeiro.

Die Zufahrt zum Haus war schwer zu entdecken. Als er den holprigen Wirtschaftsweg ausgespäht und das Auto nach wenigen Minuten vor ihrem Feriendomizil zum Halten gebracht hatte, war er stolz auf seine Leistung. Der Kies unter den Reifen knirschte verheißungsvoll, als er das Auto in die Einfahrt lenkte und vor dem Hauseingang abstellte. Der günstige Eindruck, den er schon aus dem Internet gewonnen hatte, wurde von der Wirklichkeit weit in den Schatten gestellt.

Sie standen vor einem niedrigen Haus, das fast vollständig zugewachsen war. Das Mauerwerk verschwand hinter blühender Clematis. Nur zwei kleinere, mit Schmiedeeisen vergitterte Fenster rechts und links einer schweren Haustür waren frei geblieben. Die Tür aus warmem Pinienholz leuchtete golden in der Nachmittagssonne. Über dem Eingang erhob sich das Dach, eingedeckt nach mediterraner Art mit roten Tonziegeln. Es war so flach, dass man von unten nur einige Kaminköpfe sehen konnte, deren filigranes Mauerwerk sich exotisch in den blauen Himmel hob. Der Vorgarten war mit Akazien, Fächerpalmen, Mimosenbäumen, Zypressen, Zitrusbäumchen, Walnuss-, Mandel- und Feigenbäumen zugewachsen, dazwischen wucherten Jasmin, Hibiskus, Oleander und Rosmarin. An ihren Wurzeln vorbei, auf roter, klumpiger Erde, schlängelten sich Bewässerungsschläuche. Er glaubte, in der üppigen Pracht sogar eine kleine Kermes-Eiche entdeckt zu haben. Der Anblick dieses freundlichen Dschungels fesselte Jung und stimmte ihn heiter. Er hatte den Eindruck, als würde er gleich in die entrückte Enklave ungetrübter Heiterkeit und aufgeräumter Gastfreundlichkeit eintreten können.

»Na, was sagst du nun?«, fragte er euphorisch.

»Ich fände es schöner, wenn mein Koffer vor der Tür stünde«, erwiderte Svenja.

Jung legte den Kopf in den Nacken und schloss für einen Moment die Augen. In der lastenden Stille sortierte er seine Gefühle und brachte sie unter Kontrolle. Dann gab er sich einen Ruck und öffnete die Fahrertür.

»Ich hole den Schlüssel. Bin gleich wieder da.«

Der Kies knirschte unter seinen Sohlen, als er mit hängendem Kopf die Auffahrt zurück auf den Fahrweg ging. Er klingelte am Eingang zum Nachbarhaus. Er hörte schwere Schritte, dann öffnete sich die Haustür.

»Guten Tag, mein Name …«

»Tomas Jung, ich weiß«, unterbrach ihn ein riesiger Kerl. »Guten Tag. Nennen Sie mich Tiny. Das ist der Name, den ich am liebsten höre«, lachte der Mann laut.

Jung stutzte. Dann sagte er schmunzelnd: »Okay. Tiny hört sich gut an.«

»Ich nenne Sie einfach Tomi, das ist schön kurz. Kommen Sie rein. Es ist alles vorbereitet.« Er winkte Jung ins Haus. »Wo haben Sie Ihre Frau gelassen? Ich bin schon ganz gespannt.«

»Sie sitzt im Auto und wartet.«

»Dann wollen wir sie nicht länger warten lassen. Kommen Sie mit. Ich hole die Schlüssel. Wir gehen durch den Garten.« Der große Kerl mit dem dicken Schnauzer lachte ansteckend, und Jung entspannte sich.

»Gehen Sie schon in den Hof. Ich bin sofort da.«

Jung durchquerte die geräumige Eingangshalle und betrat einen kreisrunden Innenhof. Der Anblick bezauberte ihn. Ein großer Feigenbaum tauchte den Hof in einen angenehmen Halbschatten. Von einer Sitznische an der Wand sah er hinaus auf einen weiten, mit Elefantengras bewachsenen Hang. In der Ferne zogen sich freundliche Hügel über den Horizont. Weiter unten leuchtete das hellblaue Wasser eines beeindruckenden Pools, und dahinter glitzerte, einige 100 Schritte entfernt, der Atlantik. Jung atmete tief ein und wieder aus.

»Der Pool gehört uns beiden. Der Rasen auch.« Tiny war in den Hof getreten und schwenkte einen Schlüsselbund in der Hand. »Wir schließen das Haus von der Terrasse auf. Und dann überraschen wir sie, okay?«

Jung war nicht so sicher, ob Tinys Idee so gut war.

Er widersprach aber nicht. Der kurze Gang durch den Garten und das Haus verschaffte ihm einen zweiten Eindruck von ihrem Feriendomizil. Er war günstig, sehr günstig, wenn es nur nach ihm gegangen wäre und er sich nicht um seine Frau Sorgen gemacht hätte.

Sie durchquerten das Haus, und Tiny entriegelte das Schloss der schweren Haustür. Er stieß sie weit auf und winkte Svenja energisch zu. Sie stieg behände aus dem Auto und kam federnden Schrittes den Weg zu ihnen hinauf.

»Guten Tag, oder besser, boa tarde«, begrüßte sie den großen Mann und legte ein einladendes Lächeln auf ihr Gesicht. Der portugiesische Gruß machte Jung stutzig. Sie musste sich vorbereitet haben. Er hatte davon nichts mitbekommen.

»Boa tarde, Senhora Jung. Bem-vindo. Fala portugues muito bem. Chama-me Tiny, faca favor«, schmeichelte ihr Tiny mit Grandezza.

»So toll ist mein Portugiesisch nun auch wieder nicht.«

»Ich heiße Tiny. Herzlich willkommen. Darf ich Sie Svenja nennen?«

»Woher kennen Sie meinen Vornamen? Sind wir uns schon einmal begegnet?«, flötete Svenja.

Tiny lachte dröhnend. Jung traute dem Frieden nicht und hielt sich zurück.

»Schön wär's. Aber was nicht ist, kann ja noch werden, nicht wahr?« Tiny warf ihr einen heißen Blick aus den Augenwinkeln zu, drehte sich danach zu Jung um und blinzelte ihn verschwörerisch an.

»Wir werden sehen«, erwiderte Svenja vielsagend und trat zu ihnen ins Haus.

Tiny führte sie herum. Es machte ihm Spaß, sie mit der Großzügigkeit, dem gediegenen Luxus und der raffinierten Einrichtung des Hauses bekannt zu machen.

»Reicht eigentlich für sechs. Aber zahlen musst du nur für zwei, Tomi.« Tiny schlug Jung freundschaftlich auf den Rücken und lachte, als hätte er einen guten Witz gemacht. Jung bemerkte beiläufig, wie seine Frau die Nase rümpfte.

Ihr Rundgang endete auf der geräumigen Terrasse. Sie war mit hellen Natursteinplatten ausgelegt und lag frei über dem Hang, der sich zur Küste hinunterzog. Der Ausblick war wirklich grandios, dachte Jung. Er schöpfte Hoffnung, dass es nicht mehr lange dauern konnte, bis auch Svenja sich davon anstecken ließ und er diesen Genuss mit ihr würde teilen können. Sie setzten sich in bequeme Gartenstühle, die Tiny aus dem Haus geholt hatte. Die Bezüge der Polster waren in warmen Gelbtönen gehalten und passten zu der freundlichen Sommerfrische, die sich um sie herum auszubreiten begann.

»Das Beste habe ich euch noch gar nicht erzählt«, plauderte Tiny weiter. »Zweimal die Woche kommt Maria zu euch, zu mir übrigens auch. Sie ist die Frau fürs Grobe«, lachte Tiny verständniserheischend. »Sie putzt, sie wäscht, wechselt Bettwäsche und Handtücher et cetera pp. Sie kauft auch für euch ein. Legt ihr einfach einen Zettel hin. Sie kann nicht lesen und schreiben. Aber das macht nichts.«

»Wie macht sie das denn dann?«, fragte Svenja interessiert.

»Frag mich nicht, Svenja, ich weiß es nicht.«

»Hast du sie nicht mal danach gefragt?«, hakte Jung nach.

»Nein, warum? Klappt doch. Du wirst sehen.«

Tiny stemmte sich aus seinem Gartenstuhl. »Sie hat für eine Grundausstattung an Lebensmitteln gesorgt. Liegt im Kühlschrank. Wollen mal sehen, ob wir was Passendes zur Begrüßung finden, okay?«

Ohne eine Antwort abzuwarten, setzte er sich in Bewegung und winkte sie hinter sich her. Jung folgte ihm. Der Kühlschrank in der Küche war gut gefüllt. Die Rechnung lag auf der Arbeitsplatte neben einem Laib Brot und einer Schale mit Orangen, frischen Feigen, Weintrauben und Erdbeeren.

»Der Klops da heißt auf Deutsch Elefantenfuß«, erläuterte Tiny, der gesehen hatte, wie Jung das Brot kritisch musterte. Der Kühlschrank enthielt neben Gemüse, Eiern, Schinken und Butter auch Käse, Marmelade und Honig. Die Fürsorge Marias erwärmte Jungs Seele. Sogar an ein paar Flaschen Wasser und Bier hatte sie gedacht. Und in der Kühlschranktür stand zur Krönung des Ganzen auch noch eine Flasche Sekt. Jung hatte Maria schon jetzt in sein Herz geschlossen, bevor er sie überhaupt zu Gesicht bekommen hatte.

»Was haben wir denn da?«, rief Tiny erfreut aus. »Kenn ich gar nicht. Quinta do Porta, Cuvee privado, noch nie gehört.« Er nahm die Flasche und griff sich ein paar schmale Wassergläser aus dem Schrank. »Ich steh eigentlich mehr auf Bier. Aber den Damen zuliebe geht auch schon mal Prickelwasser mit Bonbongeschmack.« Er lachte kumpelhaft und winkte Jung, ihm wieder auf die Terrasse zu folgen.

»Gnädigste, hier kommt ein Gläschen zur gepflegten Begrüßung.« Tiny spielte den charmanten Gastgeber etwas zu übertrieben, fand Jung.

»Mit Wasser wäre mir mehr geholfen«, erwiderte Svenja kühl.

»Wie? Keinen zünftigen Willkommensschluck?«

»Nein, der Tag war lang und fürchterlich. Ich brauche jetzt Ruhe, das werden Sie verstehen, nicht wahr?«

»Unser Koffer ist verloren gegangen«, versuchte Jung zu erklären.

Svenja sah ihren Mann giftig an und stand auf.

»Das ist ja eine schöne Bescherung!«, rief Tiny aus. »Passiert jetzt dauernd. Der letzte landete in Singapur anstatt in Faro.« Er lachte laut. »Aber ich kenne ein paar Leute am Flughafen. Vielleicht kann ich euch helfen?«

»Danke, aber wir kriegen das schon allein hin«, wehrte Svenja bissig ab.

Tiny spürte, dass die Luft dünn für ihn wurde. »Dann stelle ich den Sekt mal lieber wieder weg. Morgen ist ja auch noch ein Tag. Ich geh dann mal. Man sieht sich, okay?«

»Ja, gewiss. Danke«, verabschiedete ihn Svenja kühl.

»Ich bring dich noch«, sagte Jung.

Sie gingen hintereinander in die Eingangshalle. Jung öffnete die Haustür. Tiny drehte sich auf der Schwelle um.

»Ich gehe heute Abend in den Club.« Er sah Jung mitleidig an. »Wenn du Lust hast, dann komm doch mit. Du scheinst mir nicht so müde zu sein wie deine Alte.«

»Danke, aber lieber nicht. Ich bin nicht der Clubtyp, weißt du? Ich langweile mich da nur.«

»Du kennst den Clube Carvoeiro nicht. Ich könnte dir Sachen erzählen, die würdest du nie glauben, niemals, nicht mal im Traum.«

»Ah ja, das würde mich schon interessieren. Aber nicht heute Abend und nicht im Club. Ein anderes Mal, okay?«

»Bei einem kühlen Bierchen?«

»Bei einem kühlen Bier oder einer Flasche Sekt«, lachte Jung.

»Versprochen?«

»Versprochen.«

»Okay. Até já, Tomi.«

»Was heißt das?«

»Bis gleich. Und wenn du mit einer Frau Schluss machen willst, dann heißt das: adeus, amiga, finito, nunca mais, compreende?« Tiny zog mit dem rechten Zeigefinger sein rechtes Augenlid nach unten.

»Até já, Tiny. Danke. Hat mich gefreut«, entließ ihn Jung pikiert.

*

Im Großen und Ganzen ein netter Kerl, beschwichtigte sich Jung und schloss die Tür. Etwas nassforsch und aufdringlich, aber munter und unternehmungslustig. Tiny hatte sicherlich viel Zeit und kannte sich gut aus. Für einen abwechslungsreichen Urlaub war es nicht schlecht, sich seiner Möglichkeiten ab und zu bedienen zu können. Jung fing an, der nächsten Zeit hoffnungsfroher entgegenzusehen.

*

Tiny ging zurück ins Haus. Er dachte an den neuen Nachbarn. Was für ein Name? Tomas, ein richtiger Mami-Name. Er passte gut zu diesem Weichei. Der würde alles tun, damit es seiner Mutti da drüben gut geht. Die Sorte kannte er. Äh, zum Vergessen. Eine Spaßbremse und ein Bedenkenträger.

Und die Frau? Für ihr vermutliches Alter hatte sie sich erstaunlich gut gehalten. Sie hatte etwas gegen ihn, das spürte er. Aber gerade deswegen reizte sie ihn auf unerklärliche Art und Weise. Der würde er gern mal zeigen, was ein richtiger Kerl war. Er kannte diese Art Weiber. Sie waren misstrauisch und empfindlich wie schwangere Ziegen. Denen entging nichts. Sie hatten überall ihre Ohren und steckten in alles ihre Nasen. Er musste sein Problem loswerden, noch heute Nacht. Er wusste schon, wie, wenngleich ihm der Druck, den er verspürte, nicht behagte. Es wurde höchste Zeit, bevor sie herumschnüffeln und sein Problem riechen konnte. Er lachte kurz auf.

*

Zurück auf der Terrasse, wurde Jung von eisigen Blicken empfangen.

»Ist er endlich verschwunden?«, fragte Svenja schneidend.

Jung wollte nicht weiter darauf eingehen und lenkte ab.

»Möchtest du ein Glas Wasser? Du musst durstig sein.«

»Ja, danke. Lieb von dir.«

Jung holte eine Flasche Wasser und zwei Gläser aus der Küche. Er stellte sie auf den Tisch und schenkte ein. Dann reichte er seiner Frau das volle Glas in die Hand.

»Auf unsere glückliche Ankunft.« Er sah ihr aufmunternd in die Augen.

»Von Glück kann ja wohl keine Rede sein. Warum hast du in Gegenwart dieses Widerlings eigentlich meinen verschwundenen Koffer erwähnt? Reicht es nicht, dass er weg ist?«

»Was hast du gegen unseren Nachbarn? Gut, er ist ein bisschen prollig, aber doch nicht der Voll-Horst, wie du ihn darstellst. Er ist hilfsbereit und gut gelaunt, was man von dir nicht gerade behaupten kann, mein Schatz.«

»Dazu habe ich auch jeden Grund, *mein Schatz*.«

»Großer Gott, nun vergiss doch mal deinen Koffer. Er wird schon noch kommen«, erwiderte Jung ungehalten.

»Und womit soll ich mich heute Abend abschminken? Kannst du mir das mal sagen? Was soll ich anziehen, wenn ich diese stinkigen Klamotten endlich loswerden will? Ich habe nicht mal 'ne Zahnbürste. Hast du daran mal gedacht, Herr Kriminaloberrat?«

»Svenja, ich bitte dich. Du kannst gern meine Zahnbürste benutzen. Davon wirst du nicht sterben. Und zu kaufen gibt es hier sicherlich auch das ein oder andere. Morgen sieht die Welt schon ganz anders aus. Er könnte uns tatsächlich helfen.«

»Du weißt nicht, wovon du redest, Tomas. Du willst die Hilfe dieser ausgebrannten Testosteronbombe in Anspruch nehmen? Und dann diese lächerliche Ray Ban Aviator im Ausschnitt seines Polohemdes!«, stöhnte sie. »Hast du nicht gesehen, wie er mir dauernd auf den Busen glotzt?« Svenja sah ihn vorwurfsvoll an.

»Es soll Frauen in deinem Alter geben, die sich geschmeichelt fühlen und sich darüber freuen, meine Liebe«, entgegnete Jung provokant.

»Fick dich, Tomas. Ich leg mich jetzt hin.«

Zu Hause hätte Jung an dieser Stelle herzhaft gelacht. Aber hier, im Urlaub, blieb ihm das Lachen im Hals stecken. Er war in einen handfesten Ehekrach geschlittert, und er hatte nicht den Hauch einer Ahnung, womit er das verdient hatte. Er atmete erleichtert aus, als Svenja im Haus verschwand. Dann lehnte er sich zurück und versank in Grübelei darüber, was ihm mehr zu schaffen machte, seine Betrübnis oder sein Beleidigtsein.

DER KOFFER

Im Haus war es still geworden. Sie hat sich tatsächlich hingelegt, grummelte Jung in sich hinein. So hatte er sich seinen Urlaub nicht vorgestellt. Bei näherer Betrachtung war doch gar nicht so viel schiefgegangen. Im Gegenteil, sie hatten sogar eine Menge Dusel gehabt, wenn er daran dachte, was alles noch hätte schiefgehen können: Der Flieger stürzt ab, Terroristen entführen das Flugzeug auf eine Odyssee nach Mogadischu, wo sie in einem finalen Shoot-out ihr Leben verlieren, eine Gewitterfront mit schweren Turbulenzen, wilden Tornados und tödlichen Crosswinden zwingt sie zur Landung auf einer Piste in der algerischen Wüste, nur um einmal die schlimmsten Möglichkeiten durchzuspielen, von anderen, nur unangenehmen Unbequemlichkeiten, wie zum Beispiel ein Fluglotsenstreik oder eine Vulkanaschewolke, gar nicht zu reden. Zugegeben, der Verlust des Koffers war schmerzlich. Aber es bestand Aussicht, dass das Malheur bald behoben sein würde. Das Haus war fantastisch und auch noch preiswert. Wo waren die Probleme, fragte er sich unablässig. Er würde niemals Ruhe gefunden haben, wenn er sich jetzt aufs Bett gelegt hätte.

Jung stellte die Sitzlehne seines Gartenstuhls in die Liegeposition und sah in den blauen Himmel. Die Sonne stand im Südwesten über dem Horizont. Ihre Strahlen tauchten die Kondensstreifen der Airliner hoch über ihm in ein goldenes Licht. Wohin mochten sie unterwegs sein? London, Miami, Rio, oder vielleicht zu den Azoren, nach Ponta Delgada? Jung senkte die Augen und ließ seinen Blick über das Meer gleiten. Selbst seine trüben Gedanken konnten ihn nicht davon abhalten, die Aussicht zu genießen. Dicht unter der Küste hatten sich Fischer eingefunden. Ihre bunten Boote dümpelten lustig in der mäßig bewegten See. Am Horizont zog ein Containerfrachter seine einsame Bahn. Er musste ziemlich schnell sein. Denn als Jung, nachdem er eine Weile den Seevögeln zugesehen hatte, wie sie in den Aufwinden über den Klippen ihre Segelkünste vorführten, den Horizont nach dem Schiff absuchte, konnte er das plumpe Monster nicht gleich wiederfinden. Er sah genauer hin und fand den Frachter weit im Osten, wie er hinter der Kimm verschwand.

Er wandte den Blick nach rechts, über den Hang zu den Zitrushainen und Mandelgärten. Darüber standen ein paar Lerchen in der Luft, als wären sie dort festgebunden. Ihr Gesang erreichte sein Ohr als ferne, wohltuende Melodie. Der Frieden des Ortes war betäubend. Er erfasste allmählich auch Jung, und er entspannte sich. Langsam dämmerte er in seinem Stuhl ein.

*

Das Telefon riss ihn aus seinem Schlummer. Er ließ es ein paar Mal läuten. Vielleicht galt der Anruf ihrem Koffer? Er eilte in die Diele.

»Ja?«

»Hallo, Tomi. Tiny hier. Der Handlingsagent hat angerufen. Euer Koffer ist da.«

»Was? Das ist ja ’ne tolle Nachricht.« Jung atmete erleichtert auf.

»Ruf deine Frau. Wir holen ihn ab.«

»Ich glaube, sie schläft.«

»Dann lass sie schlafen. Wir überraschen sie.«

Tiny schien an Überraschungen Spaß zu haben. In diesem Fall war Jung von seiner Idee auf der Stelle überzeugt.

»Ich komme durch den Garten. Ich will sie nicht wecken.«

»Okay. Wir fahren mit meinem Wagen. Er ist luxuriöser und schneller als eure französische Schüssel.« Tiny lachte.

»Okay. Bin schon da.« Jung legte den Hörer zurück, verließ leise die Küche und rannte durch den Garten zum Haus seines Nachbarn.

*

Tiny lenkte das Auto über die engen und winkligen Straßen, über die auch Jung heute Mittag hergekommen war. Aber in Lagoa fuhr er weiter auf die Autobahn. Jung sah bald ein, dass es besser gewesen wäre, wenn er das auch getan hätte. Der Verkehr war bequem, und sie kamen gut voran. Die Aussicht ins Land war unverbaut und nicht von den Geschmacklosigkeiten der billigen Tourismusindustrie zugestellt. Jung war Tiny dankbar, dass er den Wagen fuhr. Er merkte jetzt schmerzlich, dass er sehr früh aufgestanden war und schon einen langen Tag hinter sich hatte.

»Schönes Fahren hier, besser als auf der alten Straße unten an der Küste«, bemerkte Jung, kurz nachdem sie auf die Autobahn eingebogen waren.

»Bist du die etwa gefahren? Das sollte man sich freiwillig nicht antun, mein Lieber.«

»Du hast gut reden. Ich bin hier fremd«, entgegnete Jung pikiert.

»Wenn man hier wohnt, weiß man eben Bescheid. Das ist ein Vorteil. Willst du 'ne gute Adresse für ein schönes Mitbringsel? Mag deine Frau Gebrauchskeramik?«

»Sie hat andere Leidenschaften. Aber über eine schöne Obstschale würde sie sich freuen«, gab Jung zu.

»Es gibt hier nur zwei gute Töpfereien: eine in Porches und eine an der Straße hoch nach Monchique. Wenn ihr wollt, fahren wir mal hin, okay?«

»Ja, vielleicht später, wenn sich alles eingerenkt hat.« Jungs Begeisterung hielt sich in Grenzen.

»Vielleicht solltest du deine Frau erst mal in ein feines Restaurant ausführen«, sagte sein neuer Bekannter fürsorglich.

»Du weißt sicherlich auch schon, wohin«, erwiderte Jung gelangweilt.

»Klar. Ihr müsst unbedingt nach Albufeira, ins No. 54. Liegt auf der Klippe mit atemberaubendem Blick auf den Strand und das Meer.« Tiny blickte kurz zu Jung hinüber, als erwarte er dort, enthusiastische Zustimmung zu sehen.

»Und, gibt es da auch was zu essen?«, fragte Jung nüchtern.

»Aber sicher. Die gegrillten Sardinen und das Hähnchen PiriPiri kann ich euch wärmstens empfehlen.«

Ihre Unterhaltung pausierte. Tiny trat ordentlich aufs Gas und leitete ein halsbrecherisches Überholmanöver ein. Dabei fragte er beiläufig: »Wie bist du überhaupt an meine Adresse gekommen, Tomi?«

»Fährst du immer so?«, stöhnte Jung atemlos, als sie sich wieder in die rechte Fahrspur eingefädelt hatten.

»Das ist doch gar nichts. Du solltest mal mit mir fliegen«, antwortete Tiny munter.

»Ach ja, ich vergaß. Du bist ja Pilot.«

»Jet-Pilot, Tomi. Top Gun, falls du den Ausdruck schon mal gehört hast. Wir sind besonders, verstehst du? Anders als die andern.«

»Wer sind die anderen?«

»Die Typen in den Airlinern und Propellerkisten. Das sind doch nur Busfahrer. Von den Teppichklopfern in den Hubis will ich gar nicht reden.«

»Wann hast du aufgehört?«

»Ist noch nicht lange her«, erwiderte Tiny vage.

»Vermisst du das Fliegen?«

»Ja, schon. Wenn du nur ein einziges Mal mit 400 bis 500 Sachen in 150 Fuß Höhe über das Alentejo gedonnert bist, dann wüsstest du, warum«, seufzte Tiny wehmütig. »Dagegen ist Formel 1 wie Rollstuhl fahren. Aber du hast mir meine Frage noch nicht beantwortet, Tomi.«

»Welche?«

»Meine Adresse. Woher hast du sie?«

»Von einem Klassenkameraden. Er ist Meteorologe und hat hier mal gearbeitet.«

»Wie heißt der denn?«

»Sein Spitzname ist Pelle. Sein richtiger …«

»Ach, der!«, rief Tiny dazwischen. »Kenn ich. Ganz netter Kerl. Lag etwas neben der Spur. Na ja, man soll nicht zu hohe Ansprüche stellen.«

»Ich finde ihn ziemlich okay, Tiny. Was hat er denn Schlimmes angestellt?«

»Weißt du, die meisten Wetterfrösche stecken mit dem Kopf in den Wolken. Das mag ja zu ihrem Job gehören. Aber vom Leben auf dem Boden haben die keine Ahnung. Was die mir schon alles vorhergesagt haben. Ach, du meine Güte!« Tiny stöhnte und schüttelte den Kopf. »Aber Pelle war anders. Er hatte die rote Karte und flog öfter bei mir mit.«

»Rote Karte? Was ist das?«

»Die Lizenz zum Mitfliegen. Auf den Trainingsjets und den Alfas hatten wir zwei Sitze.«

Tiny machte eine kurze Pause und schüttelte gedankenverloren den Kopf. »Er ist sogar mit unserem SAR-Hubi in Faro gelandet. Wie er das geschafft hat, weiß ich bis heute nicht.«

»Warum?«, fragte Jung naiv.

»Weil Faro zivil ist. Da haben wir Militärs nichts zu suchen, verstehst du?«

»Nee.«

»Soldaten sind nun mal Aussätzige. Nur, wenn die Zivis in der Scheiße stecken, sind wir gern gesehen.«

Ihr Gespräch brach ab. Sie waren flott vorangekommen. Tiny bog in die Zufahrt zum Flughafen ein und fuhr zielsicher die Auffahrt hinauf vor die Abfertigungshalle.

»Bleib hier. Lass mich das machen. Bin gleich wieder da.« Tiny war ausgestiegen, bevor Jung sich bewegen konnte.

Jung wollte ihn nicht zurückhalten. Er war erleichtert, ja, sogar dankbar, dass Tiny den Koffer übernahm. Tiny kannte die Leute hier und sprach mit Sicherheit gut Englisch, von Portugiesisch ganz zu schweigen. Die Aussicht, eventuell in eine längere Diskussion verwickelt zu werden, stimmte Jung nicht fröhlicher.

Er sah durch die Windschutzscheibe, wie ein Polizist Tiny den Zutritt zur Abfertigung verwehrte. Jung vermochte nicht zu erkennen, was er von ihm wollte. Aber er sah Tiny heftig gestikulieren. Seine Gebärden erinnerten Jung an italienische Fußballer, die das Unschuldslamm gaben, nachdem sie das Spielfeld mit Blutgrätschen und Tritten in die Hacken ihrer Gegner in einen Kriegsschauplatz verwandelt hatten. Jung musste lachen. Endlich ließ der Polizeibeamte von Tiny ab. Tiny verschwand in der Halle und tauchte nach einiger Zeit mit dem Koffer wieder auf. Jung frohlockte und war dankbar. Tiny schwenkte den Koffer in Richtung des Polizisten und zeigte mit dem Finger darauf. Dann winkte er ihm grüßend zu und kam zu Jung an den Wagen.

»Rück mal 'n Stück nach vorn. Ich will den Koffer hinter den Sitz stellen.«

»Warum legst du ihn nicht in den Kofferraum?«

»Geht nicht. Da passt nichts mehr rein.«

»Bist du etwa Fuhrunternehmer?«

»So was Ähnliches.«

Tiny nahm hinter dem Steuer Platz und startete den Motor.

»Was wollte der Polizist von dir?«

»Ich habe 'ne deutsche Zeitung mitgebracht. Lies mal, dann weißt du, warum!«

Er fasste in seine Jacke, holte die BILD-Zeitung heraus und reichte sie Jung hinüber. Der Aufmacher der Titelseite beschäftigte sich in dicken Schlagzeilen mit der Kindesentführung an der Algarve. Tiny fädelte sich behände in den abfließenden Verkehr in Richtung Albufeira ein.

»Sie überwachen alle Flughäfen und die Grenzübergänge. Ich musste den Bullen überzeugen, dass ich nur deinen Koffer abholen wollte. Andernfalls hätte er mich genauer überprüfen müssen.« Tiny grinste zufrieden.

Jung las die fetten Titelzeilen und bemerkte in sich gekehrt: »Reichlich spät. Jetzt werden sie keinen mehr fangen.«

»Was bist du eigentlich von Beruf, Tomi?«, fragte Tiny vorsichtig.

Jung wollte seinen Beruf nicht nennen. Es würde schwer werden, davon Urlaub zu nehmen, wenn er sein Geheimnis erst einmal preisgegeben hatte. Das wusste er aus langjähriger Erfahrung. Deswegen log er halbherzig: »Ich bin Beamter.«

»Was für 'n Beamter? Doch nicht etwa bei der Bahn oder der Post?«

»Die sind inzwischen privatisiert. Da gibt's keine Beamten mehr.« Jung schwieg und glaubte, das Thema sei erledigt.

»Wo nun Beamter, Tomi?«, insistierte Tiny.

»Beim Innenminister.«

»Welcher Innenminister? Nun lass dir doch nicht die Würmer einzeln aus der Nase ziehen. Bist du bei der Stasi oder was?«

»Gott bewahre, nein, überhaupt nicht. Das ist nicht so einfach zu beschreiben. Eigentlich kümmere ich mich darum, dass wir Gesetze und Vorschriften einhalten. Wenn nicht, bemühe ich mich, dass wir es wenigstens in Zukunft tun.«

»Also doch Polizist. Du bist mir ja ein rechter Schlaumeier, mein Lieber«, lachte Tiny verhalten.

»Nein.« Jung wand sich gequält. »Eine gewisse ...«

»Hör schon auf. Ich weiß Bescheid. So was gibt's beim Militär auch. So 'ne Art Wehrbeauftragter, nicht wahr?«

»Genau. So ähnlich, aber doch ganz anders.«

»Geheimer?«

»Keiner will das an die große Glocke hängen, Tiny. Vor allen Dingen ich selbst nicht. Ich habe jetzt Urlaub, verstehst du?«

»Okay, okay. Wenn man immer Urlaub hat, dann vergisst man das leicht. Entschuldige.«

»Schon gut.«

*

»Woran hat's denn nun gelegen, Tiny? Haben sie dir einen Grund für die Verspätung des Koffers genannt?«

»Er ist in Hamburg stehen geblieben. Vermutlich hat der Scanner den Barcode auf dem Anhänger nicht lesen können. Irgend so was muss es gewesen sein, meinten sie.«

»Ging ja schnell.«

»Ja, die Airports sind gut vernetzt. Das war schon zu meiner Zeit so. Ihr habt Glück gehabt, dass heute ein zweiter Flieger ging.«

Jung schwieg. Hatte er Glück gehabt? So konnte man das tatsächlich sehen. Tinys Sicht auf die Dinge tat ihm gut, und sein Gemüt heiterte sich zusehends auf.

Tiny fuhr, als hätte er es eilig. Jung schwieg, weil auch Tiny schwieg, aber auch, weil er ihn beim Fahren nicht stören wollte. Jung hatte außerdem genug damit zu tun, sich abzulenken. Andernfalls wäre ihm der Angstschweiß auf die Stirn getreten.

Er war froh, als sie schließlich in Carvoeiro angekommen waren, ohne dass Schlimmeres passiert war als der Beinahezusammenstoß mit einer Ziege.

Tiny verabschiedete sich und stellte ihm den Koffer vor die Füße. »Kannst die Zeitung behalten. Interessante Lektüre.«

Jung wunderte sich über Tinys Hast. Sie passte nicht zu dem umgänglichen Kerl, den er bis jetzt kennengelernt hatte. Aber es störte ihn weiter nicht. Er war froh, Svenja den Koffer bringen und mit ihr allein sein zu können.

Er schleppte das Monster hinüber. Svenja musste ihn kommen gehört haben, denn sie öffnete die Tür, bevor Jung das Podest betreten hatte.

»Hi, Svenja, da ist das gute Stück«, sagte Jung zufrieden.

»Endlich, Gott sei Dank. Jetzt kann ich die Klamotten wechseln. Danke, Tomi. Wie hast du das geschafft?«

Er erzählte kurz, was passiert war. Über Tinys Hilfe war sie nicht begeistert, vergaß aber ihren Unmut über der Freude, ihren Koffer endlich wiederzuhaben. Sie verschwand mit ihm im Schlafzimmer. Jung ließ sie allein mit ihrem Glück.

Er setzte sich in die Küche und las in der mitgebrachten Zeitung. Er konnte sich nicht auf die Lektüre konzentrieren und legte sie beiseite. Er war einfach nur erleichtert und spürte jetzt seine Müdigkeit doppelt. Auf der Terrasse legte er sich in einen Gartenstuhl und schlief sofort ein.

*

Als er aufwachte, stand die Sonne kurz über dem Horizont, und es dämmerte. Svenja saß ihm gegenüber in einem neuen, frischen Outfit und beobachtete den Swimmingpool. Er war beleuchtet. Tiny schwamm darin herum und prustete wie ein Walross. Jung winkte ihm freundlich zu. Tiny schien das als Einladung aufzufassen und beendete sein Bad. Er warf sich einen Bademantel über, stieg in ein Paar riesige Flipflops und kam den Hang hinauf. Er holte ein Päckchen Zigaretten aus seinem Bademantel und steckte sich eine an. Das metallische Zuschnappen seines Zippos klang in der abendlichen Stille wie ein Pistolenschuss.

»Hab nicht viel Zeit. Muss gleich wieder los. Mit dem Koffer alles in Ordnung?«

Svenja schwieg wie ein Grab.

»Alles klar, Tiny. Danke nochmals für deine Hilfe. Ich werde mich bei Gelegenheit revanchieren.«

»Oh ja, ich hab auch schon ’ne Idee.« Er grinste verschmitzt. »Bis morgen. Ich muss wirklich los. Schönen Abend noch.«

In Ermangelung eines Aschenbechers versuchte Tiny, seinen Zigarettenstummel in die Blumenrabatte zu schnippen. Er verfehlte sein Ziel und die Kippe landete auf der Terrasse. Er trat sie mit dem Fuß aus und winkte ihnen zum Abschied zu.

»Schönen Abend, Tiny!«, rief Jung ihm hinterher.

Tiny stolzierte den Hang hinunter und verschwand hinter der Jasminhecke. Svenja gähnte demonstrativ.

»Ich gehe ins Bett. Ich bin müde. Ich hab schon gegessen. Für dich steht eine Kleinigkeit im Kühlschrank. Gute Nacht.«

»Gute Nacht. Ich komme, sobald ich gegessen habe.«

»Lass dir Zeit. Guten Appetit.«

Sie ließ ihren Mann auf der Terrasse zurück. Er ging in die Küche und öffnete den Kühlschrank. Svenja hatte sich Mühe gegeben. Sie wusste sehr gut, wie die Augen mitaßen. Jung setzte sich mit der kalten Platte und einer

Flasche Bier zurück auf die Terrasse. Die Häppchen vom Elefantenfuß schmeckten köstlich, das Bier war perfekt temperiert und die Abendluft war lau und mild. Er war mit sich und der Welt zufrieden.

Als er das Schlafzimmer betreten wollte, stand seine Reisetasche vor der Tür. Er war zu erschöpft, um enttäuscht zu sein. Er machte keinen Versuch, die Klinke herunterzudrücken. Er kannte seine Frau zu gut und schickte sich ins Praktische. Er trug seine Tasche ins zweite Schlafzimmer. Zumindest hatte er hier ein komfortables Bad ganz für sich allein.

Als er die Bettdecke über sich gezogen hatte, kam er sich vor wie ein Trottel. War er wirklich ein Trottel? Für einen Moment war er versucht aufzustehen, sich wieder anzuziehen und zu Tiny in den Club zu gehen. Aber dann kapitulierte er doch vor seiner Bequemlichkeit und seinem Widerwillen gegen laute Musik und dröhnende Unterhaltung.

DER ABGANG

Jung schlief unruhig und wachte früh auf. Der Traum, aus dem er aufgetaucht war, stand ihm noch lebhaft vor Augen. Er passte überhaupt nicht zu dem Gemütszustand, in den sein Selbstmitleid ihn gefangen hielt. Er war im Traum seiner ersten Liebe begegnet und hatte mit ihr wilden Sex gehabt. In Wirklichkeit hatte er nie etwas in dieser Art mit ihr gehabt, nicht einmal eine Unterart von Sex. Über ein paar schüchterne Berührungen war ihre Beziehung nie hinausgekommen. Er lachte über die Ironie, die das Wort Beziehung in ihm auslöste.

Seine Uhr auf dem Nachtschrank zeigte kurz nach fünf Uhr. Die Sonne ging auf und füllte das Zimmer mit dem ersten Tageslicht. Es munterte ihn auf. Er verließ das Bett und machte Morgentoilette. Danach stieg er in eine helle Sommerhose, zog einen leichten Pullover über und begab sich auf die Terrasse.

Das Panorama, das sich vor seinen Augen ausbreitete, berauschte ihn. Er konnte sich daran nicht sattsehen. Es war völlig windstill. Nicht der leiseste Hauch kräuselte die See oder bewegte ein Blatt an den Zitrusbäumen jenseits des Hanges. Über Meer und Land lag ein feiner Dunst, der einen blassen, rötlichen Schimmer über die Küste warf. Ein zarter Duft erfüllte die Luft. Jung roch feuchtes Gras, Salzwasser, Zitronen, Apfelsinen, dazwischen wehte ihm ein Hauch von Jasmin, Hibiskus und

Rosmarin in die Nase. Die Ruhe war von einer Art, als gäbe es im ganzen Universum absolut nichts, was sich jemals störend bemerkbar machen könnte.

Jung atmete tief ein, streckte sich und begrüßte den Tag wie einen lieben Verwandten, den er eine Ewigkeit nicht gesehen hatte. Dabei kam ihm der Sekt in den Sinn, den Maria zur Begrüßung in den Kühlschrank gestellt hatte. Es war ein Spitzensekt, wie er wusste, und jetzt war der perfekte Zeitpunkt für einen Genuss der ganz besonderen Art gekommen. Er holte die Flasche aus dem Kühlschrank, fand zu seiner Freude eine Sekttulpe und öffnete die Flasche. Der Anblick des dicken Naturkorkens und der erste Duft, der ihm aus der Flasche entgegenstieg, zauberten einen verführerischen Vorgeschmack auf seine ausgeschlafene Zunge. Er schenkte sich das Glas sorgfältig ein, stellte die Flasche zurück und ging wieder auf die Terrasse. Er wusste später nicht, wie lange er da gesessen hatte. Aber er erinnerte sich oft daran, dass er sich selten so gefreut hatte zu leben wie an diesem frühen Morgen.

Er schenkte sich noch einmal nach und spazierte, das Glas in der Hand, den Hang hinunter zu den Klippen. Er war barfuß. Der Tau auf dem harten Gras war kalt. Die aufgehende Sonne wärmte seinen Rücken und hauchte ihm Lebensmut ein. Als er den Steilhang erreicht hatte, setzte er sich an den Klippenrand und schaute aufs Meer. Er schaute selbstvergessen, bis sein Glas leer war. Er fühlte sich wohl. In einem Anfall plötzlichen Übermuts warf er das Glas zwischen die kantigen Felsen zu seinen Füßen. Das Splittern zerschnitt die Stille. Er erschrak. Dann lächelte er. Jung erlebte einen Moment ungetrübten Geistes und seltener Klarheit. Er gab sich diesem Genuss hin, solange er anhielt, bedenkenlos und glücklich.

Schließlich wandte er sich vom Anblick des Ozeans ab und ging zurück zum Haus. Das Elefantengras schnitt ihm in die Zehenlücken. Er stelzte wie ein Storch den Hang hinauf und fiel erst auf der Terrasse erleichtert in seinen normalen Gang zurück. In der Küche sah er einen Bogen Papier auf dem Tisch. Er nahm ihn auf und las:

›Hallo, Tomas!

Ich habe Urlaub und Anspruch auf Erholung. Ich will Spaß und keinen Mann, der schon vor dem Frühstück Sekt trinkt. Ich will keine Kippen auf der Terrasse, kein Ungeheuer in meinem Pool und keine BILD-Zeitung auf dem Küchentisch.

Ich mache jetzt Urlaub unter Freunden. Du weißt, wo du mich findest.

Svenja‹

Jung erstarrte. Sie musste ihn beobachtet haben. Er brauchte Zeit, um wieder denken zu können. Sollte er ihr hinterherfahren und sie zurückholen? Wie war sie überhaupt mit ihrem vermaledeiten Koffer weggekommen? Er lief durch das Haus in die Halle und öffnete die Eingangstür. Das Auto war weg. Er schloss die Tür und ging zurück in die Küche. Er nahm den Zettel, zerknüllte ihn und warf ihn auf den Küchentresen.

Draußen auf der Terrasse setzte er sich in seinen

Stuhl und glotzte aufs Meer. Die Sonne stand jetzt höher am Himmel. Die leichte Dunstschicht hielt sich nur noch über dem Wasser. Es versprach ein wunderbarer Frühsommertag zu werden. Er sah keinen Grund, hier wegzugehen. Jung beschloss trotzig, den Tag zu genießen, komme, was wolle, und gehe, was nicht aufzuhalten war.

*

»Hi, Tomi.«

Jung schreckte aus seinen Gedanken hoch. Tiny kam über den Rasen geschlendert, warf seine Zigarettenkippe auf den Rasen und trat sie aus. Er drehte sie regelrecht in den Boden hinein, bemerkte Jung wütend.

»Ich hörte vorhin das Auto. Wollte mal sehen, wie es euch heute so geht.«

»Moin, Tiny. Beschissen, wenn du es unbedingt wissen willst.«

»Dann lass uns was trinken!«, lachte Tiny. »Wo ist Svenja?«

»Hast du nicht gesagt, du hast das Auto gehört?«

»Ist sie weg?«

»Willst du 'ne Tasse Kaffee, oder was? Ich setze welchen auf.« Jung erhob sich und schlurfte in die Küche. Er holte Kaffee und Filtertüten aus dem Schrank, goss Wasser in den Kaffeeautomaten und stellte ihn an. Als er sich umdrehte, hatte Tiny Svenjas Zettel in der Hand und strich ihn glatt. Er las ungeniert und schüttelte den Kopf.

»Ganz schöne Zicke, deine Alte. Aber Hummeln im Popo. Alle Achtung.«

»Jetzt halt aber mal die Luft an, Tiny. Du kennst sie doch gar nicht!«, erwiderte Jung scharf.

Tiny schüttelte immer noch den Kopf und zischte rhythmisch durch die Zähne.

»Du hast keine Ahnung von Frauen, Tomi.«

»Aber du, was? Du hast ja Maria fürs Grobe, die nicht lesen und nicht schreiben kann, ich weiß.«

»Genau. Ich kenne Frauen wie Svenja.«

»Lass Svenja aus dem Spiel. Sie geht dich nichts an.«

»Ist sie Alkoholikerin?«

Jung blieb für einen kurzen Moment der Mund offen stehen.

»Sag mal, spinnst du? Das geht dich einen Scheißdreck an!«

»Sie reagiert allergisch auf Alkohol. Ähnlich wie eine von diesen blöden Weibern, die früher mal Kette geraucht haben und jetzt auf dem Kreuzzug gegen das Rauchen sind.«

»Vielleicht möchte sie am Frühstückstisch Kaffeeduft in der Nase haben und keine Alkoholfahne. Das könnte man verstehen, wenn man nicht ganz bescheuert ist, mein Lieber.«

»Hast du die Zeitung gelesen, Tomi? Interessant, nicht?« Tiny blieb aufreizend ruhig. Er nahm die BILD vom Küchentisch und schwenkte sie vor seiner Brust hin und her. Jungs Verblüffung über den plötzlichen Themenwechsel war nur kurz.

»Ich habe Urlaub, Tiny. Vergiss das nicht!«, warnte er ihn.

»Du bist ein schlechter Lügner, Tomi. Aber du bist im Urlaub, da hast du ausnahmsweise recht.« Er sah Jung aus freundlichen Dackelaugen an. »Hast du noch Sekt? Dir zuliebe würde ich heute nicht Nein sagen.« Er stand auf und öffnete den Kühlschrank. »Da ist er ja. Schon einen Kleinen gehabt, wie? Komm, wir setzen uns auf die Terrasse und sehen dem lieben Gott zu, wie er uns einen schönen Tag beschert.«

Jung war ehrlich genug zuzugeben, dass er schon selbst daran gedacht, den Gedanken aber sofort wieder verworfen hatte. Es wurmte ihn, einen guten Tropfen an diesen Geschmacksproleten zu vergeuden. Aus den Gläsern, die Tiny aus dem Schrank genommen hatte, hätte er nicht einmal Hustensaft getrunken. Ein heiliger Zorn überfiel Jung und bestärkte ihn auf eine Weise, die ihm völlig unbekannt war und ihn überrumpelte.

»Ich trinke lieber Kaffee. Stell die Flasche weg! Aber avanti!«

»Ganz schön kess, der Herr Beamte.«

»Lass die Sprüche. Wenn du nicht aufhörst, trete ich dir in den Hintern, dass du auf deinem Totenbett noch daran denken wirst. Ist das klar?«

»Was sind denn das für Töne? Willst du mir drohen? Das passt gar nicht zu dir«, lachte Tiny angestrengt.

»Ich habe Möglichkeiten, von denen dein Pilotenhirn keine Ahnung hat. Halt die Klappe, oder du wirst was erleben.«

Jung spürte in sich eine Kraft, die sich nicht in verbaler Krafthuberei erschöpfte. Er war von ihrer Stärke selbst überrascht und Tiny auch. Er starrte Jung mit offenen Augen an, und für den Bruchteil einer Sekunde blitzte in ihnen etwas auf, was Jung bis jetzt noch nicht darin gesehen hatte: Tinys Männlichkeit war bis zur Lächerlichkeit geschrumpft.

»Okay, schon gut. Entschuldigung. Lass uns vernünftig reden«, beschwor er Jung. »Wie kommst du wieder an das Auto? Hast du schon 'ne Idee? Ohne Auto bist du aufgeschmissen.«

Der Kaffee war fertig. Jung stellte Tassen, Kanne, Zucker und Sahne auf den Küchentisch. Er schwieg mürrisch. Sein Verstand verbot ihm, sich weiter aufzuregen. Aber Tiny wollte von seinen Provokationen nicht ablassen.

»Ich wüsste schon, wo ich es finde.«

»Du scheinst eine Menge zu wissen, von dem du glaubst, dass andere es nicht wissen.«

Tiny stutzte kurz. »Wollen wir wetten, dass ich das heute noch rausbekomme?«

»Ich wette nicht. Ich bevorzuge meine eigenen Methoden.«

»Welche denn, wenn ich fragen darf?«

»Wenn du Glück hast, wirst du sie nie erfahren. Wenn du Pech hast, wirst du dich dein Leben lang daran erinnern. Ich habe dir das jetzt schon zum zweiten Mal gesagt und sage es kein drittes Mal.« Jungs ruhige Selbstgewissheit war gefährlich geworden, und sein Tonfall verriet, dass er die Diskussion für beendet hielt und nichts ihn mehr bewegen konnte weiterzumachen.

»Okay. Wir werden sehen. Ich geh jetzt mal.«

»Adeus, Tiny.«

»Até já, Tomi. Man sieht sich.«

TOMI

Er fluchte leise vor sich hin, als er, mit einer Tasse Kaffee bewaffnet, zurück auf die Terrasse ging. Er setzte sich in seinen Stuhl. Die flache Dunstschicht über dem Wasser hatte sich aufgelöst. Die Sonne stand hoch am Himmel und wärmte ihn. Wolken konnte er nirgendwo entdecken. Eine leichte Brise war aufgekommen. Sie bewegte die Blätter in den Zitrusbäumen und wehte das intensive Aroma der Zitronen und Orangen auf die Terrasse. Der Duft des Tages hatte sich verändert.

Was hinderte ihn eigentlich daran zu genießen, was sich vor seinen Augen so einladend und wohltuend präsentierte und das er sich in der trüben Feuchte Nordfrieslands nicht einmal in seinen kühnsten Träumen vorzustellen vermocht hatte? Er war angereist, um Urlaub zu machen. Und was hatte er gefunden? Das schönste Haus und die schönste Aussicht weit und breit und – Stress.

Dieser unterbelichtete Expilot von nebenan entpuppte sich als Problem. Er verfluchte seine Schwäche, die Hilfe dieses Typs in Anspruch genommen zu haben. Er nutzte das auf eine widerliche Art aus. Warum langweilte Tiny sich nur so fürchterlich? Sein Verstand sagte Jung, dass er Probleme haben musste. Aber es war nicht seine Sache, sich darüber Gedanken zu machen. Probleme hatte schließlich jeder. Tiny musste nur gestoppt werden. Seine Kumpelhaftigkeit und Hilfsbereitschaft entpuppten sich als haltlose Aufdringlichkeit. Seine Schlampigkeit im Umgang mit seinen Vorlieben machten sie zu anstößigen Lastern. Dazu passte auch die blöde BILD-Zeitung.

Für einen Augenblick überlegte Jung, ob er in seiner Kritik nicht zu weit ging. Er verwarf aber seine Einwände, weil es ihm egal war, ob er recht oder unrecht hatte. Er wollte einen Urlaub mit seiner Frau und nicht mit seinem Nachbarn und der *BILD*-Zeitung. Im Übrigen brauchte er auch kein Auto. Was bildete sich dieser Idiot eigentlich ein? Es würde ihn wenige Stunden kosten, um herauszufinden, wo das Vehikel steckte. Im allerschlimmsten Fall würde ein Anruf bei Franzen genügen. Die Erinnerung an ihn war ihm angenehm. Sie hatten seit dem Fall einer Gifttoten auf Sylt ein besonderes Vertrauensverhältnis zueinander. Sie teilten ein Geheimnis und unterstützten sich seitdem vorbehaltlos. Franzen würde über Interpol oder auch direkt die portugiesischen Kollegen auf die Spur setzen. Zum Glück hatte er die Nummer des Mietautos. Als guter Beamter hatte er den Vertrag an sich genommen und im Haus weggeschlossen.

Ihm war inzwischen jedes Mittel recht, für einen Urlaub nach Wunsch zu sorgen. Den Kerl würde er auf null bringen und ihn da drüben in seiner Hölle festnageln. An diesem Gedanken richtete Jung sich auf wie eine verwelkende Blume in frischem Wasser.

Außerdem glaubte er auch so zu wissen, wo Svenja und der Wagen zu finden waren. Es hätte nicht zu ihr gepasst, zurück nach Hause zu fliegen. Es hätte aber auch nicht zu ihr gepasst, große Anstrengungen zu unternehmen. Dafür dachte sie zu lebenspraktisch und wirklichkeitsnah.

Er kannte seine Frau genau, und er hörte ihr vor allem sehr gut zu. Er erinnerte sich, dass Svenja erwähnt hatte, ihr Tennistrainer verdiene im Frühjahr im Aldiana Club Algarve sein Geld.

Jung hatte ihn kennengelernt. Er mochte ihn, denn er war ein guter Lehrer. Er konnte gut mit Kindern umgehen und weckte in ihnen die Freude am Sport. Ansonsten verbrachte er seine Zeit auf dem Tennisplatz mit alternden Frauen, seltener mit Männern. Seinen ewigen Schülerinnen war gemeinsam, dass sie nie ein Talent für Tennis gehabt hatten und es auch niemals lernen würden. Er versuchte mit rührender Geduld, ihnen eine passable Rückhand beizubringen. Seine freundliche und lachende Unbekümmertheit war die eines ewigen Jünglings, obwohl er schon nahe am Pensionsalter war. Er befolgte strikt die Regeln, nach denen er gelernt hatte, bequem zu leben, und die er niemals in Frage gestellt, geschweige denn aufgegeben hätte. Egal was auf ihn zukam, er fand immer ein Argument und den passenden Weg, nicht von seinen Maximen und Ansichten abrücken zu müssen. Die Frauen flogen auf ihn wie Fliegen auf einen Haufen frischen Pferdemists. Dafür konnte er nichts, aber die Männer nahmen es ihm trotzdem übel. Und zu ihrem Verdruss fuhr er auch noch einen Porsche.

Er hatte nur zwei winzig kleine Flecken auf seinem feinen Anzug. Wenn in seiner Gegenwart die Worte

›Schlüpfer‹ oder ›lecker‹ fielen, dann war für ihn Feierabend. Er meldete sich einfach ab aus dem Kreis seiner Verehrerinnen und zog sich, wer weiß wohin, zurück. Seine Schrullen machten ihn für Jung nur noch sympathischer.

Ja, er wusste jetzt, wohin es seine Frau vertrieben hatte. Er konnte sich nur nicht mehr daran erinnern, wo genau an der Algarve der Aldiana-Club lag. Aber das würde ihm schon einfallen. Außerdem gab es nichts Leichteres, als einen Aldiana-Club ausfindig zu machen.

Er holte sich eine weitere Tasse Kaffee aus der Küche und nahm die Zeitung mit auf die Terrasse. Sein Blick fiel auf die dicken Lettern der Titelzeilen: ›Unschuldige, kleine Engländerin entführt! Wer tut so was?‹ Das fragte er sich als Ermittler jeden Tag. Die Zeitung war von gestern. Er las den kurzen Text durch. Er brachte nichts Neues, nur das, was sie schon von zu Hause wussten. Aber der Medienrummel hatte eine Intensität und Aufgeregtheit erreicht, die zu nichts nutze war. Was hätte er sich an der Stelle seiner portugiesischen Kollegen gewünscht? Ganz sicher Ruhe und keinen Lärm, der bei der Arbeit nur störte. Die Öffentlichkeit hatte zwar Anspruch auf Information, aber nicht auf Dabeisein. Auch er hatte in seinem Berufsleben bitter erfahren müssen, dass seine Kräfte auf abwegigen Nebenkriegsschauplätzen verschlissen worden waren, Kräfte, die er dringend für das gebraucht hätte, wofür er bezahlt wurde. Er schüttelte den Kopf und legte die Zeitung beiseite.

SVENJA

Es tat ihr leid. Aber einer musste ja dem drohenden Fiasko ein Ende bereiten. Tomas war in diesen Dingen so unbeholfen. Wenn er Urlaub hatte, dann glaubte er, alle anderen hätten sich automatisch danach zu richten und sich anzupassen. Wenn etwas dazwischenkam, dann fing er an zu denken und zu analysieren. Sein ewiges Argumentieren ging ihr schrecklich auf die Nerven. Konnte er nicht einfach mal spontan sein und aus dem Bauch heraus das Richtige tun? Er musste doch sehen, dass dieser versoffene Gigolo und Expilot von nebenan nur störte. Dieser Typ gehörte zu der Sorte Männer, die nie aus der Pubertät herauskamen. Sie machten daraus eine Weltanschauung und drängten sie ihrer Umgebung auf, besonders den Frauen, ob die nun wollten oder nicht. Dass diese großen Bubis straflos in der Gegend herumlaufen durften, war an sich schon ein Skandal. Und dass ihr Mann dabei noch mitmachte, empfand sie als Zumutung, ja, sogar als Beleidigung.

Tiny, welch kindisch-affektierter Name angesichts seiner Statur, so unmöglich wie er selbst. Und diese affige Ray Ban Aviator in der Knopfleiste seines Polohemdes! Sah er nicht in den Spiegel? Er trug zwar eine Rolex, aber er hätte dringend zum Friseur und zur Fußpflege gemusst. An seinem Hemd fehlte ein Knopf, und wenn er so weitermachte, hätte er bald einen Bierbauch und seinen ersten Herzinfarkt. Wahrscheinlich litt er an Bluthochdruck. Natürlich war er nicht verheiratet und hatte auch keine Frau, höchstens eine Gespielin, wahrscheinlich irgendwo ein Kind, um das er sich einen Scheißdreck kümmerte. Sie ordnete ihn in die Kategorie ›hyperaktive Typen, die mit einem ausgeprägten ADS geschlagen sind‹. Denen war so einfach nicht beizukommen. An Urlaub war in deren Nachbarschaft gar nicht ernsthaft zu denken. Sie waren eine Zumutung, und so mussten sie behandelt werden.

Und dass Männer bei jeder passenden oder unpassenden Gelegenheit zur Flasche greifen mussten, fand sie auch unmöglich. Man kommt gerade aus dem Flugzeug, hat eine Leibesvisitation und eine anstrengende Reise überstanden, das Lieblingsparfüm und der Koffer sind weg, und schon soll man mit ihnen anstoßen. Worauf denn? Und was denken die sich dabei, wenn sie die BILD-Zeitung kaufen und ihnen die fetten Schlagzeilen in die Augen springen? Doch nicht an Urlaub. Dass ein kleines Mädchen entführt wurde, ist widerlich genug. Das muss man sich doch nicht auch noch auf den Küchentisch legen. Vor allem, wenn auf der gleichen Seite eines dieser nackten Dummerchen ihre Brüste in die Gegend baumeln lässt. Wer will das denn sehen, vor allem in dieser Kombination? Und das auch noch morgens, vor dem Frühstück. Nein, das hatte alles kein Qi, jedenfalls kein gutes Qi und schon gar kein Urlaubs-Qi. Und allein deswegen waren sie doch hier. Und deswegen war es auch völlig in Ordnung, dass sie die Konsequenzen zog.

Der Zufall kam ihr entgegen, als sie sich daran erinnerte, dass ihr Tennislehrer zurzeit im Aldiana Club Algarve unter Vertrag stand. Sie mochte ihn, weil er ein guter Trainer war. Aber sie mochte ihn noch viel mehr, weil er nicht rauchte und nicht trank und weil er unkompliziert genug war, ihr ohne große Fragerei zu helfen. Mit ihm würde es kein Problem geben, in dem Club ein Zimmer zu kriegen. Und er würde aus seiner Hilfe keine Vorteile ziehen wollen. Seine Gesellschaft war unanstrengend, man konnte Spaß mit ihm haben, ohne sich viel Gedanken machen zu müssen. Er war genau der Richtige in diesem Moment. Sie würde eben Tennis spielen, eine wunderschöne Urlaubsbeschäftigung, sehr gesund und ohne Qualm und Alkoholdunst.

Sie wusste ungefähr, wo der Club lag. Das Auto stand vor der Tür. Ihr Orientierungssinn war nicht der beste, aber er würde ausreichen.

Tomas würde sie schon aufspüren, später, wenn er sich nach ihr auf die Suche machte. Sie hatte vor ihm als Ermittler Respekt. Manchmal war er geradezu gefährlich. Gelegentlich fürchtete sie sich sogar vor ihm. Er kannte sie in- und auswendig, das war ihr in solchen Momenten klar geworden. Er hörte ihr sehr gut zu. Manchmal wünschte sie sich weniger davon. Es war lästig, bei Gelegenheit sogar peinlich, daran erinnert zu werden, was man irgendwann, irgendwo einmal gesagt hatte. Es konnte nicht ewig dauern, bis das Thema Tiny erledigt sein und er sich an ihren Tennislehrer und den Club erinnern würde.

TINY

Nur gut, dass er in der letzten Nacht eine Lösung für sein Problem gefunden hatte. Er hatte es doch gewusst: Die Alte von nebenan sorgte für Ärger. Äußerlich war ihr das nicht anzusehen, aber er kannte sich mit Frauen aus. Wie vielen Frauen war er in seinem Leben begegnet? Irgendwann hatte er es aufgegeben zu zählen. Er war kein Erbsenzähler, das überließ er Männern wie Tomi. Wie hielt der das an der Seite dieser Frau überhaupt aus? Ein merkwürdiger Typ. Am Anfang hatte er ihn unterschätzt, das musste er zugeben. Heute war eine Seite an ihm zum Vorschein gekommen, die er ihm nicht zugetraut hatte. So war schon lange keiner mehr mit ihm umgesprungen.

Er selbst hatte jetzt Pause. Bis zu seinem nächsten Schritt war er gezwungen, Zeit ins Land gehen zu lassen.

Was war Tomi von Beruf? Er redete drum herum, das war mehr als deutlich geworden. Er musste etwas Geheimnisumwittertes tun. Aber was? Er würde das herausfinden. Er würde den Wetterfrosch ausfindig machen und ihn anrufen. Sie kannten sich gut. Gleich heute würde er der Sache auf den Grund gehen.

Was würde Tomi jetzt tun? Eine spannende Frage, dachte Tiny. Würde er versuchen herauszufinden, wo seine Frau abgeblieben war? Sie war sicherlich nicht nach Hause zurückgekehrt. Dafür war sie nicht der

Typ Frau, nicht vom Schlage ›trautes Heim Glück allein‹.

Er beschloss, am Ball zu bleiben und den Verbleib des Autos in Erfahrung zu bringen. Er hatte genug Kontakte und Verbindungen, besonders zu den Leuten im Flughafen. Alle Autovermietungen hatten nicht nur dort, sondern auch in den besseren Hotels und Ferienanlagen ein Büro. Woanders würde die sowieso nicht absteigen, da war er sich sicher. Und die Vermieter kannten ihre Autos genau. Die Algarve war ein Dorf.

Für komplizierte Fälle gab es noch die alten Kumpels auf der Base Aerea. Ein portugiesischer Fliegerkamerad, den er damals ausgebildet hatte, war inzwischen Kommodore auf dem Platz geworden. Dessen Kontakte waren subtil und verdeckt, aber im Ernstfall sehr wirkungsvoll. Die Verbindungen in Portugal liefen schneller und auf anderen Ebenen als die in Deutschland. Als er sich an den Portugiesen erinnerte, schoss ihm ein frischer Gedanke durch den Kopf. Er verwarf ihn rasch. Dennoch machte er ihn ruhiger und zauberte ein Grinsen auf sein Gesicht.

IN VINO VERITAS

Jung stierte vor sich hin. Er würde jetzt nichts tun wollen. Zur Ruhe kommen, das war das Gebot der Stunde. Am besten schaffte er das, wenn er sich dem Nächstliegenden zuwandte, den Erfordernissen des Alltags: also zuerst einmal essen und trinken.

Der Kühlschrank war noch gut gefüllt. Vielleicht sollte er irgendwann den Clube Carvoeiro aufsuchen und das Angebot an Restaurants und Einkaufsmöglichkeiten erkunden. Er konnte das zu Fuß erledigen. Dabei hatte er Gelegenheit, seine Umgebung näher in Augenschein zu nehmen. Außerdem kam morgen schon Maria ins Haus, die Zugehfrau. Er könnte sie, wenn er wollte, fragen und ihr den Einkauf übertragen, wie Tiny ihnen versichert hatte. Die Möglichkeiten breiteten sich in Hülle und Fülle vor Jung aus.

Seine Überlegungen beruhigten ihn.

Er spürte jetzt die höher stehende Sonne auf seinem Rücken. Sie heizte auch die Terrasse auf. Die Strahlen aus dem Himmel und die Reflexion an den hellen Steinplatten blendeten und zwangen ihn, die Hand schützend über die Augen zu legen.

Er fragte sich, wo er einen Sonnenschirm finden könnte, und machte sich auf die Suche danach. Ein Anbau schirmte die Terrasse gegen die Zufahrt von der Straße ab. Über eine Tür ähnlich der Haustür, nur kleiner, kam er von der Terrasse in einen komfortablen

Geräteschuppen, wo er neben Werkzeugen und Gartengeräten auch einen Landhausschirm mit Fuß fand. Er schaffte ihn hinaus auf die Terrasse, spannte ihn auf und bugsierte seinen Gartenstuhl darunter. Es gefiel ihm, aus dem Schatten auf das Meer zu blicken. Sein Wohlbefinden steigerte sich von Minute zu Minute. Er sehnte sich nach einer ersten Urlaubszigarre.

Wieder auf den Füßen, setzte er seinen Erkundungsgang durchs Haus fort. Durch den Geräteraum betrat er den Hauswirtschaftsraum mit Waschmaschine, Trockner, Tiefkühltruhe und Weinschrank. Dahinter schloss sich die Küche an. Von der Küche kam er in die Diele und den sich anschließenden offenen Wohnraum, der mehr einem großen Salon glich. Zur Seeseite öffnete sich der Blick durch eine Glaswand. Vor der Kulisse der Küste und des Ozeans lag die geräumige Terrasse im Schatten des riesigen Sonnenschirms. Man hätte schon blind sein müssen, um von dem Anblick nicht beeindruckt zu sein.

Von der Diele zweigte der Schlaftrakt ab, der über ein paar Stufen hinunter in den Hang gebaut war. Das Haus war geräumig, von reduzierter Eleganz, aber perfekter Funktionalität, das Mobiliar modern und kühl. Neben ein paar üppigen Palmen und Zimmerlinden fiel die übrige Dekoration zurückhaltend aus. Sie bestand, abgesehen von einem Foto der Urbanisation Carvoeiro aus der Vogelperspektive, nur aus wenigen Pinselstrichgrafiken von Picasso. Jung hätte Picasso in Portugal nicht unbedingt erwartet, denn er hatte gelegentlich von der Abneigung der zurückhaltenden Portugiesen gegen ihre umtriebigen Nachbarn auf der Iberischen Halbinsel gehört. Aber vielleicht war der Besitzer gar nicht Portugiese, sondern Deutscher. Tiny lebte schließlich auch hier.

Er suchte seine Rauchutensilien zusammen und begab sich wieder auf den Weg unter den Sonnenschirm. Im Wohnzimmer fiel ihm ein Flachbildfernseher auf, der auf einer breiten Konsole im Schatten der Zimmerwand stand. Aus Neugierde schaltete er ihn an. Die Kanäle flossen über von den neuesten Nachrichten im Entführungsfall der kleinen Engländerin. Selbst in den Musiksendern VIVA und MTV waren die Spots und Clips mit laufenden Schriftbändern unterlegt, die über den neuesten Stand der Ermittlungen informierten. Jung schaltete ab. Meistens verrannte sich diese Art von Berichterstattung in abwegige Gefilde. In der Folge bekam sie eine Eigendynamik, die nicht mehr aufzuhalten war. Zum Ende war nicht mehr klar zu unterscheiden, was wichtig oder unwichtig und überhaupt der Ausgangspunkt der ganzen Aufregung gewesen war. Jung schüttelte den Kopf und fragte sich wiederholt, wer diesen Prozess in Gang gesetzt hatte. Wer konnte ein Interesse daran haben? Die Medien selbstverständlich.

Er drehte den Fernseher ab und widmete sich seiner Zigarre. Er guillotinierte das Mundstück und feuchtete es mit Zunge und Lippen an. Er entzündete sie sorgfältig mit einem Filibuster aus Sandelholz und setzte sich unter den Schirm auf die Terrasse. Der würzige Duft stieg ihm angenehm in die Nase. Er verfolgte, wie der Rauch anmutig über die Terrasse schwebte und sich in dem leichten Zug auflöste. Das hatte schon eher etwas von Urlaub an sich, dachte er, und lehnte sich, seine Urlaubslektüre greifend, in den Sitz zurück.

Er bevorzugte im Allgemeinen Bücher, die ihn nicht aufregten oder belasteten. Von ein paar wenigen Krimi-Autoren abgesehen, die er ganz besonders schätzte – Patricia Highsmith, Sjöwall/Walhöö, Hennig Mankell und Raymond Chandler waren hier an erster Stelle zu nennen –, las er gern esoterische Texte. Er hatte das höhnische Gelächter seines pensionierten Kollegen Boll noch im Ohr, als er ihm bei Gelegenheit von seiner Vorliebe erzählt hatte. Aber neben vielen Texten aus dieser Ecke, die er teils abwegig, teils gefährlich, teils unfreiwillig komisch fand, gab es auch – seiner Meinung nach – Kleinodien von ganz ungewöhnlichem Wert. Im Übrigen wollte er auch die Bibel durchaus dazu zählen. Und die war ein All-Time-Bestseller, über Jahrtausende erprobt und über jeden ernsten Zweifel erhaben. Mit diesem Argument musste er sich gelegentlich von seiner exzentrischen Vorliebe selbst überzeugen.

Für diesen Urlaub hatte er sich mit ›Zen im Alltag‹* eingedeckt und fing an, darin zu lesen. Als er das Inhaltsverzeichnis studierte, fiel ihm ein Kapitel mit dem Titel ›Das Feuer der Aufmerksamkeit‹ auf. Er wusste nicht, warum, aber das Thema weckte seine

---

* Die folgenden Zitate stammen aus Charlotte Joko Beck: ›Zen im Alltag‹, Droemer-Knaur, 1990.

eigene Aufmerksamkeit, und er schlug das Buch an der entsprechenden Stelle auf. Er las das Kapitel bis zu Ende und dann noch einmal. Danach legte er das Buch beiseite und fragte sich, was er von dem Text behalten hatte. Kurze Zeit später nahm er das Buch wieder auf und las das Kapitel ein drittes Mal, sehr langsam und sorgfältig, von Anfang bis Ende. Schließlich begann er, über folgende Passage zu grübeln:

Wenn etwas in unserem Leben schiefgeht, was versuchen wir dann? Wir setzen uns hin und möchten unbedingt herausfinden, was los ist. Wir grübeln darüber nach, wir spekulieren. Das funktioniert nicht. Es geht darum, unsere geistigen Verwirrungen zu erkennen, die nicht das wahre Denken sind. Wir beobachten unsere emotionalen Gedanken. ›Ach, ich kann sie einfach nicht ertragen. Sie ist ein schrecklicher Mensch.‹ Wir nehmen wahr, wir nehmen wahr, wir nehmen wahr. Erst wenn Körper und Geist zur Ruhe gekommen sind und das Feuer heller brennt, kann wirkliches Denken entstehen und die Fähigkeit, sinnvolle Entscheidungen zu treffen. Auch der schöpferische Funke jeder Art entsteht aus diesem Feuer.

Jung legte das Buch aus der Hand. Ja, das gefiel ihm gut. Er dachte mit genießerischem Wohlwollen daran, Körper und Geist zur Ruhe kommen zu lassen, selbst wenn ihn das an seine Neigung zur Bequemlichkeit erinnerte, die ihn öfter piesackte, als ihm lieb war. Er sagte sich, dass er die Anweisung des Textes einfach befolgen sollte. Er legte seine Zigarre beiseite, schwenkte die Rückenlehne seines Gartenstuhls in die

Liegeposition und schloss die Augen. Es verging nicht viel Zeit, bis die Zigarre erloschen und er fest eingeschlafen war.

*

Tinys lautes Prusten im Swimmingpool weckte Jung auf. Er musste lange geschlafen haben, denn die Sonne stand schon tief über den Hügeln im Westen. Er erinnerte sich an den frühen Morgen und den Disput, den er mit Tiny ausgefochten hatte. Die versöhnliche Stimmung, die der Schlaf in ihm hinterlassen hatte, kam seiner Absicht entgegen, ihre Nachbarschaft so umzumodeln, dass auch Svenja damit leben konnte. Er winkte Tiny freundlich zu. Auch ein noch gröberer Geist als Tiny musste seinen Wink als Einladung aufgefasst haben. Tiny stemmte sich aus dem Becken, stellte sich auf die Füße und kam, in seinen Bademantel gehüllt und seine Flipflops der Größe 46 plus an den Füßen, langsam auf Jungs Terrasse geschlendert.

»Darf ich?«, fragte er unsicher.

»Bitte. Schwimmst du jeden Tag, Tiny?«

Tiny plumpste stöhnend in einen Gartenstuhl und steckte sich eine Zigarette an. Er sah Jung mit skeptischer Aufmerksamkeit in die Augen.

»Ja, ich muss. Mein Rücken, verstehst du?« Tiny stieß hörbar den Rauch aus der Lunge.

»Hast du Rückenschmerzen?«

»Das ist der Preis dafür, dass du in diesen schnellen Mühlen durch die Gegend fliegst und die Freiheit des

Westens gegen die Bösewichter aus dem Osten verteidigst.« Seine Stimme sollte ironisch-amüsiert klingen, konnte aber sein Selbstmitleid nicht verbergen. »Irgendwann ist Schluss damit, aus, vorbei, finito.«

»Es muss viele von deiner Sorte geben. Wo sind die alle abgeblieben? Alle hier unten an der Algarve?«

Tiny lachte gequält. »Für viele gibt es eine Verwendung am Boden, in den Stäben, bei der NATO oder als Militärattaché bei den Botschaftern.«

»Und für dich nicht?«

»Wenn ich Russisch könnte oder Kiswahili. Vielleicht.« Tiny lachte laut. »Ein Fliegerkamerad von mir ist Attaché in Moskau. Ist bis zum Oberst aufgestiegen, sieht aber inzwischen aus wie der Glöckner von Notre Dame.« Tiny lachte noch lauter. »Ich sitz lieber hier, ohne die drei Pickel mit Eichenlaub auf der Schulter.« Er schnippte die Asche von seiner Zigarette in die Blumenrabatte neben sich.

»Gehaltsstufe A 16 mit Zulage ist aber auch nicht zu verachten, Tiny«, bemerkte Jung provokant.

»Woher weißt du, was die verdienen, Tomi?«

»Ich kenn mich da aus. Ich bin Beamter, wie du weißt.«

»Ach ja, natürlich, du bist ja Beamter.« Tiny machte eine andächtige Pause und zog an seiner Zigarette. »Hat der Beamte sich beruhigt? Wie wär's jetzt mit einem Sundowner? Ist das ein Wort?«

»Okay. Du Bier, ich Sekt. Einverstanden?«

»Einverstanden. Ich gehe rüber und zieh mir schnell was an.«

Tiny kam behände aus seinem Stuhl und verschwand hinter der Hecke zu seinem Haus. Jung schaffte Gläser und Getränke auf die Terrasse. Er fügte noch einige Scheiben von dem Elefantenfuß und etwas Käse und Schinken hinzu und arrangierte die Gedecke auf dem runden Gartentisch mitsamt ein paar sommerlich bunten Servietten, die er in der Küche gefunden hatte.

Tiny ließ nicht lange auf sich warten. Er hatte sich – frisch geduscht und frisiert – zu lässigen Jeans ein blütenweißes Poloshirt übergestreift. Tiny plumpste ein zweites Mal an diesem späten Nachmittag in seinen Stuhl, diesmal mit Seufzern des Wohlbehagens. Jung schenkte die Getränke ein.

»Vergessen wir unseren kleinen Streit von heute Morgen, okay?« Jung hob seine Sekttulpe und sah Tiny freundlich an.

»Auf das Vergessen.« Tiny nahm sein Bierglas und stieß mit Jung an. Er trank sein Glas fast leer.

»Ich weiß übrigens, wo dein Auto ist«, bemerkte Tiny beiläufig.

»Ich auch.«

»Ach nee. Hat sie angerufen?«

»Nein. Sie hat kein Handy. Die Festnetznummer auch nicht.«

Tiny sah Jung skeptisch an.

»Mein Handy habe ich abgeschaltet. Sie ist im Club Aldiana.«

Tiny konnte seine Enttäuschung nicht verbergen, obwohl er sich darum bemühte. Er schwieg beleidigt. Er schenkte sich den Rest aus der Bierflasche ein und lehnte sich zurück. Dann schüttelte er eine neue Zigarette aus der Schachtel und steckte sie sich zwischen die Lippen.

»Hast du einen Aschenbecher?«, fragte er unsicher.

»Ja. Ich rauche ab und zu Zigarre.«

Tiny blickte ihn überrascht an.

»Willst du deine Frau nicht holen? Sie hat sich in der Zwischenzeit vielleicht beruhigt und wartet auf deinen Anruf.« Tiny hatte seine Frage beiläufig klingen lassen und fügte jetzt lauter hinzu: »Hast du noch ein Bier?«

Jung holte ein weitere Flasche und einen Aschenbecher aus der Küche und setzte sich anschließend wieder zu Tiny an den Tisch.

»Nimm ein Häppchen Brot und Auflage. Schmeckt gut und gibt dir eine solide Grundlage«, lud er Tiny ein.

»Danke. Ich habe tatsächlich Kohldampf.« Er schenkte sich das Bier ein und langte kräftig zu.

»Willst du sie nicht holen?«, fragte er noch einmal undeutlich, während er kaute.

»Nein. Warum? Sie hat ihre Gründe. Das akzeptiere ich.«

»Und du? Willst du nicht zu ihr?«

»Nein. Ich habe Gründe hierzubleiben. Die akzeptiere ich auch.«

»Und welche Gründe sind das?«

»Mir gefällt es hier. Ich kann mir keine bessere Bleibe vorstellen.«

»Du bist schon ’ne merkwürdige Type, Tomi.« Tiny wischte sich die Finger an der Serviette ab, nahm sein Glas und trank es leer. Als er nach dem langen Schluck aufstoßen musste, hielt er sich die Hand vor den Mund.

»Entschuldigung. Das Bier schmeckt wirklich gut. Hat die richtige Temperatur.« Er schenkte sich aus der Flasche nach. »Was hältst du davon, wenn wir zusammen im Club essen gehen? Die Steaks sind fantastisch. Hinterher zeige ich dir die Diskothek. Vielleicht treffen wir zur Abwechslung mal ein paar nette Frauen.«

»Okay. Du hast mich überredet«, erwiderte Jung ohne zu zögern und erhob sich aus seinem Gartenstuhl. Tiny zog ungläubig die Augenbrauen hoch.

»Worauf warten wir noch? Komm in die Hufe, Tiny.«

»Okay, okay, okay. Du kannst es wohl nicht abwarten?« Jetzt erhob sich auch Tiny aus seinem Stuhl. »Kaum ist die Alte aus dem Haus, schon bist du auf der Piste. Ich glaube, ich habe dich verkannt, mein Lieber.«

»Ich will nur die Spielwiese sehen, auf der du deine Frauen aufreißt. Ist es nicht so?«

»Hey, hey, hey, was ist denn mit dir los? Was weißt du schon von Frauen? Von meinen schon gar nichts!«

»Du hast doch jede Menge gehabt, stimmt’s?« Jungs Stimme klang munter und sorglos.

»Und du? Du wohl eher nicht, oder?«

Sie brachten das Geschirr in die Küche und stapelten es in das Abwaschbecken. Tiny hatte das Gefühl, als wenn Jung es eilig hatte. Nachdem Jung die Haustür hinter ihnen zugeschlossen hatte, liefen sie den Hohlweg entlang in Richtung Clube Carvoeiro. Es dämmerte schon länger. Sie begegneten niemandem. Es war still.

»Ja«, kam Jung auf ihr Gesprächsthema zurück, »ich gebe zu, dass ich die Frauen, mit denen ich zusammen war, an einer Hand abzählen kann.«

»Woran hat's gelegen? Hast du Schiss?«, erkundigte sich Tiny amüsiert.

»Ja, ich glaube, du hast recht. Ich könnte auch sagen, ich habe zu viel Respekt vor ihnen. Das klingt besser.«

»Respekt? Welchen Respekt?«

»In meiner Familie – ich glaube, es war meine Mutter – wurde mir beigebracht, dass man sich Frauen über eine gewisse Grenze hinweg nicht zu nähern hat, es sei denn, man will sie heiraten.«

»Du meinst, wenn du sie vögelst, musst du sie heiraten? Das ist doch nicht wirklich dein Ernst, oder?« Tiny schüttelte ungläubig den Kopf.

»Nicht mehr. Aber damit bin ich groß geworden. Das kann ich nicht abstreiten.«

»Ach, du liebes bisschen. Kein Wunder, dass du keine Ahnung von Frauen hast.«

Sie näherten sich dem Clube. Es wurde lauter. Sie betraten durch einen überbauten Durchgang den Innenhof des rechteckigen Gebäudekomplexes. Tiny führte sie in ein Steakhouse schräg gegenüber dem Tordurchgang. Sie suchten sich einen Tisch im Freien. Tiny ließ sich von ihrem Gesprächsthema nicht ablenken. Frauen schienen ihn lebhaft zu interessieren.

»Die Frauen wollen diese Art von Respekt gar nicht. Weißt du das nicht?«

»Ich glaube, du hast wiederum recht, Tiny. Der Mensch ist eben ein homo ludens und kein gehorsamer Katholik.«

»Nee, nee, bloß keine Homos und Betbrüder. Frauen wollen richtige Kerle.«

Jung fragte sich, warum Tiny nicht den Frauen überließ zu sagen, was sie wirklich wollten. Vielleicht sagten Frauen nur nicht, was sie wollten, weil sie das zu Konsequenzen gezwungen hätte, die sie fürchteten. Vielleicht hatten sie es auch einfach nur nicht gelernt. Dann könnte an dem, was Tiny sagte, etwas dran sein. Galt das Gleiche nicht auch für Männer?

Jung brach seine Überlegungen ab. Die Bedienung kam an ihren Tisch. Sie gaben ihre Bestellung auf: Für Tiny sollte es Entrecote, Chilli und Bier, für Jung Rinderfilet, Kartoffelgratin und roter Landwein sein. Tiny hatte sich nur ungern unterbrechen lassen.

»Richtige Kerle, verstehst du? Was sich deine Alte heute geleistet hat, solche Zicken würde ich nie mitmachen. Diese Sorte schicke ich gleich in die Wüste.« Tiny machte eine kurze Pause. Dann informierte er Jung in einer kurzen Rede darüber, was er unter einem richtigen Kerl verstand. Der Kellner hatte inzwischen die Getränke an den Tisch gebracht. Jung nahm sein Glas auf.

»Jetzt weiß ich endlich, was mir fehlt. Danke, Tiny«, quittierte Jung Tinys Ansprache schmunzelnd, und sie stießen gemeinsam an.

Dann kam auch schon ihr Essen. Jung irritierte die Geschwindigkeit der Küche. Die Eile hatte etwas Bedrängendes. Aber nach dem ersten Bissen hatte er sich gefangen. Das Fleisch schmeckte ausgezeichnet und war auf den Punkt gegrillt, das Gratin saftig und so angemacht, wie er es liebte: mit Meersalz, Kubebenpfeffer, Knoblauch, frischer Sahne und überbacken mit einem kräftigen Gruyère. Er hatte das so gut nicht erwartet. Auch der Wein konnte sich sehen lassen. Tiny schien ebenfalls sehr zufrieden zu sein. Das Thema Frauen mochte er nicht fallen lassen.

»Wenn du so aufgewachsen bist, Tomi, wie kommst du dann an fünf Frauen? Warst du fünf Mal verheiratet?«

»Wie kommst du auf fünf?«, fragte Jung perplex. »Aber egal. Nein, ich habe eingesehen, dass das Prinzip meiner Mutter im Alltag nichts taugt. Dennoch hat es mich beeinflusst.«

»Für deine Mutter gab's wohl nur Ehefrauen oder Nutten, stimmt's?«

»Ja«, lachte Jung, »du hast es erfasst, direkt auf den Punkt. Aber ich habe inzwischen Silberhochzeit gehabt.«

»Was? Das könnte ich mir in meinem Fall überhaupt nicht vorstellen.«

»Wie man sieht!«, lachte Jung noch einmal.

»Wieso? Was sieht man?«

»Na, du lebst doch allein. Oder versteckst du eine Frau in deinem Haus?«

»Ach so. Nein, natürlich nicht. Ich bin allein.«

Tiny nahm einen großen Schluck Bier aus seinem Glas und sah Jung nachdenklich zu, wie er sich eine Portion Gratin auf den Teller tat. Er schnitt einen großen Happen mit Fettrand von seinem Entrecote, schob es in den Mund und kaute lange darauf herum. Jung merkte ihm an, wie es in ihm arbeitete. Sie aßen eine Weile schweigend. Schließlich nahm Tiny das Gespräch wieder auf.

»Ich werde heiraten.« Tiny klang, als hätte ihn ein heiliger Blitzstrahl getroffen.

»Hast du denn schon eine Frau dafür?«, lachte Jung.

»Nein. Noch nicht.«

»Du hast doch Maria, Tiny. Warum machst du ihr nicht einen Antrag?«

»Maria? Willst du mich verarschen? Sie ist viel zu alt und Portugiesin.«

»Ist sie denn noch zu haben?«

»Weiß ich nicht. Habe nie danach gefragt.«

»Und wie alt ist sie?« Jung nahm einen Schluck Rotwein.

»Weiß ich auch nicht. Jedenfalls sieht sie uralt aus.«

»Und warum keine Portugiesin?«

Tiny ließ ihn auf eine Antwort warten. Er beendete sein Essen und trank das Bier aus. Dann wischte er sich mit dem Handrücken den Schaum aus dem Bart und stellte fest:

»Wenn du eine Portugiesin ins Haus lässt«, er zielte dramatisch mit dem Zeigefinger auf Jungs Brust, »dann malt sie sich sogleich aus, wo das Kinderzimmer sein soll und wie sie es einrichten würde. Nee, nee, mein Lieber«, er schüttelte verneinend den Kopf, »die wollen alle nur eines: versorgt werden. Und Kinder nehmen sie als Geiseln, um dich zu erpressen. Die Pest, sag ich dir.«

Jung lachte. Das Thema fing an, ihn zu langweilen.

»Komm, lass uns zahlen. Wolltest du mir nicht die Bar zeigen?«

»Die Disko unter der Praca, ja.« Tiny sah zu, wie Jung in seinen Taschen nach Geld suchte. »Lass mal stecken, ich zahle. Du bist mein Gast.«

»Danke, Tiny.«

Sie erhoben sich. Es war inzwischen dunkel geworden. Jung konnte am Himmel keine Sterne ausmachen. Tiny zahlte und gesellte sich danach wieder zu ihm.

»Noch ein bisschen früh. Aber nicht zu früh für einen steifen Drink.« Tiny eilte mit großen Schritten zum Westausgang der Praca central und stieg einen Kellergang die Stufen hinunter. Jung mochte Keller nicht, schon gar nicht, wenn sie der Geselligkeit und dem Amüsement dienten. Wenn er in die Welt der Unterhaltung hinabsteigen musste, überfiel ihn zwanghaft der Wunsch, es möge da unten heller und lichter zugehen. Ihn erfasste eine dumpfe Beklommenheit, wenn er aus Lichtmangel nichts sehen und vor Lärm nichts hören konnte. Er fühlte sich unwohl da unten. Tiny schien diese Probleme nicht zu kennen. Er bewegte sich, als sei er hier zu Hause. Er hätte niemals Mühe gehabt, sofort zwei Plätze am Tresen zu ergattern, auch wenn der Keller voller als am heutigen Abend gewesen wäre.

»Was trinkst du?«, fragte er forsch.

»Ich möchte einen Whiskey, ohne alles.«

»Gute Wahl. Ich auch. Hi, Karim, how are you doing?« Tiny begrüßte den Bartender wie einen alten Kumpel.

»Just fine, Tiny. Everything okay?« Er sah Tiny in die Augen und zwinkerte ihm zu. Als er keine Antwort bekam, fragte er: »Same as usual?«

»Whiskey pure, for my friend too«, beeilte sich Tiny.

»Okay, Tiny. I'm on the way.«

Tiny sah sich in der Diskothek um wie ein Bär, der sich aufmerksam witternd über seine Hinterläufe aufgerichtet hatte.

»Was siehst du? Ich sehe gar nichts. Zu dunkel hier«, bemerkte Jung.

»Nichts los heute. Keine Frauen. Muss dich enttäuschen, Tomi.«

»Macht nichts. Wir haben ja das Fernsehen.« Er hatte sich der Theke zugewandt und sah hinauf zu einem riesigen Bildschirm, der unter der Decke hinter dem Tresen hing und seine Bilder stumm in den Raum schleuderte. Tiny drehte sich um, hob die Augen und blickte dann gebannt auf die lautlose Flut aufgeregter Nachrichten über den Entführungsfall an der Algarve.

»Verdammt, verdammt, verdammt. Das glaube ich einfach nicht!«, rief Tiny gegen den Lärm an. Er wandte sich zu Jung und sah ihn auffordernd an.

»Was?«, wollte Jung wissen.

»Dieser aufgequirlte Haufen Scheiße wird immer

dicker. Unglaublich, geradezu unheimlich. Mann, oh Mann, diese Kacke ist einfach nicht zu fassen.«

»Immerhin handelt es sich um die brutale Entführung eines unschuldigen Mädchens«, gab Jung ohne Überzeugung zu bedenken.

»Entführung? Dass ich nicht lache. Wo sind die Entführer? Hast du von denen schon gehört? Das ist alles kompletter Bullshit.«

»Warum regst du dich so auf?« Jung stutzte. Dass ein Mann wie Tiny in die gleiche Richtung tendierte wie er selbst und Svenja auch, das ging irgendwie nicht zusammen.

»Einen größeren Haufen Bullshit gibt es gar nicht. Darüber muss man sich aufregen.« Tiny steckte sich eine Zigarette an und trank sein Glas bis zur Neige leer. Dann sah er wieder auf den Bildschirm.

»Du tust so, als wenn es dein Kind wäre, Tiny.«

»Ist es auch, mein Lieber, aber nur fast.«

»Was? Ich hab dich nicht verstanden.«

Tiny wandte sich zu ihm um und sah ihn aus geröteten Augen an, als wäre er gerade aus einem Albtraum erwacht. »Ich habe nur laut über Kinder nachgedacht«, erklärte er jetzt deutlicher.

»Du denkst über Kinder nach? Das hätte ich von dir nicht erwartet«, lachte Jung ihm offen ins Gesicht. »Hast du etwa Kinder, Tiny?«

Tiny orderte bei Karim neue Drinks und erwiderte lapidar: »Ja, einen Jungen.«

»Nein, nicht möglich. Wo ist er? Warst du verheiratet?«

»Ja, mein Lieber. Ein einziges Desaster, wenn du mich fragst.«

»Wo ist die Mutter? Lebt sie?« Jungs kriminalistische Neugier war von der überraschenden Facette in Tinys Vita zum Leben erweckt worden.

»Ach, das ist eine lange und üble Geschichte.«

»So übel kann sie nicht gewesen sein, wenn ich dich so anschaue. Du siehst ziemlich unversehrt aus, mein Lieber.«

»Damals hättest du mich sehen sollen, als ich noch ein richtiger Top Gun war. Deswegen habe ich wohl auch diesen Fehler gemacht. Irgendwie habe ich gepennt, war mehr in der Luft als am Boden.« Er schüttelte den Kopf.

»Erzähl. Das erleichtert«, drängte ihn Jung freundlich.

»Ich war jung, hatte gerade das Screening zum Jet-Piloten erfolgreich hinter mir. Uns war nach Feiern zumute, und wir machten eine richtige Sause.« Er pausierte und nahm einen Schluck Whiskey. »Dazu waren jede Menge heiße Bräute gekommen. Weiß der Henker, wer die alle aus ihren Löchern geschubst hatte. Aber die Anzahl an scharfen Miezen war beachtlich.« Tiny unterbrach sich. Ein bittersüßes Lächeln zwängte sich auf seine Lippen. »Die hörten uns natürlich mit spitzen Ohren zu, wie wir angaben und schwärmten von den Staaten, Texas, Bungalows, Swimmingpools und so weiter und so fort. Zur weiteren Ausbildung wurden wir in die Vereinigten Staaten, auf eine Basis der US-Airforce, verlegt, musst du wissen. Na ja, wir ließen es jedenfalls ordentlich krachen. Ich glaube, meine Braut wurde schon vom Zuhören schwanger. Den Rest kannst du dir denken.«

Jung nickte.

»Sie lag gern am Swimmingpool. Das bisschen Hirn, das sie hatte, dampfte ihr die texanische Sonne auch noch aus dem Schädel. Sie nörgelte herum, weil sie einen dicken Bauch hatte und die Ärzte da drüben sie nicht verstanden. Ich war viel in der Luft. Ich musste büffeln. Ich hatte Erholung nötig, wenn ich nach Hause kam, verstehst du? Die Ausbildung war hart. Ein Ping zu viel, und du flogst das letzte Mal, aber dann zurück nach Deutschland.«

»Was ist ein Ping?«

»Das sind die Maluspunkte, die du nicht haben darfst. Hast du zu viele davon, ist Schluss, gegroundet bis in alle Ewigkeit.«

»Aha! Und dann?«

»Ich schaffte den Abschluss und dachte, das Schlimmste läge hinter mir.«

»Das klingt so, als hättest du dich getäuscht.«

»Richtig. In Europa ging die Chose erst wirklich den Bach runter. Ich kam in die norddeutsche Einöde, ganz, ganz weit nach achtern, nach Leck in Schleswig-Holstein. Weißt du, wo das liegt?«

»Sehr gut sogar, mein Lieber«, lachte Jung, »ich wohne da.«

»In Leck?«

»Nicht direkt. Ein paar Kilometer weiter, in Flensburg.«

»Na ja, ich will ja nichts Schlechtes sagen. Aber für

mich war's die Hölle.« Tiny stürzte seinen Whiskey in einem Schluck herunter. »Wenn ich abends nach Hause kam, erwarteten mich meine frustrierte Alte und mein schreiendes Kind. Furchtbar. Und das nach einem Tag, der um 5 Uhr früh begann, an dem ich zwei Sorties geflogen war, manchmal mit anschließendem Nachtflug, und der um 20 Uhr abends, öfter auch erst um 22 Uhr, endete.« Tiny hatte sich beim Erzählen erregt und schüttelte heftig den Kopf.

»Und so sexy wie am Anfang war deine Frau sicherlich auch nicht mehr.«

»Ja, davon war auch nicht mehr viel übrig geblieben. Wenn wir ein Tiger Meeting hatten und die Pilots 'ne Party steigen ließen, war ich froh, wenn sie Migräne hatte.« Tiny machte eine lange Pause und sie nippten gedankenverloren an ihren Gläsern.

»So, wie ich dich einschätze, hast du einen Ausweg gefunden, nicht wahr?«, brachte Jung das Gespräch wieder in Gang.

»Klar. Ich tat das, was ich gelernt hatte und was ich am besten konnte.«

»Und was war das?«

»Fliegen«, antwortete Tiny lakonisch.

»Und sie, deine Frau, was tat sie?«

»Sie krallte sich ihren Frauenarzt und verschwand aus meinem Leben auf Nimmerwiedersehen.« Tiny neigte seinen Kopf und sah Jung von unten aus geröteten Augen an.

»Hat dich das überrascht? Du hättest das kommen sehen können, oder?«

»Ich wollte gar nichts sehen, verstehst du? Ich war gerade für ein paar Wochen drüben in Kanada gewesen, und wir hatten dort eine Wahnsinnszeit mit Einsätzen in Baumwipfelhöhe über der Wildnis Labradors verbracht. Fliegen unter höchstem Stress, verstehst du?« Ein Lächeln huschte über sein Gesicht. »Ich erinnere mich, als wäre es erst gestern gewesen. Auf dem Rückflug nach Europa machten wir ’nen Zwischenstopp in St. John’s auf Neufundland. Im Entertainment-Distrikt tobte der Bär. Das George Street Festival ging gerade ab. Sind nette und lustige Typen, die Neufundländer. Vor allem die frischen, knackigen Mädels. Wir hatten ein Wochenende, wie wir es lange nicht mehr gehabt hatten, schon gar nicht bei den Eskimösen in Happy Valley-Goose Bay.« Er lachte selbstvergessen und schüttelte wiederholt den Kopf. »Als ich in Leck nach ein paar abschließenden Touch-and-Gos landete, war mein Goldschatz weg.«

»Mitsamt dem Kind, nehme ich mal an.«

»Mit Kind, versteht sich.«

»Und? Warst du traurig?«

Tiny ließ sich mit seiner Antwort Zeit.

»Darf ich ehrlich sein, Tomi?«

»Ich bitte darum.«

»Ich war froh und erleichtert. Weißt du, was es bedeutet, tagsüber einen Überschalljet zu fliegen und abends eine blöde Kuh und ein absolutes AK, also Arschlochkind, ertragen zu müssen? Hast du Kinder, Tomi?«

»Ja, zwei. Ich mag sie. Ich würde sie vermissen, wenn es sie nicht gäbe.«

»Dann hast du Glück. Herzlichen Glückwunsch. Ich hasse Kinder seit damals.« Tiny stierte in sein Glas und schwenkte es gedankenverloren in der Hand.

»Das sind starke Worte, Tiny, ziemlich hart.«

»Hart? Ich kann nichts dafür. Es ist die Wahrheit.« Er trank sein Glas leer und knallte es auf den Tresen.

Tiny hatte aus seinem Herzen keine Mördergrube gemacht und seinen Gefühlen freien Lauf gelassen. Fast bewunderte ihn Jung dafür, es nötigte ihm zumindest Respekt ab. Aber das Gehörte berührte ihn auch fremdartig. Er glaubte ihm, und er glaubte ihm auch wiederum nicht. Jung huschte eine Idee zu Kindern durch den Kopf. Er konnte sie nicht festhalten.

Er sagte müde: »Komm, lass uns nach Hause gehen. Mir ist es hier zu laut. Es ist auch schon spät, und ich habe Urlaub, du weißt.«

»Ja richtig, du Urlauber. Ich übernehme das hier. Karim!«, rief er laut über den Tresen. »Put it on my bill, please.«

»Everything okay, Tiny. See you later. Até amanha.«

»Até amanha, Karim.«

Tiny gab dem Bartender einen High-five über den Tresen und entschwand in großen Schritten in Richtung Ausgang. Jung hatte Mühe, ihm zu folgen.

In der Oberwelt angekommen, gingen sie schweigend nebeneinander her. Jung war froh, Tiny an seiner Seite zu haben. Es war stockdunkel. Es musste Neumond herrschen. Die Stille lag bedrohlich und unheimlich über dem Ort. Er allein hätte sich leicht verlaufen können, gestand er sich widerwillig ein. Tinys Ortskenntnis und seine Unbekümmertheit verscheuchten seine aufkeimende Beklommenheit.

»Komm, wir nehmen noch einen Absacker bei mir«, lud Tiny Jung ein, als sie vor der Zufahrt zu ihren Häusern standen.

»Tiny, lass uns Schluss machen. Ich glaube, wir haben genug gehabt.«

»Du bist doch so 'ne Art Gourmet-Fuzzy, hab ich recht?«

»Wie kommst du darauf?«, fragte Jung verdattert.

»Glaubst du, ich hätte nicht bemerkt, wie du Marias Sekt geschlürft hast? Fehlte nur noch, dass du den kleinen Finger abgespreizt hättest.«

»Was willst du damit sagen, Tiny?«

»Ich will sagen, dass ich einen guten Tropfen für dich im Keller habe. Lass dich überraschen, okay?«

Jung überlegte. Was könnte Tiny schon in seinem Keller haben? Er hatte ihn heute schon das ein oder andere Mal überrascht. Jung schob seine Bedenken und seine Müdigkeit beiseite und gab seiner Vorliebe für ungeahnte Gaumenfreuden nach. Selbst eine nur vage Andeutung Tinys hatte seine ursprüngliche Absicht schnell aufgeweicht.

»Gut. Auf ein Glas. Aber nur eins.«

»Wird gemacht. Komm rein.«

Tiny schloss die Haustür auf und ließ Jung an sich vorbei in die Diele treten.

»Du kennst dich ja aus. Lass uns auf die Terrasse gehen. Ich hole inzwischen den Wein.«

»Wein?« Jungs Frage hing in der Luft wie eine Fermate. »Da bin ich aber gespannt, Tiny.«

»Lass dich überraschen. Ich bin es auch. Setz dich auf die Bank. Ich mache Licht.«

Als Jung die Terrasse betrat, sprang die Beleuchtung an. Die Leuchtmittel steckten hinter durchbrochenen Mauervorsprüngen. Die filigranen Muster des Mauerwerks erinnerten an die maurischen Entlüftungskamine auf dem Dach. Die Terrasse und das Blätterdach des Feigenbaums wurden in ein exotisches, geheimnisvolles Licht getaucht. Die Nachtluft war mild. Der Brunnen im Hof plätscherte beruhigend. Jung fühlte sich wohl und nahm auf der Bank in der Mauernische Platz.

Tiny kam mit einer Flasche und zwei Gläsern an den Tisch. Die Gläser erinnerten Jung an eine der vielen ländlichen Hostelerias, wie sie in Südeuropa noch immer anzutreffen waren. Man konnte dort preiswert und gut essen, und der Wein aus der Region wurde gern aus diesen Glasbechern getrunken. Jung freute sich schon auf einen Vinho verde oder einen ehrlichen Vidiguera aus dem Alentejo oder einen kräftigen aus der Region Bairrada, wo der Wein noch mit den Füßen gekeltert wurde. Das würde zu den Bechern passen, dachte er amüsiert.

Tiny entkorkte die Flasche und stellte sie Jung provozierend vor die Nase.

»Was meinst du? Wirst du den runterkriegen?«

Jung nahm die Flasche in die Hand und sah auf das Etikett. Das hatte er in seinen kühnsten Träumen nicht erwartet. Seine Vorliebe für edle Weine wurde ihm schlagartig bewusst. Ab und zu kaufte er sich ein Winebookazine vom Feinschmecker und stöberte darin herum. Er ergötzte sich an den Reportagen über Winzer und Châteaus. Die Berichte von Proben besonders ausgesuchter und hochprämierter Flaschen ließen ihm das Wasser im Munde zusammenlaufen. Sein sehnlichster Wunsch war, irgendwann einmal zur Verkostung dieser Raritäten eingeladen zu werden. Oder so viel Geld zu haben, sich eine Flasche oder auch zwei oder doch lieber gleich drei davon kaufen zu können. Hier eröffnete sich ihm eine Chance. Er hatte Mühe, seine Erregung zu unterdrücken.

»Tiny, was ist das denn?«, fragte er misstrauisch.

»Ich hab vielleicht schon einen im Tee, aber ich glaube, das ist Rotwein.« Tiny klang unsicher. »Guck nicht so deppert. Willst du lieber einen Brandy?«

»Wo hast du den her, Tiny?«, fragte Jung bedrohlich leise.

»Ist das hier ein Verhör oder was? Ich denke, du bist im Urlaub.«

Jung wollte sein berufliches Inkognito nicht schon wieder verteidigen müssen und verdonnerte sich zu Stillschweigen, obwohl es ihm schwerfiel.

»Quatsch. Ich habe nur einen Portugiesen erwartet und keinen Franzosen. Mein Kompliment. Gib mir dein Glas.«

Tiny reichte es ihm hin und Jung schenkte die Gläser voll. Es tat ihm in der Seele weh, und er musste sich beherrschen, um die Aktion nicht vorzeitig abzubrechen.

»Auf dein Wohl, Tiny. Vielen Dank für den netten Abend.«

»Auf dein Wohl, Tomi. Und auf deinen Urlaub.«

Sie tranken. Jung liebte kräftige, aromareiche Rotweine mit Finesse. Aber noch nie zuvor hatte er einen von dieser Klasse im Glas gehabt.

»Wie schmeckt er dir, Tiny?«, fragte Jung scheinheilig.

»Ist mir zu sauer und zu stark. Wenn es schon Rotwein sein muss, dann Dornfelder. Und du?«

»Mir schmeckt er ausgezeichnet. Du würdest mir eine Freude machen, wenn du mir die Flasche schenkst.«

»Okay. Nimm sie mit. Wenn du noch mehr Lust auf Rotwein hast, sag mir Bescheid. Ich hab zwei Kisten davon.« Tiny lachte in sich hinein und rülpste.

Jung sah ihn ungläubig an und schwieg schockiert. Er konnte seinen Ohren nicht trauen. Die Flasche, die Tiny entkorkt hatte, war ein 1er Cru Classé 1994, Château Haut-Brion. Er hatte im Feinschmecker gelesen, dass diese Weine nur über ausgesuchte Händler zu erwerben waren. Der Jahrgang 94 war nicht der beste gewesen, dennoch kostete die Flasche im Handel mindestens 200 Euro. Es gab bessere Jahrgänge, auch jüngere. Die Flaschen erzielten jetzt schon Preise zwischen 300 und 500 Euro. Er hatte auch gelesen, dass Weine dieser Kategorie bei Sotheby's in London versteigert worden waren. Welche Schätze hast du in deinem Keller, Tiny, die überhaupt nichts da verloren haben, fragte sich Jung aufgerüttelt.

»Morgen Abend machen die Briten in Albufeira ihre

Season-opening-Party«, schwadronierte Tiny weiter. »Ich bin eingeladen. Bist du mit dabei?«

Jung fiel es schwer, sich auf Tiny zu konzentrieren. »Wenn du mich dabeihaben willst und ich dir nicht auf den Keks gehe, warum nicht?«

»Du gehst mir nicht auf den Keks. Du bist etwas komisch. Aber das macht nichts. Wir fahren so gegen 21 Uhr. Passt dir das?«

»Okay. Danke für die Einladung. Ich freue mich.« Jung hob, in Gedanken versunken, sein Glas und prostete Tiny noch einmal zu.

»Ich glaube, wir machen jetzt doch Schluss«, sagte Tiny und schlug eine Mücke auf seinem Hals tot. »Früher haben sie im Frühjahr die Küste noch mit DDT mückenfrei gespritzt. Heute sind die Biester schlimmer als je zuvor.«

»Wird Zeit, ins Bett zu kommen«, stimmte Jung zu.

Tiny kam etwas mühsam auf die Beine.

»Vergiss die Flasche nicht.«

Jung erhob sich ebenfalls und machte vor Tiny eine affektierttiefe Verbeugung.

»Danke für den Wein, Sir Tiny.«

»Was soll das? Willst du mich verarschen?«

»Nicht so bescheiden, Tiny.« Jung lachte ihm offen ins Gesicht. »Ich wusste bis jetzt gar nicht, dass du Kontakte zur britischen Königsfamilie pflegst.«

Tiny lachte nicht mit. Seine Züge entgleisten und hinterließen einen dümmlichen Ausdruck auf seinem Gesicht.

»Solchen Wein bekommt man sonst nur an einem Königshof kredenzt«, beeilte sich Jung zu erklären. Tinys Humorlosigkeit irritierte ihn. Als Tiny weiter in seiner Begriffsstutzigkeit verharrte, verabschiedete sich Jung förmlich.

»Gute Nacht. Até amanhã.«

»Até amanhã«, murmelte Tiny.

*

Als Jung endlich im Bett lag, konnte er nicht einschlafen. Tiny hatte ihn überrascht, zum Schluss sogar beunruhigt. Jung hatte schon das sichere Gefühl gehabt, auf dem besten Wege zu einem erträglichen, auch für Svenja erträglichen, Modus Vivendi zu sein. Aber Tinys Verhalten hatte ihn misstrauisch gemacht. Jung witterte Unheil. Irgendwas lag in der Luft. Er kannte das Gefühl von den Begegnungen mit Übeltätern, die er zu überführen gehabt hatte. Seine Erfahrungen hatten ihn gelehrt, dass sie in aller Regel keine Übelwollenden gewesen waren. Kam er ihnen mit scheinbar unerschütterlicher Freundlichkeit auf die Schliche, dann traf er irgendwann, wenn auch oft sehr spät, auf Entgegenkommen, ja, sogar Hilfsbereitschaft. Er hatte darüber nachgedacht, ob es, anstatt sie dem Richter zuzuführen, für alle Beteiligten nicht viel besser gewesen wäre, ihr strafwürdiges Tun nur offenzulegen, allerdings radikal und in allen Aspekten. Er hätte sich zugetraut, danach mit ihnen ein erträgliches Miteinander einrichten zu können. Er war sich bewusst, wie anmaßend, wie abwegig und naiv dieser Gedanke war. Aber mit geborenen, sozusagen genetisch bestimmten Bösewichtern und Schwerstkriminellen war er bisher nicht in Berührung gekommen. Dennoch glaubte er zu wissen, dass es sie gab. Irgendwo da draußen in einer Welt, in der er mehrheitlich Halunken und Killer vermutete. Deren Lebenselixier schien in erster Linie aus Lüge, Mord, Betrug, Erpressung und Diebstahl zu bestehen. Wo würde man sie finden können? Vielleicht im Mafialand Italien, im Vorderen Orient oder in Fernost mit ihren Schattengesellschaften, die sich aus Krieg, Menschenhandel, Spielsucht und den Geschäften mit Drogen und Prostitution finanzierten. Niemals wollte er dort leben müssen. Er konnte sich ein Leben, wenn man das überhaupt so nennen wollte, unter den Bedingungen, die seine Fantasie ihm suggerierten, einfach nicht vorstellen. Früher oder später würde er daran zugrundegehen. Und die, die ein Leben dort vorzogen, waren in seinen Augen keine Menschen, sondern Außerirdische, die von einem anderen Stern geschickt worden waren, die Menschheit zu vernichten. Er hatte mit Besorgnis registriert, wie sich in Deutschland über die Jahre die kriminellen Strukturen ausgebreitet hatten. Seine Antennen waren geschärft worden, sein Misstrauen größer geworden als noch zu Beginn seines Berufslebens. Er roch Unrat, wusste aber nicht, welcher Müll hier so stank.

Um seiner Grübelei zu entfliehen, nahm er seine Ferienlektüre zur Hand und las sich laut daraus vor. Er legte das Buch beiseite und schloss die Augen. Bald darauf war er eingeschlafen.

MARIA

Jung wachte spät auf. Die Sonne stand hoch am Himmel und tauchte sein Schlafzimmer in gleißende Helle. Spontan regte sich sein schlechtes Gewissen, so spät noch in den Federn zu liegen. Er hatte Urlaub, beruhigte er sich. Sein Blick fiel auf die Uhr auf dem Nachtschrank. Er erschrak. Maria sollte um elf Uhr kommen.

Er sprang aus dem Bett und machte hastig Morgentoilette. Auf eine Rasur verzichtete er heute. Er liebte es, in den Ferien mit einem Fünf-Tage-Bart herumzulaufen. Er musste seiner Gesichtshaut ab und zu die tägliche Strapaze einer Rasur ersparen, bequatschte er sich selbst. Aus Gesundheitsgründen war schließlich vieles erlaubt, was die Ästhetik und der Respekt vor seinen Mitmenschen eigentlich verboten.

Er war noch dabei, in die Hosen zu steigen, als draußen schon laut an der Haustür geklopft wurde. Er beeilte sich und öffnete. Auf der Schwelle standen Tiny und eine Frau, deren Alter schwer abzuschätzen war. Sie beeindruckte ihn auf der Stelle. Sie war nicht groß, sehr hager und sehnig. Das konnte er selbst durch ihr unkleidsames, graues Kittelkleid erkennen. Ihr Outfit spielte im Übrigen für ihr Erscheinungsbild sowieso keine Rolle. Ihr Gesicht dominierte ihre Person. Es war auf eine herbe Art schön, durch lange Jahre harter Arbeit in der Sonne zu einer auffälligen Klasse modelliert. Farbe hätte in ihrem Gesicht nur albern gewirkt. Sie hatte ein energisches Kinn, eine schmale, gerade Nase und tiefliegende, dunkle Augen unter kräftigen, schwarzen Brauen. Ihre kurzen, sorgfältig gekämmten schwarzgrauen Haare legten sich anmutig um ihren hübschen Kopf. Der Kontrast zwischen der Härte ihrer Gesichtszüge und der Anmut ihres kräftigen Haarschopfes ließ sie auf eine Respekt gebietende Art besonders erscheinen.

Jung war von ihrem Anblick fasziniert. Ihre Fremdartigkeit irritierte ihn, und dennoch freute er sich darauf, sie die nächsten Stunden im Haus zu haben. Was hatte Tiny eigentlich daran gehindert, sie nach ihrem Alter oder ihren Familienverhältnissen zu fragen? Wie hatte er überhaupt herausgefunden, dass sie nicht lesen und schreiben konnte?

»Hallo, Tomi. Hier bringe ich dir Maria.«

»Bom dia, Senhora. Ich bin Tomas Jung.« Er reichte ihr die Hand. Ihre Hand war warm und ihr Händedruck kräftig.

»Bom dia, Senhor Jung.« Sie sah ihm in die Augen. Ihre Stimme war klar, aber etwas hoch und leicht nasal, der Klang eine Mischung aus Schüchternheit und Unnachgiebigkeit.

»Maria kennt sich im Haus aus, Tomi. Viel Spaß. Wir sehen uns heute Abend. Bis dann!«, verabschiedete sich Tiny hastig.

»Bis heute Abend. Danke, Tiny«, erwiderte Jung. »Kommen Sie herein, Senhora. Möchten Sie einen Kaffee?« Er lud sie mit einer einladenden Geste ins Haus. Jung machte sich erschreckend bewusst, dass sie ihn vielleicht gar nicht verstand.

»Obrigado, Senhor Jung. Um Café faz muito bem. Ja, danke sehr«, erwiderte sie und trat ein. Ihr Akzent verstärkte ihre fremdartige Aura. Jung war erleichtert, dass sie Deutsch zu verstehen schien, jedenfalls so viel wie nötig, um eine simple Verständigung zu ermöglichen.

In der Küche machte er sich daran, den Kaffeeautomaten in Gang zu setzen. Maria war hinter ihn getreten und nahm ihm die Filtertüten wortlos aus der Hand. Mit einer energischen Geste wies sie ihn an, sich zu setzen.

»Eu fazo o Cafe«, sagte sie deutlich, »vocé schreiben, o que precisa para essen und trinken. Ich kaufen, comprehende?«

Ja, er hatte verstanden. Er holte sich einen Stift und Papier aus der Küchenschublade und schrieb auf, was er in den nächsten Tagen nötig zu haben glaubte.

Er sah ihr zu, wie sie sich geschickt und sicher an der Kaffeemaschine zu schaffen machte. Schließlich wandte sie sich um und sagte: »Entao, o cafe esta pronto, Senhor Tomas.« Sie holte zwei Kaffeebecher aus dem Schrank und stellte sie auf den Küchentisch. Sie bewegte sich so, als arbeitete sie schon seit Jahren hier.

»Obrigada, Senhora Maria. Ich darf Sie doch Maria nennen, nicht wahr?«

»Naturalmente, Senhor Tomas. E agradavel para min. Ich freue mich.«

Sie schenkte den Kaffee in die Becher und setzte sich ihm gegenüber an den Tisch.

»É bom. Gut«, sagte sie nach dem ersten Schluck und sah Jung an, als erwarte sie von ihm ebenfalls einen Kommentar.

»Sehr gut, Maria. Ich mag Ihren Kaffee.«

Sie nickte, aber nicht selbstgefällig, sondern so, als hätte sie nichts anderes erwartet, weil sie nichts anderes kannte. Sie nahm mit energischem Griff seinen Zettel auf und hielt ihn sich vors Gesicht, als wolle sie darin lesen. Dazu holte sie eine schmale Lesebrille aus der Tasche ihres Kittels und setzte sie auf die Nase. Als sie über den Zettelrand zu ihm hinüberblinzelte, lächelte Jung sie freundlich an. Er zog ihr mit einer ruhigen, fast zärtlichen Geste die Einkaufsliste wieder aus den Fingern. Sie sah ihm konzentriert in die Augen. In ihrem Blick lagen Trotz und eine stumme, verzweifelte Ergebenheit in das, was jetzt kommen musste.

»Ich lese uns die Liste laut vor, Senhora Maria. Vielleicht habe ich etwas Wichtiges vergessen und Ihnen fällt noch etwas ein, das wir unbedingt brauchen, okay?«

»Sim, Senhor Tomi. Ich höre.« Ihre Stimme war mehr ein erstaunter Seufzer.

Als er ans Ende gekommen war, sah er sie aufmunternd und lächelnd an. Sie schien zu überlegen, was auf der Liste noch fehlen könnte.

»Entao, é perfecto, Senhor Tomi.«

Er ließ es dabei bewenden. Er wollte nicht von sich aus zu verstehen geben, was er wusste. Sie tranken ihren Kaffee.

»Ich arbeiten. Mais Café, Senhor Tomi?«

»Nein, danke. Wenn Sie etwas brauchen, dann bin ich auf der Terrasse.«

»Muito obrigado, Senhor Tomi.«

*

Die Stunden flossen dahin. Jung lag in seinem Stuhl unter dem Sonnenschirm und starrte auf den Ozean. Gedanken flitzten ihm durch den Kopf. Er hatte Mühe abzuschalten. Es war ruhig auf der Terrasse. Ab und zu hörte er im Hintergrund, wie Maria im Haus wirtschaftete. Auf die Dauer breitete sich der Frieden des Ortes auch in ihm aus. Nur die Schätze in Tinys Keller und seine merkwürdige Reaktion auf seine Anspielung gingen ihm nicht aus dem Sinn. Er erwog, der Sache auf den Grund zu gehen, heute noch. Vielleicht sollte er Franzen anrufen und ihn bitten, die Spur der exquisiten Köstlichkeiten aufzunehmen. Mit dem Hinweis auf die Versteigerung von Bordeaux-Weinen bei Sotheby's sollte das nicht weiter schwer sein. Wenn Maria das Haus verlassen hatte, konnte er das in Angriff nehmen. Über seinen Gedanken kam er zur Ruhe. Als er die Augen schloss, wehte ihm der Duft der nahen Zitrusbäume in die Nase. Er lauschte und vernahm das ferne, fast unmerkliche Grollen eines Airliners hoch über ihm. Er fühlte sich wohl, schlief aber entgegen seiner Gewohnheit nicht ein. Der Gedanke an die außergewöhnliche Rarität in Tinys Keller wollte ihm einfach nicht aus dem Kopf gehen.

Er sah auf die Uhr. Es war eine gute Zeit, ein Glas davon zu genießen. Er ging ins Haus und traf Maria in der Küche.

»A casa ja esta pronto«, empfing sie ihn. »Alles fertig. Precisa mais uma coisa*, Senhor Tomi?«

»Obrigada, Senhora Maria. Trinken Sie ein Glas Wein mit mir?«

»Oh, sim. Um vinho nunca faz mal**. Danke sehr, Senhor Tomi.«

Jung holte die angebrochene Flasche aus dem Hauswirtschaftsraum, wo er den Wein zur Aufbewahrung in den Weinschrank gelegt hatte. Als er zurück in die Küche kam, hatte Maria passende Weingläser auf den Tisch gestellt. Jung registrierte die Gläser mit Wohlwollen. Maria verschwendete keinen Blick auf das Etikett. Es schien sie nicht zu interessieren. Er schenkte ein und setzte sich zu ihr an den Tisch.

»Was sagt man auf Portugiesisch, wenn man miteinander anstößt, Maria?«

»A nossa saúde, Senhor Tomi. A nossa, auch gut.«

»A nossa saúde, Senhora Maria.«

»A nossa, Senhor Tomi.«

Jung sah sie zum ersten Mal lächeln. Es stand ihr gut, fand er, und gab ihrer herben Schönheit eine äußerst sympathische Note. Während sie tranken, sah ihm Maria lauernd in die Augen. Jung glaubte sich von ihr beobachtet und fragte sich, was sie bei ihm suchte. Ihr

---

* Brauchen Sie noch etwas?

** Ein Wein schadet nichts.

Blick flackerte für einen kurzen Moment, als sie den Wein hinunterschluckte.

»Was ist, Maria? Schmeckt er nicht?«, fragte Jung neugierig, nachdem sie die Gläser abgesetzt hatten.

»Sim, sim, Senhor Tomi. Gosta excelente, extremamente bom. Sehr gut, Senhor Tomi.«

Jung freute sich über ihr Urteil und trank noch einen Schluck hinterher. Maria drehte ihr Weinglas zwischen den Fingern und starrte in die rote Flüssigkeit. Schließlich holte sie ein paar gefaltete Papiere aus ihrer Kitteltasche und legte sie zwischen ihnen auf den Tisch.

»Senhor Tomi, faca favor. Há uma problema. Ich nicht kann lesen.«

Sie starrte ihn an. Jung reagierte nicht, weil er es schon wusste. Ihr Blick wurde ungläubig, dann entspannte sie sich.

»Ich habe um papel da casa de Senhor Tiny. Ich finden no chao do quarto debaixo da cama*.« Sie machte eine Pause und sah ihm fragend in die Augen.

Er glaubte, sie verstanden zu haben, und erwiderte: »Kein Problem, Senhora. Ich gebe es ihm.« Er lächelte sie an.

»Muito obrigado, Senhor Tomi. Acredita-me, o Senhor Tiny é um pouco maluco**, comprehende? Verstehen, Senhor Tomi?«

Jung konnte sich vage zusammenreimen, was sie meinte. Er schwieg und lachte sie an.

---

* unter dem Bett im Schlafzimmer

** Glauben Sie mir, Herr Tiny ist ziemlich verrückt.

»Eu nao sei*«, fuhr sie fort, »os papeis saon importantes ou para lizo**, comprehende?«

Jung verstand sie nicht. Er glaubte nur zu wissen, dass sie Schwierigkeiten hatte, ihren Fund Tiny zurückzugeben. Er versicherte ihr noch einmal: »Kein Problem, Senhora. Ich mache das. Trinken Sie noch einen Schluck Wein. Er ist extremamente bom, comprehende?« Jung verhaspelte sich bei dem Versuch, sie nachzuahmen, und lachte sie um Verzeihung bittend an.

»Sim, sim, o vinho é muito bom, e verdade, Senhor Tomi.« Maria lachte ebenfalls. Ihr Blick war voll Dankbarkeit und Erleichterung. Sie trank einen kräftigen Schluck aus ihrem Glas und schloss für einen Moment entzückt die Augen. Als sie sie wieder öffnete, fiel ihr Blick auf die BILD-Zeitung, die noch immer auf dem Küchentisch lag. Sie nahm sie, sah Jung fragend an und machte eine Bewegung, als wolle sie die Zeitung in den Mülleimer befördern.

»Ja, ja, schmeißen Sie sie nur weg. Steht sowieso nichts Vernünftiges drin«, ermutigte sie Jung.

»Todos os engleses saon idiotas***, Senhor Tomi«, bemerkte Maria verächtlich, als sie einen flüchtigen Blick auf die Schlagzeilen warf. Dann warf sie die Zeitung in den Müll.

»Warum, Maria?«, lachte Jung, der sie sehr gut verstanden zu haben glaubte.

»Uma crianca nao fica sozinho em casa, nunca****, Senhor

---

* Ich weiß nicht.

** Sind die Papiere wichtig oder für den Müll?

*** Alle Engländer sind blöd.

**** Ein Kind bleibt nicht allein zu Hause, niemals.

Tomi, nunca«, erwiderte sie erregt. »Porque a pequena filia nao e con sua pais? Como pode ser? Isso acontece so em Englaterra nunca em Portugal, e absolutamente certo*, Senhor Tomi.« Sie lehnte sich entrüstet zurück. Jung hatte nur verstanden, dass Engländer taten, was Portugiesen nie tun würden. Er lächelte verständnisvoll und hob sein Glas, um auf die Portugiesen anzustoßen.

Sie hob ebenfalls ihr Glas und sah dabei auf ihre Armbanduhr. Die Uhr sah aus, als stammte sie aus Zeiten vor dem letzten Weltkrieg. Hastig sagte sie: »Entao, é tarde. Minha filia espera-me. Desculpe, Senhor Tomi. Entschuldigung, ich gehen. Danke para o vinho excelente.« Sie erhob sich.

»Wie kommen Sie nach Hause?«

»Minha filia espera no guarana. Ela tem um carro. Tochter ist im Club. Sie hat Auto, verstehen?«

»Ah ja. Warum kommt sie nicht hier ins Haus und holt Sie ab?«

»E meliora, Senhor Tomi«, erwiderte sie streng.

»Ich würde Ihre Tochter gern kennenlernen. Das nächste Mal holt sie Sie hier ab, em casa, okay?«

»Esta bem, Senhor Tomi. A proxima vez sera seixta-feira, Freitag.« Sie sah ihn freundlich an und verabschiedete sich: »Até seixta-feira. Boa tarde.«

»Até seixta-feira, boa tarde, Senhora Maria.« Jung war froh und einigermaßen stolz, sich schon ein paar Brocken Portugiesisch gemerkt zu haben. Er geleitete

---

* Warum bleibt das kleine Mädchen nicht bei ihren Eltern? Wie ist das möglich? So etwas gibt es nur in England, niemals in Portugal, das ist sonnenklar.

sie an die Tür, winkte ihr zum Abschied zu und war wieder allein. Er freute sich schon jetzt auf Freitag, wenn Maria wieder im Haus sein und er ihre Tochter kennenlernen würde.

*

Er nahm die Papiere vom Küchentisch, trug sie in die Diele und legte sie neben das Telefon. Abends würde er sie Tiny übergeben. Dann wählte er die Nummer seines Kollegen Franzen in Flensburg. Er wartete geduldig.

»Franzen, Polizei-Inspektion Nord.«

»Moin, Morten. Tomas Jung am Apparat.«

»Hallo, Tomi. Ich glaubte, du wärst im Urlaub.«

»Bin ich auch.«

»Und warum rufst du mich im Dienst an? Ist etwas Schlimmes passiert?«

»Nein, nein, nichts Schlimmes. Aber etwas Interessantes.«

»Du brauchst meine Hilfe, nicht wahr? Lass hören, was gibt's?«

So kannte Jung seinen Kollegen und so schätzte er ihn. Schnörkellos bot er ihm seine Unterstützung an.

»Ich erkläre mal, worum es geht. Mir ist ein Wein in die Finger gekommen, der nicht hierher passt. Er hat einen horrenden Preis, über 200 Euro die Flasche. Verstehst du?«

»Klar. Wird deine Vorliebe für Wein jetzt zur Besessenheit? Vorsicht, Tomi. Äußerste Vorsicht.« Franzen lachte.

»Keine Angst. Ich will nur wissen, woher er stammt. Ich bin mir nicht sicher, ob er überhaupt zu bekommen ist.«

»Und jetzt willst du wissen, wo, habe ich recht?«

»Ja, genau. Ich weiß, dass Weine dieser Klasse bei Sotheby's in London versteigert worden sind.«

»Und da soll ich auch mal nachfragen, ich weiß schon«, lachte Franzen durchs Telefon.

»Das ist meine Bitte, ja. Die Händler und die Versteigerung. Kann ich dir das überlassen?«

»Nichts leichter als das, mein Lieber. Aber du musst mir schon verraten, wie der Tropfen heißt.«

»Château Haut-Brion, aber nur die ersten Gewächse, bitte. Ich bin an dem Jahrgang 1994 interessiert.«

»Okay. Hab ich notiert.« Es entstand eine Pause.

»Du hast nicht gerade eine Flasche intus, Tomi, oder?«, meldete sich Franzen wieder.

»Höre ich mich so an?«, lachte Jung.

»Nein, war nur Spaß. Ist ein etwas abwegiger Urlaubswunsch. Findest du nicht auch?«

»Ja, schon. Aber ich habe meine Gründe. Du kennst mich ja.«

»Okay. Ich kenne dich. Am liebsten hättest du die Informationen schon gestern, nicht wahr?«

»Ich sehe, du verstehst mich«, lachte Jung noch einmal.

»Gut, dann mache ich mich an die Arbeit und jetzt Schluss. Schönen Urlaub. Ich melde mich. Bis dann.«

Jung gab ihm noch die Nummer, unter der er zu erreichen war, und verabschiedete sich von Franzen.

Was würde ihm jetzt guttun, fragte er sich. Ein Spaziergang an den Strand, beantwortete er seine Frage. Er spazierte von der Terrasse über den Hang an den Klippenrand und machte sich auf die Suche nach einem Abstieg durch die Felsen hinunter ans Meer.

DIE PARTY

Als Jung, zurück von seinem langen Spaziergang, müde den Hang hinter dem Ferienhaus erklommen hatte, hielt er nach Tiny Ausschau. Er vermutete ihn im Pool, beschäftigt mit den täglichen Schwimmübungen für seinen kaputten Rücken. Tiny war nicht zu sehen und zu hören. Die Dämmerung senkte sich schnell über die Küste herab. Kein Windhauch kräuselte die Wasseroberfläche. Das starr, wie tot daliegende Becken erregte in Jung beklemmende Bilder. Er beeilte sich, ins Haus zu kommen. In der Küche schmierte er sich ein paar belegte Brote und nahm ein Sagres aus dem Kühlschrank. Damit setzte er sich ins Wohnzimmer und stellte den Fernseher an.

Die Kanäle flossen immer noch über von den Nachrichten über die neuesten Entwicklungen in dem spektakulären Entführungsfall. Jung fühlte sich verfolgt. Er spürte, wie Ärger in ihm aufkam, und er schaltete den Apparat wieder ab. Er fragte sich zum x-ten Mal, welche Kräfte inzwischen mobilisiert worden waren, um den Fall zu solcher Monstrosität aufzublasen. Wer drehte da an einem so großen Rad? Und wie schaffte er das? Aus welchen Quellen speisten sich die Kräfte und entwickelten eine so unheimliche Dynamik? Keine Vernunft schien diese Quellen zu tangieren. Ihre Unergründlichkeit war geradezu tierhaft, so schien es Jung. Er schüttelte den Kopf.

Wenn er ehrlich war, musste er zugeben, dass er keine

Erfahrung mit Fällen gesammelt hatte, die eine öffentliche Aufmerksamkeit diesen Ausmaßes erregt hatten. Als Leiter des Dezernats für unaufgeklärte Kapitalverbrechen hatte er immer in aller Ruhe und vergleichsweise ohne öffentlichen Druck arbeiten können. Wenn die Fälle bei ihm landeten, hatten sie der Trubel und die Hektik – wenn sie denn je vorher aufgekommen waren – schon längst wieder verlassen. Das war ja gerade das Kennzeichen beiseitegelegter, unaufgeklärter Fälle.

Es fiel ihm schwer, sich in die Lage der portugiesischen Kollegen zu versetzen, ohne sich eine Kompetenz anzumaßen, die er nicht haben konnte. Was hätte er an ihrer Stelle getan? Er hätte sich um Ruhe und Nüchternheit bemüht, natürlich. Aber das war leicht dahergesagt. Er konnte sich nur zu gut vorstellen, wie den Ermittlern die Leitung des Falles von anderen, sachfremden Mächten streitig gemacht, wenn nicht sogar aus der Hand genommen wurde und sie in der Folge machtlos zusehen mussten, wie ihre Arbeit in den Mühlsteinen der angeschobenen Kräfte zerrieben wurde. Er beneidete sie weiß Gott nicht darum. Er wusste auch, dass es großer Erfahrung und einer sehr spezifischen Professionalität bedurfte, mit den Medien und den unvermeidlich auf den Plan tretenden staatlichen Autoritäten angemessen umzugehen.

Er ermahnte sich, mit seiner Lieblingsbeschäftigung aufzuhören, und stoppte mit einiger Kraftanstrengung sein Gedankenkarussell. Er hatte Urlaub, musste er sich immer wieder selbst einreden.

Er sah auf seine Uhr. Tiny sollte ihn eigentlich schon abgeholt haben. Jung wusste nicht, was er sich unter einer Saisoneröffnungsparty bei den Engländern vorzustellen hatte. Die Aussicht, den ganzen Abend Englisch sprechen zu müssen, entspannte ihn nicht gerade. Aber er liebte Überraschungen, wenn sie nicht schon vorher als ausschließlich unangenehme auszumachen waren. Und so freute er sich auf die kommenden Stunden, wenn auch verhalten.

Der Anlass schien Jung locker genug für eine bequeme Freizeitgarderobe. Er hatte eine beigefarbene, schlanke Chino gewählt und dazu sein dunkelblaues Lieblingspoloshirt von John Smedley, das er sich in einem seltenen Anfall von Leichtsinn geleistet hatte. Gegen die Kühle der Nacht wählte er eine helle, modische Strickjacke aus reinem Alpaka. Svenja hatte sie ihm zum Geburtstag geschenkt, nicht ohne darauf hingewiesen zu haben, dass diese Wolle eine Garantie gegen unansehnlichen Abrieb und hässliches Pilling sei. Überhaupt wäre sie heute, so dachte er, mit seinem Outfit zufrieden gewesen, was beileibe nicht immer der Fall war.

*

Tiny klopfte kurz vor 22 Uhr an die Haustür. Sie begrüßten sich nur flüchtig. Jung wunderte sich, dass Tiny nicht vorschlug, noch einen Aperitif vor der zu erwartenden langen Nacht zu nehmen. Stattdessen komplimentierte er Jung wortkarg in sein Auto und fuhr los, als hätte er einen Geschäftstermin abzuarbeiten.

»Sag mal, Tiny, auf welche Party gehen wir eigentlich?«, begann Jung ein Gespräch.

»Weißt du, die Briten haben hier unten seit Langem ihre Finger im Tourismusgeschäft. Viele Hotels, Restaurants, Bars und Clubs laufen unter ihrer Regie.«

»Dominieren sie den Markt an der Algarve etwa?«

»Dominieren ist vielleicht zu stark, aber ihre Geschäfte und ihre Handelsverbindungen mit Portugal haben eine lange Tradition, ähnlich wie im Portwein-Geschäft. Du hast sicherlich davon gehört.«

»Ich habe davon gehört, ja.« Jung beließ es bei seiner vagen Bemerkung. Er wollte nicht schon wieder auf Weine zu sprechen kommen.

»Die Briten kennen sich untereinander wie eine Familie«, fuhr Tiny fort. »Sie treffen sich, wenn die Saison beginnt, und trinken sich Mut an. Nach der Saison feiern sie, dass alles endlich ein Ende hat. Tourismus ist die Soft-core-Variante von Krieg, sagen sie.«

»Aha! Dann sind sie heute Abend ja noch gut bei Kräften. Hoffentlich schlagen sie nicht über die Stränge. Man hört in dieser Hinsicht einiges von den Engländern. Nicht unbedingt Gutes.«

Tiny brach in eine Lachsalve aus, die Jung angesichts der relativen Harmlosigkeit seiner Bemerkung übertrieben fand.

»Ja, ja, die Engländer. Mein Gott, darunter gibt es wirklich Typen, weiß der Henker.« Er schüttelte den Kopf. »Aber wenn's uns zu bunt wird, können wir ja gehen.«

Jung schwieg verblüfft. Eine so abgeklärte Bemerkung hatte er aus Tinys Mund nicht erwartet.

»Woher kennst du die Briten eigentlich, Tiny?«

»Ich war oft hier unten.« Er schwieg kurz. »War Fluglehrer auf einem Platz, nicht weit weg von hier. Die Portugiesen hatten uns das erlaubt. Bei uns zu Hause ging nichts mehr, wegen Fluglärm, du weißt schon.«

»Du meinst, ihr konntet machen, was ihr wolltet, ohne den Protest der Bevölkerung im Nacken.«

»Na ja, die Portugiesen wurden gut dafür bezahlt. Das hatten sie bitter nötig. Sie waren noch nicht in der EU oder erst am Anfang.« Tiny sah kurz zu Jung hinüber und konzentrierte sich dann wieder auf die Straße.

»Verstehe.«

»Meine freie Zeit genoss ich größtenteils hier unten, an der Algarve.«

Jung stieß bitter auf, welche Mühe er hatte, seinen Urlaub zu genießen – mit entlaufener Gattin und zugelaufenem Verdächtigen.

»Mit deinen Frauen aus dem Club, ich weiß«, merkte Jung genervt an.

»Genau. Aber nicht nur mit denen. Ich lernte auch viele Engländerinnen kennen. Und natürlich deren bevorzugte Locations.« Er lachte leise.

»Aha, daher stammen also deine Kontakte.« Jung nickte mehrmals wie ein aufgezogener Spielzeugautomat.

Tiny war zügig gefahren. Sie waren schon in Albufeira angekommen, und Jung fragte sich, ob er allein wieder zurück nach Carvoeiro finden würde. Tiny stellte das Auto in einer schmalen Gasse ab. Sie gingen die Gasse hinunter bis an eine Promenade, die sich hoch über dem Meer eine Steilküste entlangschlängelte. Landseitig reihten sich Familienhotels, Restaurants, Clubs und Bars. Von der gegenüberliegenden Steinmauer aus hatte man einen unbegrenzten Blick über den Atlantik, auf dem in der Ferne die Lichter kleiner Fischerboote funkelten, von dem aber ansonsten in der Dunkelheit nicht viel zu sehen war. Nur das Klatschen der Wellen an den Strand drang deutlich zu ihnen herauf.

Tiny stieß die Tür zu einer Bar auf, die wie ein englischer Pub eingerichtet war. Das Publikum stand dicht gedrängt an Stehtischen und unterhielt sich laut inmitten von Zigarettenqualm und Bierdunst. Tiny kämpfte sich, Jung im Schlepptau, geschmeidig an den Tresen vor, hinter dem eine hübsche Frau Bier zapfte.

Sie war Engländerin, wie nicht anders zu erwarten, nicht sehr groß und schlank. Jung schätzte sie auf 1,70 Meter und um die 65 Kilogramm. Sie hatte ein Gesicht, das man gern anschaute, aber das sich nicht ins Gedächtnis grub. Sie war gekonnt frisiert, und dennoch blieb ihre Haarpracht unspektakulär. Sie hatte Figur, Busen, genug nackte Haut und Dekolleté, aber nicht zu viel davon. Ihr Outfit hatte Glamour, war aber nicht geeignet, Gaffer auf sich zu ziehen. Ihr Alter blieb im Dämmer der Kneipe unbestimmbar wie ihre ganze Person. Sie wirkte jugendlich.

»Hi, Eve, how are you doing?«, begrüßte Tiny die Frau enthusiastisch.

»Hi, Tiny. Really fine. It's just before we gonna go crazy, you know?« Sie lachten sich beide lauthals an.

»This is my lovely neighbour Tomi. He guards me this night, okay?« Sie lachten erneut.

»Hi, Tomi. You are wellcome!«

»Hi, Eve«, quälte sich Jung ab. Es widerstrebte ihm, wildfremden Menschen zu schnell zu nahe zu kommen, selbst wenn die Nähe nur verbal blieb.

Tiny hatte sich auf die Zehenspitzen gestellt und äugte über die Köpfe der Anwesenden hinweg in jeden Winkel des Pubs.

»Tiny, our community got some new members«, erregte Eve seine Aufmerksamkeit.

»Oh fine, Eve. Who are they? Some hot women?« Sie lachten wieder laut und vertraut. Eve kam hinter dem Tresen hervor, hakte sich bei Tiny ein und schob ihn nach hinten in das Halbdunkel des Gastraumes, zwischen angeregt plaudernden Gästen hindurch, die riesige Löwenbräu-Bierseidel in den Händen hielten. Sie hoben sie in die Höhe, um den beiden Platz zu machen. Löwenbräu schien diese Saison unter den Algarvebriten der Renner zu sein, dachte Jung.

Er wandte sich dem Tresen zu und studierte die Spirituosen, die sich auf den Regalen tummelten wie eine chaotisch-bunte Truppe karnevalesker Gardesoldaten. Er überlegte, was ihm jetzt guttun könnte. Er fühlte sich wie ein alter Fisch, der in ein fremdes Aquarium gesetzt worden war. Um ihn herum schwirrten Töne, entfaltete sich geselliges Treiben, aber nichts davon erreichte ihn. Das Aquarium blieb stumm. Vielleicht sollte er etwas Hochprozentiges trinken. Das könnte seine Zunge lösen und seine Gehörgänge öffnen. Zu diesem Zweck waren Spirituosen wahrscheinlich auch erfunden worden, kam ihm bei dieser Gelegenheit in den Sinn. Tiny schien damit keine Probleme zu haben, das war Jung schon gestern aufgefallen. Hoffentlich fühlte der sich nicht so wohl, dass er am Ende außerstande war, sie wieder heil nach Hause zu fahren. Wenn alle Stricke rissen, musste er eben ein Taxi nehmen. Hatte er genug Geld dabei? Als er zu überlegen begann, fiel ihm siedend heiß ein, dass er ganz vergessen hatte, Tiny die Papiere auszuhändigen, die Maria ihm anvertraut hatte. Er beruhigte sich damit, dass es auch morgen nicht zu spät sein würde, das Versäumte nachzuholen. Er fasste sich in Geduld, bis er bei Eve seine Bestellung aufgeben konnte.

»Well, Tomi. Here I am«, meldete sich Eve bei ihm zurück, als sie ihren Platz hinter dem Tresen wieder eingenommen hatte. »What do you like to drink? You are my guest. Feel yourself free.« Sie lächelte Jung gewinnend an.

»Oh, thanks a lot, Eve«, lächelte Jung zurück. Er war ihr dankbar, dass sie ihn aus seiner Isolation befreite. »I have a Brandy, is that okay?«

»Sure, Tomi. Spanish or portugese?« Er musste ein verdattertes Gesicht gemacht haben, denn sie lachte und kam ihm zuvor:

»Take a portugese one, a Maceira. It tastes really good, believe me.«

»Okay. As you like it.«

Er sah ihr zu, wie sie sich hinter dem Tresen zu schaffen machte. Er konnte sie in dem Licht unter dem Barschrank jetzt besser betrachten. Sie war weitaus älter, als sie schien. Sie hatte sich angestrengt, in Form zu bleiben. Ihre Wirkung aus der Ferne kaschierte ihr wahres Alter. Ihre Gesichtshaut musste sie über die Jahre sorgfältig gepflegt haben, sodass sie glatt geblieben und gut durchblutet wirkte. Aber unter den Ohren und am Hals hatten ihre Anstrengungen die natürliche Alterung nicht aufhalten können. Jung fragte sich bewundernd, wie sie es überhaupt in dieser Räucherkammer geschafft hatte, sich gegen die Attacken auf ihre Gesundheit und ihr Aussehen zu wehren. Sie hatte sich auf eine eindrucksvolle Weise konserviert. Ihre Augen waren klar geblieben. Als sie Jung den Brandy reichte, glaubte er in ihnen zu lesen, dass sie wusste, worüber er sich gerade Gedanken gemacht hatte. Sie schenkte sich ebenfalls einen Maceira ein und hob ihr Glas.

»A nossa, Tomi.«

Jung stieß mit ihr an und sie tranken.

»You don't belong to Tinys gang, don't you?« Eve hatte ihr Glas abgesetzt. Sie sah kurz in die Runde, um zu sehen, ob sie gebraucht würde, und wandte sich, als sie festgestellt hatte, dass alles auch ohne ihr Zutun rund lief, wieder Jung zu.

»Do I look like that way?«, fragte Jung zurück. »Have I somewhat of a cheap besides a former Top Gun?«, fügte er lachend hinzu.

Eve fiel in sein Lachen ein. Ihr schien seine Antwort zu gefallen.

»Your attitude is much different to Tinys, you know?«

Sie sah ihm länger in die Augen. Einer ihrer Waiter winkte ihr aufgeregt zu und wollte die aufgenommenen Bestellungen bei ihr loswerden. Sie wandte sich ab.

Jung wartete und nippte an dem Weinbrand. Er schmeckte wirklich gut. Jung war kein Experte auf diesem Gebiet, aber unter den teuren Cognacs, die er hier und da nach dem Essen probiert hatte, wäre ihm dieser Portugiese sicherlich aufgefallen. Und das nicht nur wegen des moderaten Preises, wie er feststellte, nachdem er die Getränkeliste auf dem Tresen nach dem Maceira durchsucht hatte.

Eve hatte ihren Job beendet und gesellte sich wieder zu ihm.

»Something more, Tomi?«, fragte sie und sah in sein leeres Glas.

»A second one doesn't harm.«

»A third one certainly doesn't. But a fourth, I guess, will do bad.« Sie lachte Jung an.

»Ja, sure. We came by car and will go by car. Hope, Tiny will keep that in mind.«

»Don't rely that much on Tiny, Tomi«, bemerkte Eve ernst. »I warn you. Tiny is not that guy who he wants to be and who he seems to be, do you understand?«

»No, Eve, pardon me.« Jung nahm einen kräftigen Schluck Brandy.

»He is a poor tall boy without any usefull thoughts«, sagte Eve mit Bedeutung und wischte den Tresen mit einem Lappen sauber, den sie aus dem Spülbecken geangelt hatte. »I wish you won't have any reason to remember my words, Tomi.« Sie warf den Lappen zurück in die Spüle und wendete sich ihren Aufgaben hinter dem Tresen zu.

Jung blieb allein zurück mit dem Brandy und seinen Gedanken, die ihre Bemerkung ausgelöst hatte. Sie musste Erfahrungen mit Tiny gesammelt haben, ging es ihm durch den Kopf. Andernfalls wäre sie nicht zu dieser hellsichtigen Erkenntnis fähig gewesen. Ihr Alter, davon war er inzwischen überzeugt, lag nicht weit weg von Tinys Alter.

Er sah sich um. Tiny konnte er, trotz seiner Größe, nicht entdecken. Er erinnerte sich amüsiert an den Spruch: Wer sich in die Bar begibt, fällt darin um. Sein Amüsement hielt sich in Grenzen.

Er wollte nach Hause. Er trank den Maceira aus und blickte zu Eve hinüber. Sie erwiderte seinen Blick und kam zu ihm.

»Can you manage a Taxi, please?«, fragte Jung.

In ihren Augen las er, dass sie wusste, was ihn bewegte.

»Certainly I can, Tomi.« Sie lächelte ihm zu und verschwand hinter einem Vorhang im Hintergrund.

Es dauerte nicht lange, bis sie ihm einen Wink gab, das Taxi sei vor der Tür. Jung bedankte sich für ihre Gastfreundschaft und bat sie, Tiny von seinem vorzeitigen Aufbruch zu informieren, was sie ihm gern versprach. Sie verabschiedeten sich voneinander. Jung kämpfte sich zum Ausgang durch, und sie winkten sich noch einmal über die Flut aus Gesprächsfetzen, Gelächter und Gläserklirren zum Abschied zu wie zwei schiffbrüchige Seeleute in hochgehender See.

Draußen schlug von einem nahen Kirchturm die Glocke Mitternacht. Ihr Klang hatte nicht das Volumen einer Glocke in einem deutschen Gotteshaus. Sie klang wie das schmale Bimmeln eines Totenglöckchens. Jung fröstelte. Er sog erleichtert die frische Luft tief in die Lungen.

»Carvoeiro, faz favor«, wies er den Taxifahrer an und lehnte sich in das Sitzpolster zurück. Er hatte schon immer gewusst, warum er lieber zu Hause blieb, sich lieber mit seiner Frau unterhielt, selbst wenn sie sich zankten, was sich hin und wieder nicht vermeiden ließ. Er schrieb auch lieber seiner Tochter E-Mails nach Japan.

DER ANRUF

Als er an diesem Tag aus seinem Schlummer erwachte, hatte sich alles verändert. An diesem Morgen tauchte keine Sonne sein Zimmer in blendende Helle. Die Küste lag unter einer glatten Wolkendecke, die so tief hing, dass es klar war, irgendwann später musste es regnen. Zum ersten Mal seit ihrer Ankunft an der Algarve blies ein starker Seewind. Als er sich mühsam aufrichtete und auf die Uhr schaute, vernahm er das ferne Donnern der Brandung am Strand. Es war früher Vormittag.

Tiny hatte sich seit dem Abend in Albufeira nicht mehr blicken lassen. Jung fiel dazu ein, dass die Zeit offensichtlich reif geworden war, Svenja zurück ins Haus zu holen.

Er stand auf und ging ins Badezimmer. Aus der großen Spiegelwand blickte ihn ein unrasierter, verstruwelter Penner an. Jung erschrak. Er fragte sich, was aus ihm geworden war. Er beugte sich vor und sah sich genauer an. Ihm wuchsen Haare, wo ihm früher nie Haare gewachsen waren. Seine Haut war zerknittert wie Backpapier und wies hier und da Verfärbungen auf, an Stellen, an denen sie sich vor wenigen Jahren noch glatt und makellos präsentiert hatte. Er wurde alt, stellte er zu seinem Entsetzen fest. Mit einem Knall war eine Tür aufgesprungen, die den Gang in eine Welt öffnete, die Jung vorher noch nie betreten hatte und an deren Eingang er vorsätzlich achtlos vorbeigeeilt war. Was würde er jenseits des Ganges wohl zu sehen bekommen? Oder überfielen ihn nur Halluzinationen, ausgelöst durch die Schrecksekunde beim Anblick seines schlaftrunkenen Gesichtes? Hatte er sich etwa Illusionen über sich selbst hingegeben? Vielleicht hatten andere, Svenja, seine Kinder, Franzen, Holtgreve und so weiter schon längst gesehen, was er bis heute völlig ignoriert hatte? Bei dem Gedanken schauderte er.

*

Ihm fiel ein, dass Maria heute kommen würde und noch immer nicht erledigt war, um was sie ihn gebeten hatte. Er redete sich zu, ganz relaxt zu bleiben, und machte sich erst einmal an eine gründliche Renovierung seiner körperlichen Hülle. Er rasierte sich, duschte, föhnte seine Haare und bürstete sie lange. Dann beschnitt und feilte er die Nägel an Füßen und Händen, cremte sich mit einer hautpflegenden Lotion ein und legte zum guten Schluss noch einen Spritzer Dior Homme Sport auf. Er betrachtete sich abschließend kritisch im Spiegel.

Er war mit seinen Bemühungen zufrieden und wollte sich gerade etwas Bequemes zum Anziehen heraussuchen, als das Telefon klingelte. Noch im Bademantel, eilte er in die Diele, wo ihm neben dem Telefon Marias Papiere unangenehm aufs Gewissen drückten. Er nahm den Hörer ab.

»Jung.«

»Hallo, Tomi. Morten Franzen hier. Wie geht's dem Urlauber?«

»Hallo, Morten. Das ging aber schnell. Schön, deine Stimme zu hören.«

»Danke. Und der Urlaub? Wie geht's dir da unten?«

»Eigentlich ganz gut. Jedenfalls bin ich zufrieden mit mir.«

»Das klingt etwas gedämpft, mein Lieber. Vielleicht kann ich dich ja aufheitern«, erwiderte Franzen munter.

»Bist du erfolgreich gewesen? Hast du was herausgefunden?«

»Bist du von mir etwas anderes gewohnt, mein Lieber?«

»Nein, natürlich nicht. Schieß los.«

»Also, es gibt einige Händler in Deutschland, die deinen Wein führen. Bei uns im Norden habe ich nur HAWESKO in Hamburg gefunden.«

»Das habe ich mir schon fast gedacht«, unterbrach ihn Jung. »Mach weiter.«

»Sie haben sogar einen 94-er. Er kostet nur die läppische Kleinigkeit von 240 Euro die Flasche.«

»Darüber kann man ja nun wirklich nicht meckern. Und Sotheby's? Hast du da etwas gefunden?«

»Immer schön langsam, Herr Oberrat. Nicht diese jüdische Hast, bitte.« Franzen machte eine Kunstpause.

»Okay. Ich leg mich dann erst mal 'ne Stunde aufs Ohr, einverstanden?«

»Du bringst mich um meine schönsten Momente, Jung«, erwiderte Franzen ungehalten. »Also, höre genau zu: Sotheby's hatte vor exakt zwei Wochen eine Auktion von Bordeaux-Weinen, unter anderem war auch dein 94-er Château was-weiß-ich mit von der Partie. Und nun darfst du raten, wo sie stattgefunden hat.« Er schwieg erwartungsvoll.

»Weiß der Henker. Die versteigern doch überall auf der Welt. War es Hongkong?«

»Nicht schlecht. Die reichen Schlitzaugen stehen auf diesen Luxusscheiß. Aber dennoch daneben. Zwei hast du noch.«

»Ach, komm schon. Ich kürz das mal ab. London?«

»Falsch, ganz falsch.«

»Und? Nun rück schon raus damit.«

»Lissabon«, sagte Franzen betont nüchtern und zählte dann die recherchierten Fakten herunter wie ein Pferdehändler die Vorzüge seines Gauls. »Hotel Dom Pedro Palace, 103 Bieter, exklusive anonyme Bieter, versteht sich, die Namensliste der Anwesenden liegt mir vor, die verkauften Lose und die Namen der Erwerber ebenfalls.« Franzen machte eine Pause und wartete auf eine Reaktion, die seine geleistete Arbeit gebührend honoriert hätte. Er wurde enttäuscht.

»Wer hat den 94-er ersteigert?«

»Bist du eigentlich im Urlaub oder im Dienst?«

»Entschuldige. Der Name würde mir schon reichen, um endgültig im Urlaub anzukommen.«

»Gut, Herr Oberrat, Benimmkurs bestanden«, seufzte Franzen und atmete hörbar aus. »Also«, fuhr er fort, »das Los umfasste zwei Kisten, der Zuschlag ging an einen Marc Callahan aus Liverpool.«

Jung verstummte. Der Name dröhnte in seinen Ohren. Er brauchte sein Gedächtnis nicht zu befragen, er wusste auf der Stelle, wo er ihn gehört hatte. Sein Erstaunen steigerte sich in Entsetzen. Er wunderte sich nur, dass Morten den Namen nicht zu kennen schien. Hatte er von der Medienhype über den Entführungsfall an der Algarve noch nichts mitbekommen?

»Tomi, was ist?«

»Morten, du hast wirklich großartige Arbeit geleistet. Danke. Ich werde mich erkenntlich zeigen, wenn ich wieder in Flensburg bin. Ich muss Schluss machen. Entschuldige meine Eile. Sei mir nicht böse. Tschüss, bis bald.«

»Ich hoffe, du machst keinen Unfug«, erwiderte Franzen besorgt. »Du bist im Urlaub, Tomi. Vergiss das nicht. Erhol dich gut. Wir sehen uns in Flensburg. Tschüss.«

Jung legte den Hörer zurück, blieb neben dem Apparat stehen und schloss die Augen. Was war hier eigentlich los, fragte er sich. Gedankenverloren nahm er die neben dem Telefon liegenden Papiere auf und entfaltete sie. Er überflog das Dokument. Er hielt den Vertrag über die Anmietung eines Autos in den Händen, ausgestellt auf den Namen Marc Callahan, Liverpool, Residencia temporaria: Praia da Luz, Clube Atlantico, Portugal.

Jung hatte den dringenden Wunsch, sich zu setzen. Er nahm die Papiere mit auf die Terrasse und sank in einen Stuhl unter dem im Wind flatternden Sonnenschirm. Es würde bald anfangen zu regnen, das registrierte er noch. Aber er verschwendete keinen Gedanken daran, den Schirm vor dem Wetter in Sicherheit zu bringen oder sich etwas Passenderes anzuziehen. Er saß einfach da, überwältigt von dem Gedankenwust, der sich in ihm aufzutürmen begann.

Callahan war der Name der Familie des entführten Mädchens. Sie machten Urlaub in Praia da Luz. Die Autopapiere waren auf den Namen des Vaters ausgestellt. Der Wein in Tinys Keller war von einem Mann gleichen Namens, sogar gleichen Vornamens, ersteigert worden. Sie kamen beide aus Liverpool. Der Name war kein Allerweltsname und nicht so häufig – vor allem nicht in Portugal –, als dass eine vernünftige Wahrscheinlichkeit bestanden hätte, dass davon gleich mehrere verschiedene zur gleichen Zeit am selben Ort mit Tiny in Kontakt getreten sein konnten. War das alles nur ein seltener Zufall, der sich schon bald aufklären würde? Jung wollte gern daran glauben, aber es gelang ihm nicht. Seine Erfahrung hinderte ihn daran. Im Übrigen konnte er über die in den Mietpapieren vermerkten Führerschein- und Ausweisnummern auch die allerletzten Zweifel an der Identität des Mannes leicht ausräumen, fiel ihm abschließend ein. Ihn beunruhigte in diesem Zusammenhang, dass er Tiny seit dem Abend in Albufeira nicht mehr gesehen hatte.

*

Er konnte sich Tiny als Kriminellen nicht vorstellen, auch nicht im weitesten Sinne oder angesiedelt in den absurdesten Ecken menschlicher Abgründe. Das passte nicht zu ihm. Jung war sich, selbst nach nur flüchtiger Bekanntschaft, in seinem Urteil über Tiny sicher, mit aller Gewissheit, zu der er fähig war. Dennoch musste es zwischen ihm und dem Vater oder sogar beiden Elternteilen des Mädchens eine Verbindung geben. Das schien Jung ebenso sicher, wie dass er schuldlos war. Tiny war nicht dumm. Aber wie vermochte er sich so unbekümmert und unbeteiligt zu geben, wie er ihn in den vergangenen Tagen erlebt hatte? Gut, einige Auffälligkeiten waren nicht zu übersehen gewesen. Jung bewertete sie aber jetzt, im Lichte der neuesten Entwicklung, ganz anders als noch zu Zeiten unbelasteten gegenseitigen Abtastens. Die Erinnerungen daran waren Jung gegenwärtig und standen ihm deutlich vor Augen. Dennoch, er sah sich einem Phänomen gegenüber, dessen Ausmaß neu für ihn war – und er hatte in dieser Beziehung schon einige Überraschungen in seinem Leben zu verdauen gehabt.

Eve drängte sich in seine Gedanken. Hatte sie ihn nicht gewarnt? ›He is a poor tall boy without any useful thoughts.‹ Ihre Worte bekamen eine Bedeutung, die er ihnen an dem Abend im Pub, über dem Strand von Albufeira, unter Bierseidel schwenkenden Briten niemals beigemessen hätte. Hatte er Franzen nicht eben noch am Telefon versichert, dass der Name ihn endlich in Urlaub versetzen würde? Er lachte lautlos. Was hier ablief, war einfach nicht zu fassen. Er erinnerte sich an seine Urlaubslektüre: Bleib ganz ruhig, lass Körper und Geist zur Ruhe kommen, dann kann wirkliches Denken entstehen und die Fähigkeit, sinnvolle Entscheidungen zu treffen.

Das Läuten der Hausglocke schreckte Jung aus seinen Gedanken. Er sah auf die Uhr. Das musste Maria sein. Er stopfte die Papiere hastig in die Tasche seines Bademantels und eilte in die Diele. Er dachte an seinen unangemessenen Aufzug. Es war ihm peinlich, Maria und ihrer Tochter im Bademantel entgegentreten zu müssen. Er schob seine Bedenken beiseite und öffnete.

»Bom dia, Senhor Tomi.« Maria sah Jung flüchtig an und wandte dann die Augen ab.

»Bom dia, Senhora Maria.« Er lächelte sie an. »Wo haben Sie Ihre Tochter gelassen?«, fragte Jung und komplimentierte sie ins Haus.

»Esta a trabalha e vem buscar-me depois, comprehende?«, sagte sie streng.

»Ach so. Aber sie holt Sie ab, nicht wahr.«

»Certo, Senhor Tomi.« Sie hängte ihre Jacke an die Garderobe und strich sich vor dem Spiegel die Haare aus der Stirn.

Jung wurde sich peinlich bewusst, dass sie an seinem Aufzug Anstoß nahm.

»Entschuldigen Sie, Senhora. Ich zieh mich rasch an.«

»Um café, Senhor Tomi?«, rief sie ihm auf dem Weg in die Küche zu.

»Ja, gern, Senhora!«, rief er zurück und zog die Tür zu seinem Schlafzimmer zu. Die Papiere schloss er zu seinen eigenen Autopapieren in den Schrank. Die Beschäftigung mit einer passenden Garderobe lenkte ihn erst einmal ab. Er nahm sich vor, nicht in Hektik zu verfallen und sich alle Zeit der Welt zu nehmen. Er war froh, Maria im Haus zu haben. Ihre Anwesenheit würde ihm dabei helfen, seinen Geist zu beruhigen und zu vernünftigen Entschlüssen zu kommen.

ROSA

Jung hatte das Gedankenkarussell in seinem Kopf abgebremst. Es war ihm nicht leichtgefallen. Die Stunden mit Maria waren wortkarg geblieben. Sie widmete sich konzentriert ihrer Arbeit im Haus. Jung hatte sogar den Eindruck, als verstecke sie sich dahinter. Er verzichtete deshalb darauf, sie zum Abschluss zu einem Glas Wein einzuladen. Sie hatte sicherlich Gründe für ihr Verhalten, und er wollte sie nicht nötigen.

Nachmittags klingelte es an der Haustür. Jung ging öffnen. Der Anblick, der sich ihm bot, ließ ihn vorübergehend seine trüben Gedanken vergessen. Die junge Frau vor ihm hätte geradewegs von der Copacabana hereinspaziert sein können. Sie war eine von diesen besonderen, meistens nur wenige Jahre blühenden Schönheiten, nicht sehr groß, aber mit einer lasziven Geschmeidigkeit ausgestattet. An ihr war alles optimal proportioniert, rund, glatt, makellos und ohne Flecken. In ihrem hübschen, ovalen Gesicht stimmte alles, alles war am richtigen Platz, alles sehr natürlich und – abgesehen von den rot angemalten Lippen – ohne erkennbare Kosmetik. Sie wirkte fast ein wenig langweilig, wenn da nicht diese lockige Pracht üppigen, schwarzen Haares gewesen wäre, die ihre Person krönte und sie für Jung augenblicklich zur Ikone eines unausrottbaren Weiblichkeitsideals machte. Ihre überaus präsente Körperlichkeit teilte sich Jung mit, obwohl, oder vielleicht gerade, weil sie ein strenges, dunkles Businesskostüm trug, an dem keinerlei Applikationen oder irgendein anderer Firlefanz das Auge abgelenkt hätte. Ihr Schuhwerk war schlicht, an ihren perfekt modellierten, braunen Waden wirkte es geradezu provokant ärmlich. Sie trug keinerlei Schmuck. Sie roch nicht, nicht nach Parfüm, nicht nach Haarspray, nicht nach Körperlotion.

»Guten Tag, Herr Jung«, begrüßte sie ihn als Erste.

»Guten Tag.« Er zögerte. »Sie sind …«

»Ich bin Rosa, die Tochter von Maria«, unterbrach sie ihn munter.

»Ja, entschuldigen Sie. Ich hatte …«

»Sie haben mich nicht erwartet, nicht wahr?«

»Nein, nein, ja, natürlich doch. Kommen Sie doch erst mal herein.«

Sie ging an ihm vorbei in die Diele, und er schloss die Tür hinter ihr.

»Sie müssen entschuldigen«, begann Jung, »ich bin etwas durcheinander. Sie sprechen so gut Deutsch. Ihre Mutter hat das gar nicht erwähnt.«

»Ach ja, meine gute Mutter. Sie hat andere Sorgen als das Sprachtalent ihrer Tochter.« Sie lachte verhalten.

»Nun, sie erzählte mir, dass Sie irgendwo arbeiten und danach unten, an der Rezeption, auf sie warten.«

Jung geleitete sie ins Wohnzimmer und bot ihr einen Platz auf dem Sofa an.

»Das hat sie Ihnen erzählt? Ja, so ist sie.« Ihre Stimme klang liebevoll, aber auch vor den Schrullen ihrer Mutter resignierend. »In Wahrheit will sie mich von Senhor Tiny fernhalten. Sie befürchtet, er fällt über mich her, wenn er mich sieht.« Sie lachte herzerfrischend und zeigte zwei Reihen gesunder Zähne.

»Das hat sie mir nicht erzählt«, fiel Jung in ihr Lachen ein. »Und bei mir hatte sie diese Befürchtung nicht? Ist das nun ein Kompliment oder eine Beleidigung?« Sie lachten beide. »Jetzt weiß ich auch, wie Ihre Mutter die Einkäufe von Senhor Tiny immer problemlos erledigt hat. Sie haben ihr geholfen, stimmt's?«

»Ja, natürlich. Sie ist zu stolz zuzugeben, irgendetwas nicht bewältigen zu können. Sie macht keine Worte darum.«

»Dennoch hat Senhor Tiny irgendwie herausgefunden, dass Ihre Mutter nicht lesen und schreiben kann«, bemerkte Jung leise.

»Wenn man miteinander zu tun hat, dann lässt sich das auf Dauer nicht verbergen«, erwiderte sie nüchtern.

»Dann muss aber Ihre Mutter schon sehr lange für Senhor Tiny arbeiten.«

»Wie kommen Sie darauf?«

»Er fliegt, scheint mir, immer noch sonstwo herum, ist selten auf dem Boden, schon gar nicht bei Ihrer Mutter.«

»Ja, Sie haben recht. Meine Mutter arbeitet schon eine Ewigkeit für ihn und will ihre Arbeit auch nicht verlieren. Sie braucht das Geld.«

»Ich hoffe, sie arbeitet für mich genauso gern wie für Senhor Tiny. Hoffentlich reicht der Lohn.«

»Sie hat nur gut von Ihnen gesprochen«, versicherte

Rosa lachend. »Sie hat besonders Ihren Wein gelobt.« Ihr Lachen wirkte auf Jung ansteckend.

»So, hat sie das.«

»Außerdem habe ich Ihre Frau kennengelernt, Herr Jung.«

Er sah Rosa verdattert an.

»Ich arbeite im Club Aldiana«, erklärte sie lächelnd. »Ich habe mich lange mit ihr unterhalten. Sie haben eine sehr attraktive und intelligente Frau, Herr Jung. Meinen Glückwunsch.«

»Danke«, erwiderte er wortkarg. Er wollte nicht weiter erklären müssen, warum Svenja im Club Urlaub machte und er hier, getrennt von ihr.

»Meine Mutter mag Sie trotzdem«, fuhr Rosa fort, als hätte sie von seinem Gesicht abgelesen, was ihm durch den Kopf ging.

»Wo ist sie überhaupt?«

Jung stand auf und rief Marias Namen in Richtung Küche. Sie tauchte an der Tür zum Wohnzimmer auf, als hätte sie dahinter schon einige Zeit gelauscht.

»Olá, mae. Estas aqui. Onde estavas?«

»Olá, filia. Estou na cosinha como sempre«, sagte sie wegwerfend. »A casa esta pronto, Senhor Tomi. Vamos. Nao temus muito tempo.«

»Meine Mutter hat es immer eilig«, seufzte Rosa und erhob sich.

»Haben Sie es weit nach Hause?«, erkundigte sich Jung.

»Wir wohnen in Almansil, nicht weit weg vom Club Aldiana.«

Jung zog die Augenbrauen hoch.

»Könnten Sie mich mitnehmen und im Club absetzen? Ich sehne mich nach meiner Frau, wissen Sie?« Er legte allen Charme, zu dem er fähig war, in seine Stimme.

»Gern. Fahren wir!«, erwiderte Rosa energisch.

*

Sie verließen das Haus. Es hatte aufgehört zu regnen und der Wind war abgeflaut. Sie bestiegen Rosas Auto, einen geräumigen Renault Scénic, und Rosa startete den Motor. Sie fuhr das Fahrzeug, als wollte sie die Portugal-Rallye gewinnen. Jung wurde angst und bange, als sie die regennassen, engen Straßen entlangflitzte, die Kurven schnitt und mit halsbrecherischer Geschwindigkeit die abschüssigen Teilstücke hinunterdonnerte. Sie fuhr in die Kreisel wie in einen Gottesdienst, voller Vertrauen auf den heiligen Geist, der sie beschützte und dessen friedvolles Wirken dafür sorgte, dass niemand Schaden nahm. Und da alle paar Hundert Meter ein Kreisverkehr zu bewältigen war, faltete Jung bald krampfhaft die Hände und betete inständig um ihrer aller Überleben.

Er machte den schüchternen Versuch, sie zu bremsen, und fing ein Gespräch an.

»Wie kommt es, Rosa, dass Sie im Club Aldiana arbeiten? Ein schöner Zufall. Jedenfalls für mich.«

»Ich habe Touristik und Event-Management studiert. Übrigens in England. «

»Bei den Idiotas«, unterbrach Jung sie mühsam lachend. Rosa und Maria stimmten spontan in sein Lachen ein.

»Hat meine Mutter Ihnen das erzählt?« Rosa machte eine kurze Pause. »Sie hat recht. Die Engländer sind komplett verrückt.« Sie lachte. »Leider auch arrogant und überheblich, überhaupt nichts für uns Portugiesen.«

»Und deshalb sind Sie im Aldiana?«

»Ja, ich arbeite im Tourismusmanagement und fühle mich bei den Deutschen viel besser.«

»Und Sie sprechen unsere Sprache perfekt«, ergänzte Jung anerkennend.

»Ich spreche auch Englisch. Aber der Großteil der Gäste ist deutschsprachig. Sie sind viel verträglicher als die Engländer. Sie respektieren uns, verstehen Sie?« Sie sah sich kurz zu Jung um.

»Müsste es nicht umgekehrt sein? Sie sind hier zu Hause, nicht die Ausländer. Es ist Ihr Land, die Ausländer sind Gäste.«

»Aber sie haben das Geld, und sie haben den Einfluss und das Sagen«, stöhnte Rosa. »Leider. Ich wünschte mir auch etwas anderes. In erster Linie mit den Engländern. Die benehmen sich noch immer wie zu Zeiten ihrer Kolonialherrschaft.«

»Die Briten scheinen nicht gerade beliebt zu sein.«

»Sie sind unerträglich«, stellte Rosa kategorisch fest. »Sie sind widerlich und wissen alles besser. Sie lassen ihre eingebildete Überlegenheit jeden spüren, vor allem uns, die halbwilden Affen aus Portugal.« Rosa hatte sich in Rage geredet. Ihre Mutter begleitete die Rede mit stummem Kopfnicken, als verstünde sie Deutsch wie ihre Muttersprache.

»Das haben andere auch schon zu spüren bekommen«, versuchte Jung sie zu trösten. »Die Briten haben in der EU immer weniger zu melden.«

»Sie müssten noch viel mehr an Einfluss und Macht verlieren, bevor sie andere als Ihresgleichen anerkennen.« Aus Rosa sprach eine lichte Intelligenz, die in ihrem so überaus perfekten Körper umso heller leuchtete. Jung erfüllte große Sympathie.

»Sie haben eine Tochter, auf die Sie wirklich stolz sein können, Senhora Maria«, wandte sich Jung jetzt an die Mutter. In ihren Ohren musste sein Lob gedröhnt haben.

Maria antwortete schnell: »Muito obrigado, Senhor Tomi. Vamos ver.« Der Stolz auf ihre Tochter war verhalten, aber unüberhörbar.

Rosa war schnell gefahren. Wie Tiny auch, hatte sie die Autobahn gewählt und bog jetzt ab auf die kurvige, von zahllosen Kreiseln unterbrochene Anfahrt zum Club Aldiana. Die Zufahrt war vergleichsweise gut ausgeschildert und deswegen leicht zu finden. Jung hatte nicht auf die Straße geachtet und entspannte sich, weil er glaubte, dass es ihm keine Schwierigkeiten bereiten würde, wieder hierher und zurück ins Ferienhaus zu finden.

»Meine Freundin an der Rezeption spricht ebenso gut Deutsch wie ich«, verabschiedete sich Rosa von ihm. »Wenden Sie sich an sie, wenn Sie etwas brauchen. Sie ist nett und hilfsbereit, vor allem zu Deutschen.« Sie lachte und zeigte noch einmal ihre hübschen Zähne.

»Muito obrigad. Boa tarde, as Senhoras. Até logo«, grüßte Jung die beiden Frauen zum Abschied und stieg aus dem Auto.

»Boa tarde, Senhor Tomi«, erwiderte Maria freundlich.

Jung schloss die Wagentür. Rosa fuhr an und verschwand auf dem Weg zurück zur Autobahn.

CLUB ALDIANA

Es hatte schon vor Stunden aufgehört zu regnen und die Luft erwärmte sich. Jung entdeckte zu seiner Freude am Himmel im Südwesten die ersten Wolkenlücken, durch die die Sonne das Meer golden aufleuchten ließ. Der Club lag nahe am Wasser, oberhalb einer felsigen Steilküste, ähnlich gelegen wie der Clube Carvoeiro. Das Gelände hatte den Zuschnitt und die Bebauung eines reichen Golf- und Country-Clubs, wie man sie hin und wieder auf Anzeigen in Sport- und Reisemagazinen zu Gesicht bekam.

Jung betrat die Auffahrt zum flachen Empfangsgebäude durch ein weißes Gatter. Dahinter schloss sich ein weiterer, ebenfalls flacher Gebäudekomplex an – bewacht von zwei Türmen, deren spitze Dächer mit grünblauen Schindeln eingedeckt waren und die Front rechts und links flankierten. Er beherbergte die Restauration und wohl auch andere Funktionsbereiche des Clubs. Davor schimmerte das Wasser einer weitläufigen Poolanlage durch die Bäume, deren Liegewiesen um die runden Becken herum verwaist dalagen. Es war zu früh in der Saison und das Wetter nicht wirklich einladend, als dass sich schon ein Badeleben eingestellt hätte.

Jung hatte das Gefühl, durch einen Park zu gehen. Die Vegetation war vielfältig: Libanonzedern, Aleppokiefern, Pinien, Eukalyptusbäume, Korkeichen, Akazien, Fächerpalmen, Dattelpalmen, Zwergpalmen, Palmen, deren Namen Jung nicht kannte, Feigenbäume, Gummibäume und ausladender Ficus, dazwischen weite Rasenflächen, bunte Blumenrabatten und breite, gepflasterte Wege. Hier und da waren Buschgruppen gepflanzt worden aus Jasmin, Ginster, Oleander, Hibiskus und einer Art Flieder, den Jung bisher noch nicht gesehen hatte. Sie verwehrten eine ungehinderte Sicht auf die in Reihen gebauten, zweistöckigen Ferienappartements, die sich lose über den Park verteilten. Die Architektur war neumodisch modern, sicherlich streng kalkuliert, aber von folkloristischem Charme, mit Rundbögen, Patios, überdachten Terrassen und Lamellenfensterläden. Die obligatorischen Entlüftungskamine im maurischen Stil und die hellen, mit runden Tonziegeln eingedeckten flachen Dächer verstärkten die südländische Anmutung der Häuser und schafften für die Gäste aus dem hohen Norden eine Atmosphäre aufregender Andersartigkeit. Sie wirkten nicht fremdartig, nicht einmal exotisch, sondern sie empfingen die Gäste freundlich und weckten schon auf den ersten Blick die Aussicht, für die nächste Zeit komfortabel und schön untergebracht zu sein.

Jung drängte sich der Eindruck eines Sanatoriums auf, eines großzügigen Sanatoriums für begüterte Kranke, die Wert darauf legten und es sich etwas kosten ließen, den Zweck der Anlage hinter dem äußeren Eindruck verschwinden zu lassen. Es sollte nicht offenkundig werden, dass die Insassen eigentlich mit sich und der Welt fertig waren und dem Glauben anhingen, hier, wie von Geisterhand, reanimiert zu werden.

Zu diesem Eindruck trug auch das viele Personal bei, das im Park und zwischen den Häusern emsig unterwegs war; Putzfrauen in grauen Kitteln mit ihren Reinigungswagen, Zimmermädchen in weißen Kitteln mit Karren voller schmutziger Bettwäsche und gebrauchter Handtücher und Gärtner in grünen Overalls, die das Laub zusammenharkten, das der Wind am Vormittag von den Bäumen geweht hatte. Auch ein paar Frauen und Männer in weißen Hosen, weißen T-Shirts und weißen Gesundheitslatschen schritten über die Anlage. Allerdings sahen sie zu gut aus, waren zu jung, zu schlank und zu sportlich gebaut, als dass sie zum akademischen Klüngel eines Krankenhauses gepasst hätten. Jung ordnete sie dem Personal des Fitness- und Wellnessbereichs zu.

Die Atmosphäre war auffällig ruhig und entspannt. Ein weinendes oder gar schreiendes Kind wäre hier nur störend aufgefallen. Das rhythmische Ploppen von Tennisbällen war nicht zu überhören. Jung ortete das Geräusch weiter weg zu seiner Rechten, versteckt hinter einer hohen und dichten Hecke.

Er vernahm jetzt auch die Stimme des Trainers. Senge hatte auf einem Ohr einen Hörschaden und redete lauter, als es nötig gewesen wäre. Man musste von diesem Handicap wissen, um ihm nicht eine Grobheit anzudichten, die er nicht hatte. Im Gegenteil, seine Sensitivität war hoch entwickelt. Dazwischen vernahm Jung die kurzatmigen Kommentare seiner Frau. Er war im falschen Moment gekommen. Er würde sie beim Training stören.

Jung setzte sich auf eine Bank und hörte von Weitem, ohne Sichtkontakt zu den Plätzen, dem sportlichen Treiben zu.

»Hallo, die Dame, etwas mehr Bewegung bitte, Tennis ist ein Laufspiel und kein Laufsteg für hübsche Mädels. Ja, so ist es richtig: nach vorn durchschwingen, dem Ball mit dem Schläger nachgehen. Wunderbar, weiter so. Und jetzt die Rückhand. Dem Ball entgegengehen, früh ausholen, seitlich stehen und nach vorn durchziehen. – Äh, du Gangster, willst du einen alten Mann zu Tode hetzen? Diese Rückhand musst du immer spielen, dann kommst du auch nach Wimbledon. Und jetzt komm nach vorn ans Netz. Gut so, aber beweglicher in den Hüften, steh nicht so rum wie eine Adlige. – Ja, so ist es gut, und smash und schon hast du den Punkt. Das will ich von dir sehen: Power. Du musst immer so spielen, dass dein Gegenüber den Ball nicht kriegt, auch im Training. Du musst dich daran gewöhnen. Weißt du, was Jimmy Conners mal gesagt hat? Er hasst jeden Ball, den der Gegner zurückbringt. Verstehst du? – Und noch einmal. Ja, das ist Klasse, wie ein Tiger. Und zurück an die Grundlinie, aber hoppla, gnädige Frau, nicht einschlafen. Und ausholen und schlagen. Nein, nein, nein. In die Knie gehen und durchschwingen, nicht ausruhen. Beinarbeit, Beinarbeit. Und jetzt nach vorn, komm, komm, komm. Ja, so ist's gut. Wir sammeln jetzt mal die Bälle auf.«

»Puh, Gunnar, es reicht. Laufen ist nicht mein Ding. Ich will mich nicht totmachen und auch nicht nach Wimbledon. Wasser wäre gut. Für dich auch?«

»Danke, ich hab noch. Lass die Klinkelfee das machen. Trink ordentlich, denn gleich geht's weiter. Wir spielen einen Satz. Und morgen ist Clubturnier unter Freunden. Da will ich die Gnädigste vorn sehen, alles klar?«

»Vorher üben wir aber Aufschlag, ja?«

»Ich mache alles, was du willst. Du bezahlst mich schließlich. Aber dein Aufschlag ist gut. Damit bist du diesen Hausmütterchen aus Winsen an der Luhe weit überlegen.«

*

Jung schaltete ab. Svenjas Stimme sagte ihm, dass sie sich wohlfühlte und den Urlaub hatte, den sie brauchte. Er wusste, wie es weitergehen würde. Svenja würde sich bis an ihre Grenzen verausgaben und danach mit ihren Kräften am Ende sein. Ein paar Schmerzen in den Knien und der Schulter würden sich einstellen, dennoch würde sie sich körperlich und geistig erfrischt und rundum gut fühlen. Man würde zusammen eine Tasse Kaffee trinken, soweit Senges Trainingsplan das zuließ, und sich nett unterhalten, nicht über flaches, belangloses Zeug. Dazu kam es bei Svenja nicht oder nur äußerst selten. Wenn sie ihre Gesprächspartner wirklich mochte, scheute sie sich nicht, ein offenes Gespräch zu führen. Sie wirkte dann wie ein Dosenöffner für die Wehwehchen ihrer Gegenüber, darunter auch durchaus schwerwiegendere Probleme. Das war geradezu ihr Markenzeichen. Unter dem Schutz, den sie auszubreiten verstand, konnten sie über ihre Probleme, Kindheitstraumata, ihre Neurosen und ihr Zwangsverhalten reden. Und alles klang auf einmal weniger peinlich, weniger schmerzlich, weniger traurig, weniger gefährlich. Und wo ihnen oft zum Heulen war, da fingen sie an zu lachen, wenn Svenja mit Humor und einfühlsamem Witz einen kurzen Kommentar zum Besten gab. Ihre einschüchternde Kenntnis, ihre enervierende Intelligenz und ihr beängstigendes Einfühlungsvermögen ermöglichten es ihr, auch gänzlich unbewusste und unerkannte Auffälligkeiten und Schwächen bei ihren Gegenübern anzusprechen und aufzudecken. Und deren dankbares Erstaunen steigerte sich bisweilen bis zur Verehrung, weil sie sich von Svenja nie ertappt, entblößt, ausgenutzt oder gar hereingelegt fühlten. Sie half ihnen dort, wo bis jetzt jede Hilfe ausgeblieben war. Und sie half ihnen, ohne eine Gegenleistung zu erwarten, abgesehen von der wie selbstverständlich erwarteten und natürlich gern angebotenen, gelegentlich sogar aufgedrängten Einladung zu Speise und Trank. Das lag einfach in Svenjas Natur. Ihr war nicht bewusst, dass sie eine Leistung erbrachte, die sie Zeit und Kraft kostete. Oft beklagte sie sich bei ihm darüber, dass sie sich so ausgebrannt und ausgelaugt fühle und gar nicht wisse, warum. Deswegen war für sie auch Urlaub so wichtig. Er versuchte, ihr behutsam nahezubringen, dass sie sich über ihre Kräfte verausgabte, ja, dass sie dazu neigte, sich zu verschwenden. Sie hörte ihm ungläubig zu, bisweilen beschimpfte sie ihn auch wegen seiner scheinbaren Gefühlslosigkeit und kalten Distanz. Wie sollte sie auch als schädlich erkennen, was einfach ihre natürliche Art zu sein schien? Haushalten war einfach nicht Svenjas Sache.

Jung überlegte, ob es nicht besser sei, sie unbehelligt von den Ereignissen der letzten Tage Urlaub machen zu lassen. Sie hatte ihn nötig, das sah er ein. Und hier, im Club Aldiana, hatte sie, was sie brauchte. In Carvoeiro war das immer noch fraglich. Es wäre sicherlich besser, zuerst die aufgeworfenen Fragen und das Verhältnis zu seinem Nachbarn zu klären, bevor er Svenja vorschlug, wieder zurück nach Carvoeiro zu kommen.

AMALIA

Das Gedankenkarussell in seinem Kopf hatte sich mit schrillem Gebimmel wieder in Bewegung gesetzt. Was sollte er jetzt tun? Musste er überhaupt etwas tun? Was gingen ihn Tiny und seine Geheimnisse an? Er hatte bekommen, was er wollte. Tiny hatte sich bei ihm nicht mehr sehen lassen, und die Wahrscheinlichkeit war groß, dass es dabei blieb. Und wenn nicht, hatte er jetzt Munition genug, ihn da zu halten, wo er hingehörte: weg von Svenja und ihrem Ferienhaus.

Dennoch beschlich Jung ein tiefes Unbehagen, als er sich klarmachte, dass in seiner unmittelbaren Nachbarschaft etwas nicht stimmte. Der Polizist in ihm ließ ihn nicht zur Ruhe kommen. Oder war es nur profane Neugier? Oder war es beides? Oder war beides überhaupt dasselbe?

Er erhob sich von seiner Bank und schritt in Richtung Empfangsgebäude. Als er die Glastür zur Rezeption aufstieß, hatte er sich entschlossen, ein Taxi zu bestellen und allein nach Carvoeiro zurückzukehren.

In der Halle empfing ihn angenehme Kühle. Auf poliertem, schwarzem Marmor durchquerte er die geräumige Lobby. Vor der großen Fensterfront standen einige niedrige Sessel und Tischchen. Eine Katze, die sich in der einfallenden Sonne ein warmes Plätzchen zum Schlafen gesucht hatte, war neben ihm das einzige Lebewesen in der bedrückenden Stille. Auch hinter dem aus dunklem Edelholz gefertigten Empfangstresen konnte er niemanden entdecken. Eine Klingel, wie man sie an den Rezeptionen vieler Hotels fand, gab es nicht. Jung blieb unschlüssig stehen. Er sah sich suchend um. Als wenn ihn jemand aus einem sicheren Versteck beobachtet hätte, öffnete sich im Hintergrund eine angelehnte Tür. Eine junge Frau stand im Türrahmen.

Ihr Erscheinen glich eher einem Auftritt, der jedoch nicht geplant oder inszeniert wirkte. Sie trug ein ähnliches Outfit, wie Jung es heute an Rosa schon einmal gesehen hatte. Sie glich ihr auch ansonsten, nach Typus und Art, und hätte dem gleichen Genpool entstammen können. Nur waren die Reize ihrer Weiblichkeit so verfeinert und optimiert, dass sie Jungs erotische Fantasien nicht nur augenblicklich erregten, sondern ihnen einen brutalen Stoß versetzten. Sie war von einer Klasse, die Männer auf der Stelle und unter Ausschaltung jeglichen Verstandes sexuell stimulierte, automatisch sozusagen. Vor seine Augen schob sich, ohne dass er es verhindern konnte, eine Phantasmagorie, ein Märchen, aus dem sie, in edle Dessous gekleidet, verheißungsvoll auf ihn zuschritt. Er war sofort bereit, über den Tresen zu setzen und ihr entgegenzueilen.

Ihm wurde schnell und schmerzlich bewusst, dass sein Alter ihn daran hinderte, überhaupt über irgendetwas zu setzen, schon gar nicht über einen ziemlich hohen Tresen. So blieb er stehen und machte ein schmerzhaft-dummes Gesicht. Die junge Frau lächelte ihn freundlich an.

»Boa tarde.« Ihre Stimme versetzte ihm einen zweiten entwaffnenden Schlag. »O que posso fazer para si?«

Er blieb stumm. Jung verstand ihre Frage nur zu gut. Oh ja, sie konnte etwas für ihn tun, wenn sie auch nicht wissen konnte, was. Oder doch? Sie musste schon öfter männliche Reaktionen dieser Art durchlitten haben, schoss es Jung durch den Kopf. Er schämte sich seiner Lüsternheit.

»Boa tarde«, raffte er sich auf. »Rosa hat mich an Sie verwiesen, wenn ich etwas brauchen sollte.«

»Ach ja, wirklich? Rosa ist meine Freundin«, fuhr sie emphatisch fort. Sie hatte zu Deutsch gewechselt, als gäbe es keinen Unterschied zu Portugiesisch. »Was kann ich für Sie tun?«

»Ich brauche ein Taxi nach Hause«, antwortete er unbeholfen.

»Wenn es weiter nichts ist, kein Problem«, lachte sie.

Jung begann, sich unter ihrem Lachen zu entspannen und die Situation zu genießen.

»Ich heiße übrigens Amalia. Sie können mich ruhig bei meinem Vornamen nennen. Wohin wollen Sie?«

»Danke, Senhora Amalia. Nach Carvoeiro.« Ihr Name schmeckte ihm auf den Lippen wie eine ungewohnte Köstlichkeit. »Ich heiße Tomas Jung.«

»Dann sind Sie der Mann von Senhora Jung, nicht wahr? Ich habe mich lange mit ihr unterhalten. Sie hat mir von Ihnen und Ihrem Nachbarn erzählt. Ich hoffe, Sie können jetzt wieder gemeinsam in das Haus, Herr Jung.«

»Oh, hat Sie Ihnen das erzählt?«, zeigte sich Jung überrascht. »Noch ist es nicht so weit, leider. Sie weiß nicht, dass ich hier bin. Ich will deswegen allein zurück nach Carvoeiro.«

»Ich verstehe«, erwiderte sie verständnisvoll. »Wenn Sie wollen, kann ich Sie mitnehmen.«

»Ja, sehr gern«, sprudelte es Jung über die Lippen, bevor er sich bremsen konnte. Dann fragte er vorsichtig: »Sind Sie denn frei?«

»Meine Arbeit endet in einer halben Stunde.« Sie lachte. »Ich wohne in Portimao. Wir kommen sozusagen an Carvoeiro vorbei.«

»Ich möchte Ihnen auf keinen Fall Umstände machen, Senhora Amalia«, versicherte Jung ohne großen Nachdruck.

»Das geht in Ordnung. Ich freue mich, wenn ich Freunden von Rosa einen Gefallen tun kann.«

»Als Dankeschön lade ich Sie zum Essen ein. Sie dürfen nicht Nein sagen, das würde mich beleidigen«, erwiderte Jung, sichtlich um Charme und Lockerheit bemüht.

»Gern, Herr Jung.«

Jung glaubte, Vorfreude auf einen netten Abend aus ihrer Antwort herausgehört zu haben. Er erinnerte sich an Tinys Restaurantempfehlung und fuhr fort: »Wie wäre es, wenn wir in Albufeira, im No. 54, zu Abend essen würden?« Im selben Augenblick fiel ihm siedend heiß ein, dass er noch nie dort gewesen war und er nicht wusste, wie er dahin finden sollte.

Er wurde schnell aus seiner Verlegenheit befreit.

Amalia brach in helles Lachen aus und erwiderte: »Von wem haben Sie denn diesen Tipp?«

»Wieso, stimmt daran etwas nicht?«

»Ich würde es nicht empfehlen. Es heißt übrigens richtig O Cabaz da Praia.«

»Ist das der einzige Fehler?«

»Das ist der kleinste«, erwiderte Amalia amüsiert.

»Und sein größter? Stirbt man etwa, wenn man da isst?«

Amalia ließ noch einmal ihr helles Lachen hören. Jung fing an, dem Geplänkel Vergnügen abzugewinnen und entspannte sich mehr und mehr.

»Möchten Sie von einem Schlepper angequatscht werden wie vor einer billigen Striptease-Bar?«, fragte sie schelmisch.

»Nein, das würde mich abstoßen.«

»Möchten Sie, dass Ihnen eine freche Möwe den Fisch vom Teller holt?« Sie sah ihn aus großen, braunen Augen fragend an.

»Nein, lieber nicht. Wo isst man denn da? Am Strand?«

»Nein. Aber die Terrasse liegt über der Klippe und ist offen. Darüber tummeln sich mehr Möwen als Gäste an den Tischen sitzen.«

»Und die Viecher sind so dreist?«, fragte Jung ungläubig.

»Sie wissen genau, wo es für sie etwas zu fressen gibt. Sie holen sich, was sie wollen.«

»Sonst noch etwas, das ich wissen sollte?«, fragte er seufzend.

»Es ist zu teuer.«

»Gut, das passiert schon mal, wenn man sich nicht auskennt, oder?«

»Aber jetzt haben Sie ja mich. Ich bin hier zu Hause und kenne mich aus.«

»Sie haben recht. Ich danke Ihnen für Ihre Fürsorge.«

Sie lächelten sich an.

»Ich habe aber auch einen ganz persönlichen Grund«, fuhr sie ernst fort. »Der Nachbar, das Restaurante O Dias, hat seinen Grill auf der Terrasse stehen. Wenn es windstill ist oder der Wind schlecht steht, werden sie nebenan eingeräuchert und es stinkt fürchterlich nach gegrillten Sardinen.« Sie rümpfte die Nase und verzog vor Ekel das Gesicht.

»Ja, das möchte ich Ihnen wirklich nicht zumuten«, beteuerte Jung. »Mir übrigens auch nicht. Und was machen wir nun?«

»Ich führe Sie in ein Restaurant, das Ihnen gefallen wird, glauben Sie mir.« Amalias Stimme hatte eine Festigkeit angenommen, die keinen Widerspruch duldete. Jung stellte mit Erstaunen fest, dass der Gedanke, sich ihrer Führung zu überlassen, ihm sehr attraktiv erschien. Er freute sich auf die Zeit mit ihr.

»Bis ich fertig bin, können Sie noch einen Kaffee trinken oder einen Aperitif«, schlug sie ihm vor.

»Okay. Das Restaurant ist nebenan, nicht wahr?«

»Ja, im Gebäude vor dem Pool. Ich bin gleich da.«

»Até já«, verabschiedete sich Jung vorläufig. Es

machte ihm Spaß, seine wenigen Brocken Portugiesisch anbringen zu können.

Er verließ die Halle und ging die paar Schritte zum Gebäude am Pool. Jung betrat das Restaurant und setzte sich an den Tresen. Die Bedienung kam, und er bestellte sich ein Glas Vinho verde. Er bemerkte zu seiner Genugtuung, dass der Wein kein Casal Garcia war – eine Flasche mit kornblumenblauem Etikett, die Land auf, Land ab ausgeschenkt wurde –, sondern von der Quinta da Pousada stammte. Jung kostete den Wein, und sein Wohlgefühl steigerte sich weiter.

Nur der für portugiesische Restaurants anscheinend obligatorische Fernseher störte ihn. Auf einem großen Flachbildschirm im Hintergrund liefen stumm die Bilder von der Entführung an der Algarve. Jung drehte sich ab, nahm sein Glas und setzte sich auf die Terrasse. Er zwang sich, nicht zu denken, und versuchte, sich abzulenken.

Um den Pool herum herrschte beklemmende Leblosigkeit. Nur ein älterer Mann in Gummilatschen und Badeshorts saß ein paar Tische weiter vor einer Tasse Kaffee. Jung fiel auf, dass er sich vor dem Betreten der Terrasse ein Sweatshirt übergestreift hatte. Aber wo üblicherweise nur ein kleines, grünes Krokodil auf das Label verwies, trug dieses Kleidungsstück sein Markenzeichen hundertfach vergrößert auf dem Rücken. Die affige Übertreibung ließ Jung mit dem Kopf schütteln. Er stellte sich vor, wie es hier im Hochsommer zugehen würde, wenn die Anlage von Urlaubern überquoll; von Menschen in Gummilatschen, Shorts, Strohhüten und Ballcaps, mit eingeölten, faltigen, fleckigen Oberkörpern, von Frauen in schlecht sitzenden Bikinis, denen ein Schwimmanzug viel besser gestanden hätte und darüber hinaus ein sympathischer Ausweis ihrer Fähigkeit gewesen wäre, sich selbst und ihrer Umgebung nicht mehr zuzumuten, als für ein paar gesunde Bahnen im Pool nötig war. Jung fragte sich ernsthaft, warum Urlauber unter einem unstillbaren Zwang zu stehen schienen, sich überall und immer hemmungslos zu entblößen. Wenigstens das Ozonloch und die immer gefährlicher werdende UV-Strahlung sollten sie doch dem vernünftigen Gedanken näher bringen, sich schützen zu wollen, wenn schon ihr Sinn für Ästhetik und Benehmen nicht ausreichte, ihre Umgebung vor dem Anblick ihrer schlechten Lebensgewohnheiten zu bewahren.

*

»Hallo, da bin ich«, brachte ihn Amalia zurück in die Gegenwart. Sie war hinter ihn getreten, ohne dass er ihr Kommen gehört hatte. Sie streifte das auffällige Krokodil die paar Tische weiter mit den Augen und spitzte mokant die hübschen Lippen.

Jung fühlte sich zu der rhetorischen Frage ermutigt: »Senhora Amalia, können Sie mir mal sagen, warum das Krokodil da oben auf seinem Rücken so unanständig groß sein muss?«

»Weil sein Krokodil da unten so unanständig klein ist«, entgegnete sie unschuldig.

Jung prustete los, als wenn ein Knoten in ihm geplatzt sei. Er konnte sich vor Lachen nicht halten. Das Krokodil drehte sich um und starrte sie böse an.

»Wir können los. Mein Auto steht vorn, auf dem Parkplatz«, lenkte Amalia lachend ab.

»Danke.« Jung leerte sein Glas und erhob sich. Sie gingen schmunzelnd nebeneinander her. Jung registrierte an sich einen befremdlichen Stolz, zu einer so schönen, schlagfertigen Frau ins Auto steigen zu dürfen. Er schalt sich einen Narren, beschwichtigte sich aber mit der Einrede, dass er Urlaub habe und das Recht, sich ein wenig gehenlassen zu dürfen. Er gab sich ohne weitere Einwände dem wohligen Gefühl einfach hin.

Amalia fuhr einen quittegelben, PS-starken BMW-Morris-Mini-Cooper. Sie hatte einen Fahrstil, der für Jung zuträglicher war als derjenige Rosas. Ihn befielen keine Angstzustände, und seine Nerven wurden nicht über das Maß hinaus strapaziert, das auch zu ertragen gewesen wäre, wenn er selbst am Steuer gesessen hätte.

Amalia fuhr nicht auf die Autobahn. Sie steuerte geschickt durch ein Gewirr von Straßen und Kreiseln. Jung hatte niemals das Gefühl, einen Ort oder ein Dorf zu verlassen und in einen neuen Ort hineinzufahren. Und die Beweggründe, Fußgängerampeln an Stellen zu platzieren, an denen Fußgänger nicht zu erwarten waren, blieben ihm auch jetzt noch unerfindlich. Amalia schien das nicht zu kümmern. Sie passierte die Ampeln, egal ob bei Rot oder Grün. Ihre Ignoranz schien endgültig und für alle Zeiten unverrückbar.

Schließlich bog sie an einer regulären Ampel links ab an die Küste. Sie passierten zwei riesige Billboards, auf denen die überlebensgroßen Porträts einer Lucrezia und einer Amalia für den Erwerb von Immobilien in Olhos D'agua warben.

»Haben Sie einen Zweitjob im Immobilienbusiness, Amalia?«, fragte Jung beiläufig.

»Nein«, lachte sie und fuhr ohne weiteren Kommentar an riesigen Hotelkomplexen vorbei eine schmale, kurvige Straße in den kleinen Ort hinunter. Die Straße folgte einem engen Tal und endete in einer Bucht, die sich wie ein flacher Trichter, der in die felsige Küste geschlagen war, zum Meer öffnete. Sie hielten auf einem Platz, der gegen den Strand und das Meer von einer Promenade mit niedriger Mauer geschützt war. Rechts und links waren die steilen Hänge bebaut von einfachen Wohnhäusern, Restaurants, Läden und Appartementhäusern. Die Bebauung war kleinräumig und zurückhaltend, sodass der Ort eine gewisse Intimität bewahrt hatte, die trotz der Modernität und dem unbezweifelbaren Touristenzuschnitt sympathisch wirkte.

Amalia führte ihn an den rechten Hang, ein paar Stufen hinauf auf ein schmales Plateau, das steil zur See abfiel. Es diente einem Restaurant als Terrasse. Das Restaurant hieß La Cigale und klebte in dem felsigen Ufer wie ein malerisches Schmugglernest. Es musste Ebbe herrschen. Jung sah, wie die Wellen zwischen den Felsen auf glatten, feuchten Sandinseln ausliefen.

Sie ließen sich an einem Tisch am Klippenrand nieder. Amalia nahm die Sonnenbrille von den Augen und legte sie neben sich auf den Tisch. Jung registrierte erleichtert, dass sie die Brille nicht zurück auf ihre schwarzen Locken schob, eine Angewohnheit, die er an hochgradig profilneurotischen, sogenannten Powerfrauen verachten gelernt hatte und die ihm üblicherweise Schauer über den Rücken jagte. Unter elegant geschwungenen, dunklen Augenbrauen sahen ihn ihre großen, braunen Augen an, als wollten sie fragen, wie es ihm hier gefiele und ob der Platz recht gewählt sei.

»Und hier gibt es keine Möwen, die mir den Fisch vom Teller stibitzen?«, fragte Jung freundlich.

»Nein«, schmunzelte Amalia. »Die Sonnensegel. Haben Sie die nicht bemerkt?«

Jung musste zugeben, dass sein Blick in erster Linie seiner Begleiterin und dem Meer gegolten hatte. Nun sah auch er die dicken gelben und blauen Planen über ihnen. Sie waren mit fingerdicken Stahltrossen zwischen Haupthaus und im Fels verankerten Stahlträgern verspannt. Es mussten hier Winde wehen, die eine so stabile Vorrichtung nötig machten.

»Der Blick ist herrlich, nicht wahr?«, rief Amalia aus.

»Ja. Ich bin froh, dass Sie mich hierher geführt haben. Es ist wirklich sehr schön«, erwiderte Jung ehrlich dankbar.

»Os meliores momentos«, seufzte Amalia träumerisch.

»Was heißt das?«

»Die besten Momente sind hier«, antwortete sie genießerisch.

Jung hätte ihre Bemerkung gern auf sich bezogen. Er vermutete jedoch etwas anderes dahinter und lenkte ab: »Und die beste Küche gibt es sicherlich auch hier, nicht wahr?«

»Ja, sonst hätte ich Sie nicht hierher geführt, Senhor Jung.« Amalia hatte sich wieder gefangen und ergriff energisch die Speisekarte. Sie blätterte sie durch und reichte sie dann Jung hinüber.

»Es gibt einen Peixe do dia. Sie können sich einen aussuchen. Er liegt drinnen in der Vitrine auf Eis.«

»Ich möchte Ihnen überlassen, das Essen auszuwählen. Ich vertraue Ihnen.«

»Oh, das ging aber schnell. Sind Sie sicher? Vielleicht mögen Sie nicht alles, was ich mag.«

»Ihren guten Geschmack haben Sie schon bewiesen«, vergab er großzügig Komplimente. »Ich gebe zu, dass ich am liebsten mag, was aus dem Meer kommt.«

»Auch lulas com tripas?« Sie sah ihn zweifelnd an.

»Ist das etwas Schlimmes?«

»Tintenfische mit Innereien und Tinte. Eine portugiesische Spezialität«, erklärte sie. Ihrer Stimme entnahm Jung die Absicht, ihn auf die Probe zu stellen und herauszufordern.

»Ich bin für alles offen«, erwiderte er forsch, obwohl ihm die Vorstellung eines in der eigenen Tinte mitsamt Magen und Darm gesottenen Kraken den Appetit verdarb.

Sie musste seinen Widerwillen an seinem Gesicht abgelesen haben und lachte schelmisch: »Heute lieber keine Experimente. Ich schlage vor, wir teilen uns nach dem Couvert einen Salada de Polvo und einen Salada Mixta, danach dann für jeden Peixe espada grelhado. Nachtisch sehen wir dann später, okay?«

»Einverstanden. Welchen Wein?«

»Ich trinke Wasser. Wir haben in Portugal null Promille. Nehmen Sie den weißen Hauswein«, empfahl Amalia resolut. »Er ist gut und preiswert.«

»Okay. Den Espada, kann ich den auch besichtigen? Ich weiß gar nicht, wie der aussieht.«

»Klar. Gehen Sie nur rein. Der Chef zeigt Ihnen, was Sie wollen.«

Jung erhob sich und betrat den Gastraum. Dieser war überraschend groß. Wenn man vor dem Restaurant stand, konnte man nicht ausmachen, dass das Gebäude an dem felsigen Abhang entlang nach hinten durchgebaut war und eine zweite Terrasse sich daran anschloss. Die Front zum Meer war auf ganzer Länge verglast, und Jung stellte sich vor, wie gern er auch im Winter, bei Kälte, Sturm und tosender Brandung, hier gesessen hätte. Das Gestühl war blau gestrichen, die Tische hübsch eingedeckt mit weißen Tischdecken und Stoffservietten, dreierlei Weingläsern und ohne folkloristischen Schnickschnack.

Vor einem Bartresen gleich am Eingang stand die Vitrine, in der eine beeindruckende Menge verschiedenster Meerestiere auslagen, darunter auch viele Schalentiere. Es roch intensiv nach frischem Fisch und Meerwasser.

Jung erholte sich augenblicklich von der Attacke des in schwarzer Tinte gekochten Kraken. Ein meterlanger silbriger Fisch mit spitzem Kopf, der eher einer hässlichen Schlange glich, fiel aus dem Sortiment hübscher Seefische heraus. Es war der Peixe Espada, wie ihn der korpulente, freundliche Chef belehrte. Jung hatte es geahnt. Der Mann beruhigte ihn und versicherte, der Fisch werde ihm garantiert schmecken. Wenn nicht, werde er ihn nicht in Rechnung stellen. Seinem Versprechen wohnte eine Überzeugungskraft inne, die Jung aufatmen ließ. Er bedankte sich und wandte sich zurück nach draußen.

An der Wand vor dem Ausgang sprang ihm ein überdimensionierter Steckbrief in die Augen. Er fahndete nach den Entführern des englischen Mädchens. Ein Konterfei der Kleinen in Farbe und der Hilfeschrei ›Ajuda-me‹ gaben dem Plakat eine schrille Dramatik. Jung fluchte innerlich. Er fühlte sich inzwischen von den Betreibern der Kampagne verfolgt. Nicht einmal an diesem abgelegenen Ort, beim Essen mit seiner hübschen Begleiterin, konnten sie ihn in Ruhe lassen. Wer waren sie? Wo waren sie? Was passierte hier eigentlich, fragte er sich zum wiederholten Mal.

»Was haben Sie? Ist Ihnen da drinnen der Teufel begegnet?«, empfing ihn Amalia besorgt.

»Ja, wenn Sie so wollen. Ich sah das entführte englische Mädchen auf einem überdimensionierten Steckbrief abgebildet.«

Amalia lachte schallend. Jung war ernst geblieben und wunderte sich über ihre Reaktion.

»Warum lachen Sie?«

»Sie wissen gar nicht, wie recht Sie haben, Senhor Jung«, erwiderte sie, noch immer lachend.

»Wie darf ich das verstehen?«

Ihr Gespräch wurde von dem Kellner unterbrochen, der Wasser, Brot, Butter und schwarze, kleine Oliven vor sie auf den Tisch stellte. Er entkorkte eine halbe Flasche Weißwein und schenkte Jung einen Probeschluck ins Glas. Obwohl Jung mit seinen Gedanken ganz woanders war, erweckte die frische Fruchtigkeit des Weines seine volle Aufmerksamkeit. Er las auf dem Etikett, dass er aus Borba, einer Gemarkung im Alentejo, stammte. Er wollte sich das merken, nahm er sich vor. Sie kosteten die Oliven und das frische Brot. Es schmeckte und verleitete sie, kräftig zuzulangen. Jung bekam Appetit.

»Warum haben Sie vorhin so gelacht, Amalia?«, kam Jung auf seine Frage zurück. »Tut Ihnen das Kind nicht leid?«

»Ja und nein«, erwiderte sie gefühllos. »Sie und ihre Eltern sind mir eigentlich schnurzpiepegal.«

Jung registrierte erstaunt, dass ihr die deutsche Floskel geläufig war und sie davon in diesem Zusammenhang Gebrauch machte. Er nahm einen größeren Schluck Wein und legte eine Pause ein. Ihre zur Schau gestellte Gefühlskälte passte nicht zu dem Bild, das er sich von ihr gemacht hatte. Er sah länger auf das Meer und bewunderte die bizarren Felsformationen vor dem Strand.

Die Salate kamen auf den Tisch, und sie konzentrierten sich auf das Essen. Der Tintenfisch war, ähnlich wie ein Carpaccio, in feine Scheiben geschnitten und nur mit Olivenöl und etwas Essig angemacht. Den außergewöhnlichen Pfiff bekam der Salat durch ein klein gehacktes, grünes Kraut. Es musste Liebstöckel sein. Jung konnte sich blass an den Geschmack erinnern. Seine Großmutter hatte das Kraut früher an ihre köstliche Kartoffelsuppe gegeben. Später war ihm Liebstöckel nicht mehr begegnet.

Amalia hatte mit gutem Hunger den Salaten zugesprochen und nahm ihre Unterhaltung wieder auf.

»Sie werden sich vielleicht wundern, dass mich die Entführung kaltlässt. Aber ich kenne die Kleine von einer ganz anderen Seite. Mehr zufällig. Die Eltern übrigens auch.«

»Woher?«

»Meine Schwester ist ausgebildete Kindergärtnerin und arbeitet im Clube Atlantico als Betreuerin. Sie hat sie beaufsichtigt, allerdings nur ein einziges Mal.«

»Und das hat ausgereicht, sie richtig kennenzulernen?«

»Es hat ihr gereicht. Sie hat abgelehnt, es noch einmal zu tun.«

»Was war passiert?«

»Meine Schwester ist wirklich nicht empfindlich und mit Kindern normalerweise sehr geduldig. Aber die kleine Engländerin hat sie alle geschafft. Sie war unausstehlich. Meine Schwester meinte sogar, sie sei wirklich asozial. Ein verträgliches Zusammensein mit anderen Kindern war unmöglich. Sie war nicht tragbar, sagt sie.«

»Was haben die Eltern dazu gesagt?«

»Sie haben ihr Inkompetenz, Verleumdung und Undankbarkeit vorgeworfen.«

»Und dann?«

»Nichts. Es hat sich für meine Schwester Ersatz gefunden. Geld braucht hier schließlich jeder.«

»Ach, so ist das.« Jung nickte mit dem Kopf. »Sie ist sicherlich eine von diesen armen Gören, von denen die Psychologen behaupten, sie seien Opfer ihrer Eltern«, meinte er nachdenklich.

Sie mussten ihr Gespräch unterbrechen, weil der Kellner den Hauptgang servierte. Der Peixe Espada sah tatsächlich aus wie ein dickes Stück Schlange. Nur hatte er jetzt die silbrige Haut verloren und zeigte auf der Oberseite die krosse Signatur eines heißen Holzkohlengrills. Dazu gab es als einzige Beilage gepellte Kartoffeln. Der Fisch roch verführerisch und dampfte auf dem Teller. Jung sah seiner Begleiterin in die hübschen Augen, wünschte einen guten Appetit und tranchierte erwartungsfroh den ersten Bissen von der Mittelgräte. Er fiel ihm förmlich auf den Teller, leicht und unbehelligt von Flossen und anderen Fischbeinen, die herauszupräparieren oft den Verzehr komplizierten und den Genuss schmälerten. Der Geschmack zu den leicht süßlichen Kartoffeln war unvergleichlich: sehr fein, sehr meerig, sehr fest. Jung war begeistert und lobte schwärmerisch die Küche.

»Ich habe Ihnen nicht zu viel versprochen, nicht wahr?«, ging Amalia auf seine Lobeshymne ein.

»Köstlich, wirklich. Ich wusste, dass ich mich auf Sie verlassen kann.«

»Das freut mich«, erwiderte sie schlicht.

Jungs Seele öffnete sich. Die Gesellschaft Amalias,

der Fisch, dessen feiner Geschmack sich zusammen mit dem leichten, herben Weißwein ganz wunderbar entfaltete, der Blick auf die Felsküste, den Strand und den Atlantik, der angenehme Schatten unter den Sonnensegeln, alles zusammen lullte ihn ein und entführte ihn in einen wohligen Ausnahmezustand.

»Meine Schwester meint das übrigens auch. Die Eltern sind die wahren Übeltäter«, brachte Amalia das Gespräch abrupt zurück auf das Thema. Jung brauchte einen Moment, um sich wieder auf sie einzustellen.

»Ja? Warum?«

»Sie kümmern sich nicht genug um die Kleine. Das sagt meine Schwester, und die muss es wissen.«

Jung erinnerte sich an Maria und ihre Meinung über Engländer.

»Rosas Mutter behauptet das von allen Engländern. In Portugal sei es unvorstellbar, ein Kind allein zu lassen.«

»Bei uns begleiten die Kinder ihre Eltern. Warum sollte das ein Problem sein?«, bemerkte Amalia entrüstet.

»Weil Eltern vielleicht mal allein sein wollen«, gab Jung zu bedenken.

Sie aßen für eine Weile schweigend ihren Fisch.

»Deswegen sollte man aber seine Kinder nicht vernachlässigen und schon gar nicht ruhigstellen«, nahm Amalia das Gespräch wieder auf.

»Wieso das? Was meinen Sie mit ruhigstellen?«

»Meine Schwester empfindet das so. Die Eltern schieben die Kleine ab, wenn sie nicht sogar noch Schlimmeres mit ihr anstellen.«

»Was soll das heißen? Was wollen Sie andeuten, Amalia?«

»Meine Schwester hatte den Eindruck, dass die Eltern sonst was machen würden, nur um Ruhe vor ihr zu haben.« Ein ungewohnter Ernst hatte von Amalia Besitz ergriffen. Jung sah ihr an, dass sie an dieser Stelle Gefühle hegte, die er vorhin, an anderer Stelle, vermisst hatte.

»Das ist ein schweres Geschütz, das Ihre Schwester da auffährt«, meinte Jung zweifelnd.

»Ich glaube meiner Schwester. Sie ist wirklich nicht zynisch oder missgünstig veranlagt. Aber sie meint, wo viel Geld ist, sind auch die Möglichkeiten zur Bequemlichkeit groß.« Amalia hatte ihre Mahlzeit beendet und legte ihr Besteck abschließend auf den Teller.

»Wo viel Geld ist, ist vielleicht viel Arbeit und viel Müdigkeit. Übrigens auch da, wo wenig Geld ist«, fiel Jung dazu ein. Er legte sein Besteck ebenfalls auf den Teller und wischte sich mit der Serviette den Mund ab.

»Glauben Sie das ernsthaft, Herr Jung?«

»Ich weiß es nicht. Vielleicht ist die Arbeit der Reichen anders als die normaler Menschen.«

»Das muss aber eine merkwürdige Arbeit sein, dass sie darüber ihre Kinder vernachlässigen.«

Jung hatte darauf keine schnelle Antwort. Amalias Ernst gab genug Anlass zum Nachdenken. Ihm kam Tiny in den Sinn und das, was er ihm von seinem Eheleben erzählt hatte. Er wollte den Abend an Amalias Seite genießen, ohne darüber diskutieren zu müssen, ob Reichtum ein Fluch oder ein Segen war.

»Ich gebe Ihnen recht. Es gibt keinen vernünftigen

Grund, seine Kinder zu vernachlässigen. Wenn es dennoch passiert, gibt es nur unvernünftige Gründe.«

»Wie so oft im Leben«, räsonierte Amalia melancholisch.

Jung lachte lautlos, als ihm die Plattheit seiner Bemerkung bewusst wurde. Der ungewohnte Ernst und Amalias Melancholie erstaunten ihn. Jung wollte das Thema beenden und fragte: »Was möchten Sie zum Nachtisch, Amalia?«

»Ich verzichte heute lieber auf Nachtisch. Ein Kaffee wäre zum Abschluss schön.«

»Gut, dann nehmen wir Bica und Maceira, okay?«

»Für mich nur Bica. Sie wissen ja, warum.«

Jung winkte dem Kellner und bestellte.

»Trinken Sie niemals Alkohol?«, erkundigte er sich beiläufig.

»Oh, doch. Einen Maceira nach dem Essen, das ist schon sehr gesund.«

»Und Wein? Ich frage, weil ich Weinliebhaber bin. Für mich ist ein Essen ohne Wein kein Essen.«

Amalia lachte und sah ihn amüsiert an.

»Für mich gilt eher, dass Weintrinker gut aussehen, intelligent, sexy und gesund sind.«

Jung durchzuckte es bei dieser koketten Bemerkung, die er sofort auf sich bezog, und er fühlte eine zugleich wohlige als auch unangenehme Wärme in sich aufsteigen, alles nur im Bruchteil einer Sekunde. Er versuchte, seine Verlegenheit zu verbergen, und war froh, als der Kellner an den Tisch kam und servierte, was sie bestellt hatten.

»Der Spruch stammt übrigens nicht von mir«, beeilte sich Amalia hinzuzufügen.

Jungs Verlegenheit verflüchtigte sich so schnell, wie sie gekommen war.

»Von wem dann?«

»Von Hugh Johnson, dem Weinpapst«, lachte sie.

»Na ja, der muss es ja wissen«, seufzte Jung. »Glauben wir ihm einfach mal.«

Sie tranken ihren Kaffee und Jung dazu den Brandy. Ihr Gespräch plätscherte dahin. Die Entführung wurde nicht mehr erwähnt. Als die Sonne sich auf das Meer gesenkt hatte, bezahlte Jung die Rechnung. Der korpulente Chef fragte, ob er den Fisch auf die Rechnung setzen dürfe. Jung bejahte enthusiastisch und machte ihm und seiner Küchencrew höflich Komplimente.

Amalia fuhr sie auf der Autobahn in Richtung Westen, Portimao entgegen. Sie kannte sich in Carvoeiro aus und wusste, wie sie zu fahren hatte. Jung genoss es, sich ihrer kundigen Führung anzuvertrauen und kein erklärendes Wort sagen zu müssen.

»Vielen Dank fürs Bringen und für den netten Abend«, bedankte sich Jung, als sie vor seinem Haus angehalten hatte. »Ihre Gesellschaft war mir ein großes Vergnügen, Senhora Amalia.«

»Danke gleichfalls, auch für die Einladung. Soll ich Ihrer Frau etwas ausrichten?«

»Wenn Sie ihr bitte sagen wollen, dass es nicht mehr lange dauern wird. Das wäre nett von Ihnen.«

»Mache ich gern. Boa noite, Senhor Jung.«

»Boa noite, Senhora Amalia.«

Er stieg aus und schloss die Wagentür. Wie schön, dachte er, dass es Frauen wie sie gab, intelligent und attraktiv, Frauen, die sich nicht dauernd in den Haaren herumfummeln mussten, was nur Frauen taten, wie er zu wissen glaubte, die sich anstrengten, sexy rüberzukommen, und sonst nichts anderes im Kopf hatten. Er winkte ihr freundlich nach, als sie in den schmalen Weg einbog, zurück nach Lagoa und Portimao.

Als Jung die Haustür aufschloss, registrierte er aus den Augenwinkeln, dass Tinys Haus ohne Licht war. Sein Auto stand auf der Auffahrt. Eine drückende Stille lag über dem Anwesen.

Nachdem er die Haustür verriegelt und das Licht gelöscht hatte, ging Jung gleich zu Bett. Er war müde. Den Abend an der Seite Amalias hatte er genossen, obwohl sie ein so ernstes Thema gestreift hatten. Erst jetzt wurde Jung bewusst, welch tiefe Bedeutung Amalias Erzählung für den Entführungsfall haben konnte. In ihm regten sich leise Zweifel, ob er die Sicht ihrer Schwester auf die englische Familie als unumstößliche Tatsache akzeptieren sollte. Aber nachdem er Maria, Rosa und Amalia kennengelernt hatte, neigte er dazu, ihren Erzählungen und Urteilen ein Gewicht beizumessen, das er den Erzählungen anderer nicht gleich zugebilligt hätte. Er fand sie gefühlvoll und mit einem überzeugenden Realitätssinn ausgestattet und von gesundem Selbstbewusstsein, das sich nicht beweisen, sich nichts einbilden musste und das sich ihm lebensbejahend, aufgeweckt und hellsichtig präsentiert hatte.

Und was das Erscheinungsbild der Eltern und den Charakter des kleinen Mädchens anbelangte – wenn man in diesen ersten Lebensjahren von Charakter überhaupt sprechen konnte –, so hatte ihm Tiny im Moment rückhaltloser Ehrlichkeit an der Bar einen deutlichen Hinweis gegeben, was Menschen bewegen mochte, die wahren Antriebe ihres Tuns hinter ihrem äußeren Getue verschwinden zu lassen.

Als Jung sich in das Kopfkissen zurücklehnte, fragte er sich, welchen konkreten Schritt er nun tun sollte. Er starrte an die weiße Zimmerdecke. Er gestand sich ein, dass er mit seinem Nachbarn eine Art Beziehung hatte, ob er nun wollte oder nicht und ob es ihm gefiel oder nicht. Sein Unbehagen an Tiny und seinen Geheimnissen warf die Frage auf, was er tun könne, um das Unbehagen aus der Welt zu schaffen. Solange es bestand, brauchte er Svenja gar nicht vorzuschlagen zurückzukommen.

Und wie so oft, lag die Lösung ganz nahe, sie lag sozusagen vor ihm auf der Bettdecke. Nur seine Sehnsucht nach Urlaub und die Traumbilder von Ruhe und Harmonie verstellten ihm den Blick auf das Naheliegende. Er wusste jetzt, was zu tun war.

Über seinen Gedanken hatte sich seine innere Erregung gelegt. Er erinnerte sich noch einmal an seine Urlaubslektüre und betete sich die Handlungsanweisungen laut vor. Bald danach sank er in den Schlaf.

DAS ARRANGEMENT

Jung wachte früh auf und hatte tief und fest geschlafen. Er hatte auch lebhaft geträumt, konnte sich aber nach dem Aufstehen nicht mehr an den Inhalt erinnern. Als er im Bad vor dem Spiegel stand und sich betrachtete, hielt sich sein Erschrecken diesmal in Grenzen und er blieb ruhig. Er fragte sich, ob er sich schon so schnell an den neuen Anblick gewöhnt hatte oder ob ihn neulich nur sein unrasiertes Kinn und die ungepflegten Haare genarrt hatten. Er sollte schon lange zum Friseur gegangen sein, fiel ihm auf. Er wich weiteren Grübeleien aus, begab sich in die Küche und bereitete sich ein Frühstück aus den Köstlichkeiten, die Maria besorgt hatte. Dazu brühte er sich einen Pott Kaffee.

Er schlenderte auf die Terrasse. Das Wetter war wie am Tag nach ihrer Ankunft. Die Sonne stand an einem wolkenlosen Himmel, über der Küste lag ein leichter Dunst. Als er sich in den Stuhl unter den Schirm setzte, empfing ihn das Duftbouquet aus Ozean und Garten. Er ließ den herrlichen Anblick einige Zeit auf sich wirken. Es würde alles gut werden, dachte er. Als er sein Frühstück beendet hatte, war er bereit, den Gang zu Tiny nicht mehr länger aufzuschieben. Er holte die Papiere aus seinem Schlafzimmer und ging durch den Garten zu ihm hinüber.

Die Terrasse war verwaist und die Tür verriegelt. Er ging ums Haus herum und klingelte an der Vordertür.

Drinnen rumorte es. Schließlich öffnete Tiny. Er stand im Bademantel in der Haustür und sah aus, als hätte er die Nacht bei Bier und Whiskey verbracht.

»Hallo, Herr Nachbar. Was gibt's denn so früh am Morgen?«, begrüßte er Jung schlaftrunken.

»Hallo, Tiny. Darf ich reinkommen?«

»Herein, wenn's kein Schneider ist.«

Jung fiel dazu nichts ein. Er hüllte sich in Schweigen. Tiny machte Platz und er ging an ihm vorbei ins Haus.

»Wir gehen auf die Terrasse, okay?« Tiny fuchtelte fahrig mit der Hand in Richtung Hof. Sie durchquerten die Diele und setzten sich in die Sitznische. Das Wasser aus dem Löwenmaul plätscherte beruhigend in das Becken.

»Was hast du auf dem Herzen?«, begann Tiny sorglos.

Jung hatte sich vorgenommen, nicht viele Worte zu machen. Er verzichtete auf eine Einleitung und reichte Tiny die Dokumente stumm über den Tisch. Tiny nahm sie auf und überflog sie. Er legte sie beiseite, angelte ein Päckchen Zigaretten aus der Bademanteltasche, steckte sich eine zwischen die Lippen und entzündete sie mit seinem Zippo. Vor dem aufsteigenden Rauch kniff er die Augen zusammen und bemühte sich um ein teilnahmsloses Gesicht.

»Und? Woher hast du das?«, fragte er betont ruhig.

»Von Maria. Sie hat sie bei dir gefunden. Ich soll sie dir zurückgeben.«

»Und warum tut sie das nicht selbst?«

»Weil sie nicht lesen kann und Angst um ihren Job hat.«

Tiny schwieg angestrengt. Er sah zu Jung hinüber und zog an seiner Zigarette. Jung hielt seinem Blick ruhig stand, bewegte sich nicht und schwieg beharrlich. Die Sprachlosigkeit dauerte an, die Spannung zwischen ihnen wuchs. Jungs geschultes Auge registrierte, wie Tiny mit sich kämpfte, obwohl er ein erstaunliches Talent zeigte, sich das nicht anmerken zu lassen.

Jung brach das Schweigen als Erster: »Der Mann, der den Wagen gemietet hat, ist auch der rechtmäßige Besitzer des teuren Weins in deinem Keller. Er ist auch der Vater des entführten Mädchens aus England.«

Jung sah Tiny weiter unverwandt und ruhig in die Augen. Der sog den Zigarettenrauch tief in die Lungen und stieß ihn zittrig durch die Nase wieder aus. Die Spannung wuchs. Irgendwann schien Tiny mit seinen Kräften am Ende zu sein.

»Haben sie dich geschickt, Herr Kriminaloberrat?«

Jung sperrte den Mund auf. Es kostete ihn alle Kraft, den Mund wieder zu schließen und nicht zu fragen, woher Tiny wusste, was er von Beruf war. Er nahm sich zusammen und sagte: »Nein.«

»Scheiße!«, brach es aus Tiny heraus. »Wenn ich den Wetterfrosch noch am gleichen Tag erreicht hätte, wäre das alles nicht passiert.«

»Was wäre nicht passiert, Tiny?«, unterbrach Jung ihn schnell.

»Ich hätte früher gewusst, was du machst, und hätte dich nicht auch noch auf ein Glas Wein eingeladen.«

»Warum hast du mir keinen reinen Wein eingeschenkt, Tiny? Du bist doch kein Kidnapper, oder?«

»So'n Quatsch. Was weißt du schon von dem ganzen Scheiß? Du hast doch überhaupt keine Ahnung.«

»Ich weiß, dass du da irgendwie drinhängst, Tiny. Dazu brauche ich keine Ahnungen. Aber du brauchst Hilfe, scheint mir.«

»Das geht dich einen Scheißdreck an!«, schimpfte Tiny störrisch.

»Das war einmal«, sagte Jung einfach. »Jetzt nicht mehr.« Er schwieg ganz bewusst und ließ seine Worte wirken.

»Was willst du tun?«, fragte Tiny besorgt.

»Das steht in den Sternen, jedenfalls, solange ich nicht weiß, was wirklich passiert ist.«

»Ist das etwa eine Drohung?«

»Mit was könnte ich dir denn drohen, Tiny? Vielleicht ist es ein Angebot, überleg doch mal.«

»Was gibt's da zu überlegen?«

»Das weiß ich nicht, oder besser, noch nicht. Vielleicht erzählst du mir, was passiert ist? Dann werden wir klarer sehen.«

»Wir?« Tiny lachte höhnisch. »Das bezweifel ich stark. So ein Biedermann wie du, was weiß der schon vom richtigen Leben.«

»Ich würde dir raten, deine Vorurteile gegen Beamte mal zu vergessen, sonst könnte es dir passieren, dass du zu spüren bekommst, wozu Beamte im richtigen Leben fähig sind, mein Lieber.«

»Mir reicht es jetzt schon«, winkte Tiny ärgerlich ab.

»Dann ist ja alles okay. Fang an, die Zeit läuft. Ich habe Urlaub, wie du weißt.«

Tiny schüttelte mit dem Kopf, als wollte er einen schlechten Traum loswerden. Er legte die Unterarme auf den Tisch und stierte vor sich hin.

»Ich habe mit der Geschichte wirklich nichts zu tun«, begann er. »Sie haben mir das Mädchen ins Nest gelegt, und ich wollte es ihnen zurückbringen. Das hat nicht geklappt, weil inzwischen ein Aufstand losgebrochen war, der meinen Plan durchkreuzt hat. Ich habe sie …«

»Stopp!«, rief Jung aufgebracht dazwischen. »Stopp, stopp, stopp! Hör auf! Das will ich gar nicht wissen!«

»Warum? Eben wolltest du noch. Was soll das?«

Jungs Gedanken schossen Purzelbäume und ihm dämmerte, dass da etwas auf ihn zurollte, dem er lieber nicht begegnet wäre. Er überlegte krampfhaft.

»Wenn ich weiß, wo das Mädchen ist, muss ich tätig werden, verstehst du?«

»Ach ja? Muss ich nicht tätig werden, oder was?«

»Den Zeitpunkt hast du verpasst, Tiny. Wenn du jetzt damit rauskommst, dann geht es dir an den Kragen. Du musst einen anderen Weg finden, verstanden?«

»Daran habe ich auch schon gedacht. Aber ich bin unschuldig«, beteuerte er noch einmal.

Jung sah ihn ungläubig an und schüttelte den Kopf. Er realisierte widerwillig, dass er nicht mehr zurück konnte, ohne sich selbst etwas vormachen zu müssen und zu lügen.

»Nun mal ganz langsam und der Reihe nach.« Seine Stimme hatte den Klang eines Vaters, der seinem zurückgebliebenen Sohn auf die Sprünge zu helfen versuchte. »Ganz von vorn, ja? Wer sind *sie*, und wie hast du *sie* getroffen?«

»Sprich nicht mit mir wie mit einem Idioten. Ich weiß sehr wohl, was ich tue«, entgegnete Tiny patzig.

Jung hatte Mühe, sich zurückzuhalten. »Sei nicht zickig, Tiny. Das kannst du dir in deiner Situation nicht leisten. Fang an. Wie hast du *sie* kennengelernt?«

»Welche Situation? Ich habe nichts Schlimmes getan. Die Eltern haben mir den Leichnam …«

»Den *Leichnam*?« Jung wollte nicht glauben, was er hörte, und wurde laut. »Bist du verrückt, Tiny?« Jung unterbrach sich selbst. Wohin sollte das mit diesem Idioten noch führen? Tiny musste es an etwas Wichtigem fehlen. Anders war das nicht zu fassen, was sich hier schemenhaft und zögerlich abzuzeichnen begann. Jung gab seine Zurückhaltung auf. »Keinen Scheiß mehr, Tiny. Was hast du getan?«

Tiny schien langsam zu dämmern, dass seine Lage ernster war, als er sie eingeschätzt hatte. Die Entschlüsse, die er mal gefasst hatte, kamen ihm im Nachhinein merkwürdig fremd und unwirklich vor. Er begann zögerlich zu reden. Je länger er redete, umso größer wurde Jungs Entsetzen.

»Rede ruhig weiter, Tiny. Ich höre zu. Noch«, ließ sich Jung das ein oder andere Mal vernehmen, wenn das, was er zu hören bekam, in seinen Ohren so ungeheuerlich dröhnte, dass er sich die Ohren zuhalten wollte.

»Und dann hast du zu allem Überfluss auch noch den Wein aus seinem Auto geklaut? Eine grandiose Idee. Meinen herzlichen Glückwunsch, Tiny.« Jungs Erregungszustand hatte einen Level erreicht, der ihm signalisierte, dass er sich jetzt unbedingt zusammenreißen musste, um nicht noch schlimmer zu machen, was schon schlimm genug war. Tinys Reaktion passte dazu.

»Ich wollte mich bei dieser Brazze, diesem pickligen Arschgesicht, revanchieren. Dazu hatte ich jedes Recht. Und ich brauchte Platz. Das solltest du berücksichtigen. Nicht jeder ist so ein verknöcherter Beamter wie du.«

»Tiny!«, versuchte Jung, ihn aufzurütteln. »Vergiss deinen Neid auf das, was Beamte vielleicht manchmal haben und du ganz offensichtlich nicht.«

»Und das wäre, wenn ich fragen darf?«

»Mehr Verstand. Überhaupt Verstand.«

»Verstand? Dass ich nicht lache. Wenn Maria den Vertrag nicht gefunden hätte und damit zu dir gelatscht wäre und wenn ich dich nicht zu einem Glas Wein eingeladen hätte, dann wäre jetzt alles in Butter. Purer Zufall. Oder auch Pech, wie du willst. Wo bleibt da der Verstand, Herr Oberkriminalrat?«

»Das frage ich dich, Tiny. Wo war dein Verstand, als dir klar geworden war, dass du eine Leiche am Hals hattest?«

»Da sagte mir mein Verstand, dass meine Geschichte die verstopften Ohren von übernächtigten portugiesischen Polizeibeamten gar nicht erreicht hätte.«

»Bravo. Sie hat ja sogar Mühe, die offenen Ohren eines wachen Deutschen zu erreichen.«

»Siehst du, also doch.«

»Nein. Eben nicht. Jetzt klingt sie mit jeder Minute, die vergeht, immer unmöglicher. Du wirst mit jeder Minute unglaubwürdiger. Und du lädst mit jeder Minute immer größere Schuld auf dich.«

»Schuld? An was denn? Was habe ich denn getan?«

»Du deckst die Täter, und du behinderst die Arbeit der Polizei. Den Diebstahl der Weinkisten können wir mal vergessen, spielt sowieso keine Rolle mehr.«

Es entstand eine längere Pause. Jung atmete durch.

»Dann gehen wir eben jetzt zur Polizei«, gab Tiny, sichtlich abgekühlt, zu bedenken. »Du bist ein Kripo-Mann. Dir werden sie zuhören und glauben.«

»Der Kripo-Mann wird dir jetzt mal ganz genau sagen, was sie tun werden.« Jung erregte sich erneut. »Sie werden dich einbuchten wegen des dringenden Verdachts auf Entführung und Ermordung des kleinen Mädchens. Deine Geschichte wird zwischen den Mühlsteinen von Politik, Justiz, Medien und Polizei zu Brei zerquetscht werden. Alle werden mit dir als Täter vollauf zufrieden sein. Keiner verliert sein Gesicht. Alle sind happy. Sie werden dir einen Seelenklempner auf den Hals schicken. Der wird dich auseinandernehmen, bis nichts mehr von dir übrig bleibt. Er wird dein promiskes Sexualleben, deine verkorkste

Ehe, ein gestörtes Verhältnis zu Kindern aufdecken und auswerten. Zu deinen Ungunsten, darauf kannst du dich verlassen. Und ein paar frühkindliche Absonderlichkeiten werden bei dir auch noch zu finden sein. Auch deine egoistische und martialische Vergangenheit spricht nicht gerade für dich. Als Kinderschänder und als Schieber auf dem einschlägigen Pornomarkt würdest du als alternder, müßiggehender Nichtsnutz ebenfalls eine passable Figur abgeben. Du bist der ideale Täter. Und das alles bei einer momentanen Faktenlage, die nur gegen dich spricht. Das sagt dir ein Kripo-Mann, ein Beamter, um mal in deinem Jargon zu bleiben.«

Jung machte eine Pause. Über seiner Erregung waren die wichtigsten und drängendsten Fragen noch gar nicht gestellt worden. Wer hatte den Tod des Mädchens zu verantworten, und wer konnte diesen perversen Plan zur Entsorgung der Leiche gefasst haben? Er glaubte Tiny, gerade weil er so ein Hornochse war. Weil nur so ein Prolet und Stammtischredner sich zum Retter einer Frau aufschwingen konnte und nicht begriff, dass er eine Straftat deckte. Wenn die Eltern die Täter waren, was immer auch passiert sein mochte, dann war die Position, die sie aufgebaut hatten, sehr schwer zu erschüttern, vor allem vor dem Hintergrund der in Stellung gebrachten Autoritäten und im Gegensatz zu der lächerlichen Story von Tinys sexuellem Blackout, die ihn eher verdächtig machte, als dass sie ihn entlastete. Die Tötung des Mädchens von Elternhand schien für Außenstehende außerhalb jeder nur denkbaren Möglichkeit.

»Gegen die Eltern hast du keine Chance«, konstatierte Jung brutal.

»Aber sie gegen mich auch nicht«, erwiderte Tiny mit trotzigem Stolz in der Stimme. »Ihre Hände sind gebunden. Sie können nichts machen.«

Tinys Logik wirkte auf Jung abkühlend und entlastete ihn. Er begann, seine Gedanken zu sortieren und in ruhigere Bahnen zu lenken.

»Und außer dir und den Eltern weiß keiner, was passiert ist«, stellte Jung nüchtern fest. Er merkte deutlich, dass er schon ein Teil dessen war, zu dem er nie hatte werden wollen. Aber er fühlte sich Tiny irgendwie verpflichtet. Es war ihm unangenehm, das zugeben zu müssen. Aber wenn er ehrlich war, so musste er einräumen, dass auch er das ein oder andere in seinem Leben getan hatte, das nicht ganz koscher gewesen war. Nur, der vorliegende Fall hatte eine gänzlich andere Dimension als die Dummheiten, lässlichen Sünden, Notlügen und kleinen Betrügereien, an die er sich erinnerte. Zudem war er im Urlaub und wollte sich vom Polizistendasein erholen. Dennoch fühlte er sich gedrängt, Tiny zu helfen. Er war kein schlechter Kerl. Er war hilfsbereit. Er selbst hatte das am eigenen Leib erfahren. Jung glaubte, an ihm eine antiquierte Ritterlichkeit entdeckt zu haben, die andere vielleicht humorlos als Imponier- und Machogehabe abgetan hätten, Eigenschaften, die völlig out waren. Vielleicht waren sie auch nur naiv und kindisch. Aber Jung berührten sie merkwürdig, trotz der Unglaublichkeiten, die Tiny ihm offenbart hatte. Außerdem war Tiny nicht dumm und zeigte sich sogar jetzt ziemlich abgezockt. Jung war verwirrt. Er musste Zeit gewinnen, um da irgendwie wieder rauszukommen. Schließlich sagte er:

»Du kannst von Glück sagen, dass Maria nicht lesen kann und dass sie mich und nicht ihre Tochter um Hilfe gebeten hat. Dass ich ein Weinliebhaber bin, gereicht dir geradezu zum Superglück.«

»Was meinst du damit? Ich fühle mich nicht gerade vom Glück verfolgt.«

»Du hast Glück, weil es momentan so aussieht, als hättest du genug Zeit zu überlegen, was sinnvollerweise getan werden kann. Zumindest kann die Lage für uns kaum noch schlechter werden.«

»Und warum lassen wir sie dann nicht so, wie sie ist, und tun gar nichts?«, bemerkte Tiny listig.

Jung wollte schon zu einer geharnischten Erwiderung ansetzen. Aber die Sinnlosigkeit allen Lamentierens war schon in sein Hirn gesickert und hielt ihn zurück. Stattdessen ging ihm langsam die Sinnhaftigkeit von Tinys Vorschlag auf. Er verstummte.

Er sah Tiny skeptisch an und sagte: »Ich muss nachdenken. Dazu wäre eine Flasche von dem Luxustropfen nicht schlecht. Also, was ist, Tiny?«

»Zu Befehl«, versicherte Tiny beflissen. »Ich nehme Bier. Rotwein vertrage ich nicht.«

Jung lachte sarkastisch. Er lachte zum ersten Mal an diesem Vormittag. Angesichts dessen, was er gehört hatte, kam er sich frivol und abgebrüht vor.

Tiny verschwand im Haus. Jung lehnte sich zurück und schloss für einen Moment die Augen.

In welchen Schlamassel war er hier geraten? Er war jetzt Mitwisser und deswegen in der Verantwortung. Wie wollte er der gerecht werden? Er war Polizist und hatte auch noch eine herausgehobene Verantwortung. Auf der anderen Seite sah er sich als einfachen Urlauber. Er wusste allerdings schon jetzt, dass er sich auf diese Position nicht zurückziehen konnte. Er verfluchte die Situation und fing an, darüber zu grübeln, wie er das Fiasko hätte vermeiden können. Als Tiny mit der Flasche zurückkam, hatte Jung eingesehen, dass er seine Zeit nicht mit Grübeln über Vermeidungsstrategien vergeuden, sondern sie besser zur Erarbeitung von Bewältigungsstrategien nutzen sollte.

»Tiny, hast du ein richtiges Weinglas? Ich mag nicht aus Zahnputzbechern trinken.«

»Okay, wie der hohe Herr wünschen. Darf ich in Gegenwart dero Gnaden aus der Flasche trinken?«, fragte er aufmüpfig.

»Tiny, hör auf rumzuzicken«, befahl Jung übellaunig. »Stellst du dich auch so an, wenn du deinen Schniesel in fremde Frauen steckst?« Jungs Nerven lagen blank, und er sagte Sachen, die er lieber nicht hätte sagen sollen. Tiny sprang darauf an wie ein Kettenhund.

»Jetzt will ich dir mal was sagen, du Vollpfosten. Wenn du jemals mit einer Frau erlebt hättest, was ich mit der Engländerin erlebt habe, dann hätte sich die Welt ein Stück zum Besseren verändert und du würdest ein Stück Liebe gespürt haben und nicht daherreden wie ein Straßenköter.«

»Lass das sentimentale Tremolo, Tiny. Das passt

nicht zu dir. Und red kein Blech. In dieser Sekunde haben Millionen Menschen auf der Erde Sex und nichts ändert sich. Die Welt ist in den letzten Tagen, seit du die Engländerin gevögelt hast, kein Deut liebevoller geworden, jedenfalls hab ich nichts davon gemerkt. Aller Wahrscheinlichkeit nach gibt es neun Monate später ein paar Menschen mehr auf dieser Welt. Ob das ein Beitrag zum Besseren ist, wage ich zu bezweifeln.«

Jung ermahnte sich, das sinnlose Gequatsche mit Tiny abzubrechen. Es brachte nichts ein außer schlechter Stimmung. Er aber brauchte nüchternen Verstand und kluge Ideen. Er lenkte ab.

»Hast du nun ein Weinglas oder nicht?«

Tiny stand wortlos auf und ging ein ordentliches Glas holen. Als er zurückgekommen war, schenkte er, noch immer stumm, den Wein in ein großes Ballonglas ein. Er reichte Jung das übervolle Glas in die Hand und nahm danach seine Bierflasche in die Faust.

»A nossa saúde, Tomi.« Tinys Stimme färbte noch immer Trotz, aber mit versöhnlichem Anstrich.

»Quidquid agis, prudenter agas et respice finem.«* Jung prostete ihm zu.

»Was heißt denn das nun schon wieder, Herr Oberkriminaler?«, stöhnte Tiny.

»Ah, vergiss es.« Jung winkte ab. »Unwichtig. A nossa.« Er hob erneut sein Glas.

Jung nahm einen guten Schluck. Sogleich besserte sich seine Stimmung und sein Zorn verflüchtigte sich.

* Was immer du tust, handle klug und bedenke das Ende.

Tiny trank und setzte die Flasche hart auf den Steintisch.

»Wie hast du eigentlich herausbekommen, was ich von Beruf bin?«, fragte Jung beiläufig, nachdem die Spannung zwischen ihnen gewichen war und einer ernüchterten Atmosphäre Platz gemacht hatte.

»Unser gemeinsamer Freund, der Wetterfrosch, hat es mir gesagt. Ich rief ihn an. Leider zu spät.«

»Ah ja. Das sagtest du schon.«

Jung nahm noch einen Schluck. Der Genuss machte ihn ruhiger und lenkte seine Sinne auf ihre unmittelbare Umgebung. Er sah auf die Hügel im Westen. Die Sicht war von bestechender Klarheit. Er konnte auf dem höchsten Gipfel einen Antennenmast ausmachen, dessen Gitterkonstruktion rot-weiß angestrichen war.

Jung dachte nach. Es fiel ihm schwer einzusehen, dass Tiny mit der Idee, einfach nichts zu tun und alles zu lassen, wie es war, den Vogel abgeschossen haben sollte. Es war klar, dass die Aufregung und die Medienhype vorübergehen mussten, bevor Nüchternheit einkehren und der Boden bereitet werden konnte, auf dem Argumente und Fakten zählten – und nicht die Erfüllung und Befriedigung von Vorurteilen, Vorstellungen, Erwartungen und Eitelkeiten beteiligter Autoritäten und Mächte. Erst wenn das beteiligte Personal ausgewechselt und die lautstarken Experten und Würdenträger sich zurückgezogen haben würden, weil nichts mehr für sie aus dem Fall herauszuholen war, konnte eine neue Seite aufgeschlagen werden, auf der frische Fakten eine Chance hatten, eingetragen zu werden. Der

Vorteil am Status quo war, dass neben Tiny und ihm nur noch die Eltern die Macht hatten, ihn zu ändern. Und die Eltern hatten sich selbst die Hände gebunden. Sie konnten nicht initiativ werden, wenn sie ihre gewählte Position nicht ins Wanken bringen wollten. Und das war nicht zu erwarten, jedenfalls nicht in nächster Zeit. Wer wusste, wie die Lage in einem oder zwei Jahren aussehen würde? Wenn sie am Tod ihrer Tochter schuld waren oder auch nur Mitschuld trugen – woran nicht zu zweifeln war –, dann würde das an ihnen nagen. Früher oder später würde ihre Position zerbröseln, vielleicht zerbrachen sie sogar daran. Aber danach würde eine andere Zeit und eine andere Lage angebrochen sein. Tiny und seine Geschichte mussten dann eine andere Deutung erfahren als zum gegenwärtigen Zeitpunkt. Jung war sich in seinem Urteil sicher. Aber Tiny musste daran gehindert werden, weiter Dummheiten zu machen.

»Sag mir nicht, wo, aber sag mir, ob du die Leiche unauffindbar untergebracht hast, Tiny«, beschwor ihn Jung eindringlich.

»Absolut unauffindbar. Unauffindbarer geht's gar nicht«, antwortete Tiny selbstsicher.

Jung sah ihn zweifelnd an. Tiny machte ein unschuldiges Gesicht und blieb ganz ruhig. Nach einer kurzen Atempause sagte Jung: »Hol dir noch ein Bier. Es wird noch etwas dauern.«

Tiny stand auf. Jung trank von dem köstlichen Wein und fragte sich, ob er nüchtern genug war, weitreichende und schwerwiegende Entscheidungen zu treffen. Er beruhigte sich, weil er sich kannte. Wenn er Wein trank, der gut war, bewirkte das bei ihm Ruhe und Klarheit. Jedenfalls, wenn es bei ein, zwei Gläsern blieb. Trank er mehr, wurde er müde. Er war in seinem ganzen Leben niemals sturzbetrunken gewesen, abgesehen von einer Weinprobe, die er als junger Mann mitgemacht hatte, und einem Blackout als Teenager, als ihn seine Eltern übers Wochenende in der Obhut seiner älteren Schwester gelassen hatten. Sein Schwesterherz hatte ihn schon am ersten Abend mit so viel Bier und Eierlikör abgefüllt, dass er anstatt im Keller, wo er für Nachschub sorgen sollte, bewegungsunfähig im Bett landete. Er war für zwei Tage krank. Der Kellerschlüssel blieb für immer verschwunden. Seine Schwester verbrachte den Rest der Zeit allein mit ihrem Lover. Sie hatte ihn später geheiratet. Jung hatte ihr gnädig verziehen.

»Was hast du jetzt vor?«, meldete sich Tiny bei Jung zurück.

»Wir machen gar nichts, buchstäblich gar nichts. Das gilt besonders für dich, Tiny. Hast du das verstanden?«

»Du musst mir das nicht einbläuen wie ein bekloppter Oberlehrer. Ich mache seit Tagen nichts anderes.«

Jung ignorierte Tinys Beleidigung. Entsetzt wurde ihm endgültig klar, dass er seinen Gefühlen erlegen war und sich mit Tiny gemeingemacht hatte, ohne zuvor seinen Verstand befragt und ohne eine vernünftige Entscheidung getroffen zu haben. Am liebsten wäre er weggelaufen. Stattdessen stürzte er sich aufs Pragmatische.

»Hast du einen Keller?«

»Ja. Die Leiche ist aber ganz woanders, falls du darauf hinauswillst.«

»Versteck den Wein, dass man den Brand auf den Kisten nicht sieht. Für alle Fälle. Die gibt es ja, wie man sieht.«

»Nimm du sie doch. Ich mache mir nichts daraus. Bei dir sind sie besser aufgehoben.« Tiny nahm die Bierflasche auf und setzte sie an den Hals.

Jung kam sich vor wie in einem schlechten Film. Die Ganoven teilten die Beute unter sich auf, je nach Geschmack und Vorliebe. Die Vorstellung amüsierte ihn. In den meisten Filmen wurden die Ganoven gefasst. Hier sah es bis jetzt so aus, dass sie zu den wenigen Ausnahmen gehören könnten. Jung registrierte mit befremdlicher Freude, wie sich ein sportlicher Ehrgeiz in ihm regte.

»Gute Idee. Wir bringen sie zu mir. Fällt dir sonst noch etwas ein?«

Tiny überlegte. Er nuckelte noch immer an seiner Flasche und stellte sie jetzt zurück auf den Steintisch. Er sah Jung aufmerksam an.

»Bist du gesund, Tomi?«

»Was soll das? Hast du Zweifel an meiner Geisteskraft?«

»Das passt zu dir«, seufzte Tiny. »Aber ich frage nicht nach deinem Geist, sondern nach deinem Herzen, deinen Lungen, deinem Kreislauf, deinen Zähnen, deinen Knochen und deinen Augen.«

»Worauf willst du hinaus?«

»Antworte!«, sagte Tiny ungeduldig.

»Wenn es denn zur Lösung deines Problems beiträgt, bitte. Ich habe mit meiner Gesundheit keine Probleme: keinen Herzinfarkt, keine TBC, keinen Hirnschlag, keinen Krebs, jedenfalls nicht, dass ich wüsste, keine Schwindsucht, keine Blechhüfte, kein Glasauge und kein Kukident im Badezimmer. Zufrieden?«

»Okay. Ich werde dir zeigen, wo sie ist, ohne dass du tätig werden musst. Hinterher bist du schlauer, aber nicht wissender. Auf jeden Fall wirst du ruhiger sein. Du unterschätzt mich.«

»Du redest ziemliche Scheiße, Tiny. Ist dir das Bier zu Kopf gestiegen?«

»Nun komm mal runter von deinem hohen Ross, Herr Oberbeamter. Hast du morgen schon etwas vor?«

»Nein. Was willst du?« Jung wurde ungeduldig.

»Wart's ab. Morgen um 6 Uhr starten wir beide zu einem Ausflug.« Tiny lachte hinterhältig. »Iss vorher nicht so viel.« Er machte Anstalten, sich zu erheben. »Ich muss mich anziehen.«

»Gut, ich mache mit. Dir zuliebe. Aber noch etwas, Tiny«, hielt Jung ihn auf. »Ich fände es angebracht, wenn du für ein paar Wochen Urlaub machen würdest, weit weg von hier. Sicherheitshalber, verstehst du?«

»Okay. Nichts dagegen. Aber erst nach dem Ausflug.«

»In Ordnung. Ich werde pünktlich sein. Até amanhã.« Jung erhob sich.

»Até amanhã. Du weißt ja, wie du nach Hause findest.« Tiny kam auf die Füße und schlurfte ins Haus.

Jung ging nachdenklich durch den Garten, den Hang hinunter bis zum Klippenrand. Er starrte auf das Meer und dachte über alles nach. Zumindest würde er jetzt den Rest seines Urlaubs zusammen mit Svenja verbringen können. Ob er sich erholen würde, bezweifelte er allerdings. Das Problem Tiny hatte sich erledigt. Dafür hatte er sich ein anderes, schwerer wiegendes aufgeladen.

DER FLUG

Abends saß Jung auf dem Sofa und verfolgte aufmerksam die Nachrichten im Fernsehen. Er hatte sich Brote geschmiert und vor ihm, auf dem Couchtisch, stand eine kühle Flasche Wasser. Der Spaziergang auf den Klippen und den Strand entlang hatte ihn angenehm erschöpft. Seine Beine schmerzten etwas und seine Wadenmuskeln zuckten ab und zu. Er musste seinem Körper Magnesium zuführen, fiel ihm ein.

Die Aufregung über die Entführung der kleinen Engländerin hatte sich noch weiter gesteigert. Das britische Außenministerium und die EU-Kommission waren eingeschaltet worden! Jung fragte sich schon lange nicht mehr nach dem Sinn dieser Aktivitäten. Er bestaunte nur den Einsatz und dessen Erfolg, mit dem von dem wirklichen Geschehen abgelenkt wurde. Denn das schien ihm ziemlich sicher, selbst wenn er noch nicht genau wusste, wer letztendlich den Tod des Mädchens zu verantworten hatte und wie es dazu gekommen war. Er versuchte zu ergründen, welche Motive diese hochkarätigen Institutionen bewegt haben mochten, sich in den Fall einzuschalten. Er schüttelte den Kopf, und ihn erfasste kaltes Entsetzen über die blinde Unaufhaltsamkeit, mit der sich die Gemüter weiter erhitzten, und die Erfolglosigkeit für den Fall, dass jemand vielleicht die gute Absicht gehabt hatte, abkühlend einzuwirken. Er erinnerte sich an die Worte von Maria,

Rosa und Amalia und an das, was sie zu England und den Engländern und zu ihrem eigenen Land und sich selbst zu sagen gewusst hatten.

*

Seine Gedanken schwenkten ab und beschäftigten sich mit dem morgigen Tag. Was hatte Tiny mit ihm vor? Konnte er ihm trauen? Er war so sprunghaft, mal so, mal so. Sein Gefühl sagte ihm, dass er wirklich kein schlechter Kerl war. Aber das hatte nichts damit zu tun, dass Tiny nicht großen Unsinn verzapfen konnte, einfach so, ohne böse Absichten und ohne fiese, hinterfotzige Aggression. In Jung regte sich Besorgnis. Glaubte er eigentlich an Tinys Geschichte? Ja, er glaubte ihm. Und warum? Es sprach nicht viel für ihn, im Grunde genommen sprach gar nichts für ihn. Er wusste, dass die Antwort, die er auf seine Frage hatte, objektiv nicht zu halten war, aber dennoch überzeugen würde: Tinys Geschichte würde sich kein Mann ausdenken können. Dazu waren Männer zu dumm. Es fehlte ihnen an Fantasie. Zu einer Frau würde die Geschichte viel eher passen.

Er biss herzhaft in sein Schinkenbrot und spülte es mit Wasser herunter. Dabei fiel ihm ein, dass Tiny ihn angewiesen hatte, nicht zu viel zu essen. Er legte das Brot zurück auf den Teller. Was hatte Tiny nur vor? Jungs Unruhe wuchs. Ihm fiel seine Urlaubslektüre ein. Vielleicht konnte sie helfen, ihn zu beruhigen.

Er holte das Buch aus dem Schlafzimmer, schaltete den Fernseher ab und begann zu blättern. Im Kapitel:

›Bei Sinnen sein‹ stieß er auf eine Textpassage, die sein Interesse weckte. Er las:

›Sobald uns etwas als Problem erscheint, sind wir im Kopf und versuchen, damit fertig zu werden. Wir wollen unsere Sicherheit durch Denken wiedergewinnen. Wir fragen uns, wie wir uns selbst oder etwas außerhalb unseres Selbst verändern können, und sind schon verwirrt. Wenn ich auch nur den leisesten ärgerlichen Gedanken über jemanden habe, versuche ich nicht sofort, die Situation in der Vorstellung zu regeln, sondern mich einfach zu fragen: ›Höre ich die Autos auf der Straße wirklich?‹ Wenn wir einen einzelnen Sinn wie das Gehör voll einsetzen, setzen wir alle Sinne ein, weil sie alle in der Gegenwart funktionieren. Sobald wir ganz gewahr sind, sehen wir, was in der Situation zu tun ist. Handeln, das aus wachem Erfahren entsteht, ist fast immer befriedigend.‹ Es stimmte.

Jung legte das Buch beiseite und versuchte zu tun, was der Text ihm empfahl. Er konzentrierte sich auf seine Sinne und merkte, dass er satt und müde war. Und was war in dieser Situation zu tun? Die Antwort war einfach, so einfach, dass sie ihn in ungläubiges Erstaunen versetzte: Essen einstellen und schlafen gehen. Punkt.

Als er im Bett lag und langsam das Bewusstsein verlor, war es draußen noch hell.

*

Jung erwachte früh. Die Sonne ging an einem wolkenlosen Himmel auf. Er zog sich rasch an. Auf Tinys Anraten verzichtete er aufs Frühstück. Er verschwendete keine Gedanken darauf, was ihn erwartete, sondern konzentrierte sich auf das, was er für einen Ausflug nötig zu haben glaubte: leichte Kleidung und bequemes Schuhwerk, Ausweis, genügend Geld, Sonnenbrille und sein schwarzes Bennetton-Ballcap, das seinen gelichteten Hinterkopf vor Sonnenbrand schützen sollte.

Tiny erwartete ihn im Garten. Er rauchte eine erste Zigarette am Morgen. Er sah ausgeruht aus, ganz anders als noch am Tag zuvor. Wahrscheinlich war er früh zu Bett gegangen und hatte die Nacht bei gutem Schlaf verbracht, dachte Jung. Es amüsierte ihn, dass Tiny offensichtlich das Gleiche getan hatte wie er, ohne zuvor ein esoterisches Buch zu Rate gezogen zu haben.

»Bom dia, Tiny«, begrüßte er ihn. »Nehmen wir dein Auto, einen Esel oder müssen wir etwa zu Fuß gehen?«

Jungs Humor kam bei Tiny nicht an.

»Olá, Tomi. Bom dia. Komm mit.«

Sie durchquerten das Haus und verriegelten hinter sich die Haustür. Tiny setzte sich wortlos ans Steuer seines Wagens und winkte Jung, sich zu beeilen.

»Wohin fahren wir?«, fragte Jung, als sie auf die Straße nach Lagoa und Portimao einbogen.

»Du hast hoffentlich nichts Schweres gefrühstückt?«

»Zu Befehl, Herr Hauptmann«, antwortete Jung wie ein gehorsamer Soldat.

»Major, bitte!«, korrigierte ihn Tiny ernst. »Wir fahren jetzt nach Beja auf die Base Aerea 11. Wir fliegen zusammen eine Standardrunde über das Alentejo und die Algarve. Ich habe mit dem Kommodore, einem ehemaligen Schüler von mir, gesprochen. Er ist auf der Basis der King of everything. Er hat mir sein Go gegeben. Übrigens nicht das erste Mal. Heute Vormittag findet ansonsten kein Flugbetrieb statt.«

Jung verschlug es die Sprache. Er biss sich auf die Zunge. Er ließ einige Zeit verstreichen, in der er sich fast mit Gewalt Zurückhaltung auferlegte. Das vor ihm liegende Abenteuer türmte einen Berg von Fragen auf.

»Was willst du mir denn zeigen, Tiny?«

»Wart's ab, bis es so weit ist«, antwortete er kurz angebunden.

»In welchem Flugzeug denn?«

»Einem Alpha-Jet. Als wir damals Beja verließen, haben wir die Maschinen den Portugiesen geschenkt, eine Art Entwicklungshilfe, wenn du so willst.«

Tiny schwenkte auf die Zufahrt zur Autobahn in Richtung Lisboa ein.

»Wie viele Sitze hat der Vogel denn?« Jungs Befürchtungen fingen an, sich zu konkretisieren.

»Zwei Sitze. Das Flugzeug kann von beiden Sitzen geflogen werden. Du musst nur die Pfoten von allem lassen, verstanden?«

»Hab ich eine andere Wahl?«

»Du sitzt hinten. Kannst dich drauf freuen.«

Jungs Vorfreude wurde von den Gedanken an Tinys Ruhestand und seinen kaputten Rücken gedämpft. Tiny war kein aktiver Pilot mehr.

»Hält dein Rücken das aus, Tiny?«, fragte er zweifelnd.

»Dafür wird's reichen. Wir nannten den Alpha-Jet früher auch Luft-Moped. Ich fliege ihn genauso, wie ich Fahrrad fahre.«

»Das beruhigt mich ja, Tiny«, erwiderte Jung lakonisch. Danach stellte er keine weiteren Fragen mehr. Tiny hatte sehr cool und entschlossen geklungen.

Jung lehnte sich zurück und sah aus dem Fenster in die vorübergleitende Landschaft. Sie passierten eine Mautstelle. Danach wurde es einsam. Die Ausläufer der Serras Do Caldeirao und Monchique wurden runder, später flacher. Bei Ourique verließen sie die Autobahn und fuhren auf die IP 2 in Richtung Beja. Der Verkehr war auf der Autobahn schon spärlich gewesen, hier schien es Jung, als seien sie allein auf der glatten Fahrbahn unterwegs. Auch die Landschaft war leerer geworden. Sie breitete sich in flachen, braun-silbrigen Wellen endlos aus bis an einen ewig entfernt liegenden Horizont. In einem der vielen ausgedehnten, in loser Formation gepflanzten Korkeichen- und Olivenwälder trieben ein Hirte und seine Hunde eine Ziegenherde zusammen.

Die Sonne stieg höher. Über der Landschaft lag eine Melancholie aus Erschöpfung und Überdruss. Nur einige in endlose, gerade Reihen gesetzte Weinfelder zeugten von emsiger Arbeit und intensiver Landwirtschaft. Ihr frisches, junges Grün stand in einem seltsamen Gegensatz zu der harten, klumpigen, rotbraunen alten Erde, auf der die sauber beschnittenen Weinstöcke aufgereiht standen wie eine Armee Gardesoldaten.

Als sie Castro Verde passiert hatten und, über einen

höheren Buckel kommend, einen schnurgeraden Straßenabschnitt, der eher einer Allee aus hohen Eukalyptusbäumen glich, hinunterfuhren, stieß Tiny Jung an und deutete mit der Hand nach vorn: »Da liegt Beja. Noch rund 20 Kilometer.«

Jung sah am Horizont einen bebauten Hügel, der ihn an eine mittelalterliche Stadtfeste erinnerte; kompakt und abgeschlossen, von einem trotzigen Vierkant bewacht, der sich stolz und knorrig über seine Schutzbefohlenen erhob. Nur ein überdimensionaler Getreidesilo etwas außerhalb störte das mittelalterliche Idyll.

»Sieht hübsch aus«, meinte Jung verträumt.

»Aber nur von Weitem. Drinnen ist es langweilig und dreckig«, erwiderte Tiny. »Die Basis liegt übrigens etwas außerhalb, von hier gesehen weiter links, in der Ebene. Die Runway ist endlos. Würde sogar für ein Space-Shuttle ausreichen.«

»Und? Ist mal eines gelandet?«, fragte Jung humorig.

»Nein. Aber wir hatten einen unter uns, der hätte da landen können. Er ist später im Weltraum um den Globus gedüst. Hatte übrigens den gleichen Vornamen wie du. War ein besonderer Kerl, schon damals.«

»Das ist ja interessant. Warum bist du nicht Astronaut geworden?«, fragte Jung neugierig.

»Das passt nicht zu mir. Ich bin zu groß, zu schwer, und mein Rücken macht das auch nicht mit. Außerdem bin ich dafür nicht smart genug.«

Jung war von Tinys Selbsterkenntnis überrascht.

»Wie smart muss man denn sein, um Astronaut werden zu können, Tiny?«

»So cool, dass alles immer perfekt läuft, ausnahmslos und ohne klitzekleinste Fehler, verstehst du? Der Typ hatte nie ein Emergency in der Luft, seine Flugplanung und die Durchführung waren immer so perfekt, dass es geradezu unheimlich war. Er war einsam unter uns, einfach einsame Klasse.«

»Vielleicht hatte er nur Glück?«, wandte Jung ein.

»Nee, mein Lieber. Ich weiß, wovon ich rede. Das ist nicht Glück, das ist wirkliche Coolness, Cleverness, ach, was weiß ich.«

»Vielleicht Können«, warf Jung dazwischen.

»Das habe ich auch«, erwiderte Tiny stolz. »Daran liegt es nicht.« Er schüttelte den Kopf. »Ich hatte mal einen Ausfall beider Triebwerke und bekam die Biester da oben nicht wieder an. Ich habe dann den Bock auf den Platz gesegelt, vor die Halle gerollt und abgestellt.«

»Und da bist du als Held der Lüfte groß rausgekommen, was?«, bewunderte ihn Jung mit freundlicher Ironie in der Stimme.

»Von wegen! In dem abschließenden Zwischenfallbericht haben sie mir nachgewiesen, dass es eine Chance gegeben hätte, die Turbinen wieder zu starten. Und als ich schon das nicht gerafft hatte, dann hätte ich mich nach den vorgeschriebenen Emergency-Procedures wenigstens über unbewohntem Gelände rausschießen müssen. Das hat mich fast meine Lizenz gekostet.« Tiny schüttelte mit dem Kopf. »Unserem Astronauten wäre das nie passiert, verstehst du?«

»Du meinst, der brauchte deine Fähigkeiten nicht?«

»Genau. Exactamente.« Tiny nickte heftig mit dem Kopf.

Sie näherten sich Beja und der Verkehr belebte sich. Sie passierten eine Kaserne, die aussah, als wären die Insassen ausschließlich damit beschäftigt, ihre Unterkunft zu pflegen und den Fuhrpark zu putzen. Zwei Lafetten rechts und links des Tores reckten ihre blank polierten Rohre in den blauen Himmel. Nebenan lagen kleine, wacklige Bauernstellen. Die weiße Stadt war in das gleißende Licht der aufgegangenen Sonne getaucht und blendete Jung in den Augen. Er holte seine Sonnenbrille aus der Tasche und setzte sie sich auf die Nase. Jung spürte schon jetzt die lähmende Glut, die im Sommer das Land und die Stadt in ihren Klauen halten würde.

Sie fuhren an Beja vorbei in Richtung Evora und erreichten nach wenigen Kilometern eine brettebene Senke, die im Norden von einer Hügelkette begrenzt wurde. Sie stieg aus der Ebene empor wie eine Wand, hinter der eine andere Welt zu liegen schien.

Der Platz, den die Basis in Anspruch nahm, schien unendlich. Hallen, Lagerhäuser, Landebahn, Taxiways, Wassertürme und Tower verteilten sich, so weit das Auge reichte. Eine Stichstraße führte an das Tor. Am Eingang hatte man diverse ausrangierte Flugzeugtypen auf Betonpfeiler montiert und ausgestellt, darunter einen F 104 Starfighter mit deutschem Hoheitsabzeichen.

Tiny wurde an der Wache schon erwartet. Nach kurzem Personalcheck grüßten die Wachsoldaten und winkten sie durch.

»Am besten, du hältst ab jetzt den Mund und lässt mich machen. Du kannst ruhig die Brille aufbehalten.«

»Warum das?«

»Die müssen nicht unbedingt wissen, dass du keiner von uns bist. Ich habe meine Gründe, okay?«

»Gut. Ich schweige wie ein Grab und mach dir alles nach. In Ordnung?«

»Sehr gut. Bist ein gelehriger Schüler. Hat man nicht alle Tage«, lobte Tiny.

Jung war nicht wohl bei dem Gedanken, sich Tiny auf Gedeih und Verderb auszuliefern. Aber er stellte seine Bedenken zurück und konzentrierte sich auf seine unmittelbare Umgebung. Sie fuhren über Betonpisten zu einem flachen Gebäude, das an der Rückwand einer riesigen Halle klebte.

»Wir gehen jetzt in die Staffel«, erklärte Tiny. »Dort empfangen wir unsere Ausrüstung, und ich mache den Flugplan. Alles klar?«

Jung nickte stumm und hielt sich an sein Versprechen. Tiny parkte den Wagen vor dem Flachbau. Sie stiegen aus und betraten das Staffelgebäude. Die Ruhe war gespenstisch. Es war niemand zu sehen.

»Olá. Alguem esta aqui?«, rief Tiny laut.

»Estou no armazen. Quem fala?«

»Os alemaos. Bom dia. Vamos para si«, rief Tiny laut. »Er ist in der Asservatenkammer. Gehen wir.«

Sie wurden von einem schmächtigen Soldaten begrüßt, der vor Ehrfurcht fast erstarrte. Er wechselte wenige Worte mit Tiny und streifte Jung nur flüchtig aus den Augenwinkeln. Er machte sich unter den Ausrüstungsgegenständen, mit der seine Kammer vollgestopft war, beflissen auf die Suche nach passenden Fliegerkombis, Helmen, Westen und Stiefeln. Helm und Weste enthielten alle erforderlichen Anschlüsse, die man zum Überleben und Arbeiten im Cockpit eines Jets brauchte, auch ein Survival-Kit für den Notfall.

Jung wurde beim Anprobieren mulmig. Der Helm erschien ihm riesig. Er fühlte sich eingesperrt in eine Welt, in der er nur noch undeutlich vernahm, was draußen vor sich ging. Tiny nahm seinen Helm nach der erfolgreichen Anprobe wieder ab. Jung machte es ihm nach und war froh. Die Fliegerkombi, eine Art Strampelanzug für Erwachsene, sah aus wie die orangefarbenen Overalls von Müllmännern. Aber sie trug sich, ebenso wie die Stiefel, sehr komfortabel, sehr luftig und sehr leicht. Nur die Weste drückte, weil sie recht schwer wog. Jung hatte das Gefühl, dass der wortkarge Soldat aufatmete, als sie endlich alles beisammen hatten und sein Reich wieder verließen.

Jung sah Tiny interessiert über die Schulter, als er im Kartenraum eine Fliegerkarte von Portugals Süden auf dem großen Kartentisch ausbreitete. Aus dem Regal hatte er sich ein Buch gegriffen und schlug es auf.

»Das sind FLIPs, Flight Information Papers«, erklärte er Jung. »Ich kenne sie in- und auswendig. Aber vielleicht gibt's ja doch was Neues.«

Jung schwieg. In der Folgezeit ließ sein Interesse nach. Die Fliegerkarte sah unanschaulich aus, jedenfalls im Vergleich zu einer Autokarte. Eine differenzierte Geografie war nicht zu sehen. Die Unzahl an Informationen, Zahlen, Linien, Frequenzangaben, die schraffierten Flächen und eingefärbten Luftkorridore langweilten ihn. Tiny hatte sich über die Karte gebeugt und arbeitete konzentriert.

»Wir fliegen ein Low-level-Profil nach Mertola«, er zeigte auf die Karte, »dann hier den Guadiana runter an die Küste, danach in 1500 Feet über die Algarve bis nach Vila do Bispo, die Westküste hoch bis Odemira und von da ab wieder low level zurück nach Beja. Zum Abschluss gehen wir hoch in die TRA, die Temporary Reserved Area, und fliegen da ein bisschen herum. Danach ist Schluss.«

Jung schwieg, obwohl ihm tausend Fragen auf der Zunge lagen. Was wollte Tiny ihm eigentlich zeigen, fragte er sich immer dringlicher. Was hatte er wirklich vor? Er hätte seinem Informationsbedürfnis und seiner aufkommenden Besorgnis gern Luft gemacht, fühlte sich aber an sein gegebenes Wort gebunden und blieb stumm. Tiny füllte noch ein paar Papiere aus und stopfte seine Unterlagen in die geräumigen Oberschenkeltaschen seiner Kombi. Er winkte Jung zu und sie eilten, die Helme ergreifend, zu Tinys Auto.

»Wir müssen noch zu BaseOps und dem Wetter. Für alle Fälle.« Zu mehr ließ Tiny sich nicht hinreißen. Jung hatte sich in sein Schicksal ergeben und schluckte alle seine Fragen tapfer hinunter. Er würde noch früh genug sehen, was passierte, beruhigte er sich. Tinys Coolness fing an, ihn zu beeindrucken.

»Warte hier«, wies Tiny ihn an, als er das Auto neben

dem Towergebäude abgestellt hatte. »Bin gleich wieder da.«

Jung sah sich um. Es war weit und breit kein Mensch zu sehen. Nur oben auf dem Tower, hinter den getönten Panoramascheiben, sah er einige wenige Schatten umherhuschen. Vor dem Turm lag das Taxiway, dahinter die breite, endlos lange Runway. Jenseits der Rollbahn schloss sich nach Westen plattes Grasland an. Unter weit auseinanderstehenden Korkeichen und Ölbäumen weidete eine Schafherde. Ungläubig beobachtete Jung, wie zwei Hunde die Herde zusammenhielten. Auf die Idee, dass eine Militärbasis auch landwirtschaftlich genutzt werden konnte, wäre er nie gekommen.

»Alles okay.« Tiny war zu Jung ins Auto gestiegen und steckte sich einen Schreiber in die Stecktasche am Oberarm. »Gutes Wetter. Nichts los auf unserer Route.«

Er holte ein Foto aus dem Handschuhfach und beugte sich zu Jung hinüber.

»Ich muss dir vorher ein paar Sachen erklären. Hier siehst du das Cockpit. Das Wichtigste ist der gelbschwarze Griff zwischen deinen Beinen. Auf keinen Fall berühren. Wenn du daran ziehst, schleuderst du uns beide raus. Wenn das nötig sein sollte, dann mache nur ich das, verstanden?«

Jung nickte ergeben mit dem Kopf.

»Interessant für dich sind die Anzeigen für Geschwindigkeit, Höhe, Sauerstoffversorgung, hier, hier und hier. Vielleicht noch der G-Messer. Falls dir schlecht wird, weißt du wenigstens, warum. Keine unnötige Konversation. Alles, was wir sagen, wird mitgehört oder aufgezeichnet.« Tiny sah Jung intensiv in die Augen. »Du redest mit mir nur im Notfall, zum Beispiel, wenn du kotzen musst oder ohnmächtig wirst. Aber nicht, wenn dir nur schlecht ist, kapiert?«

Jung nickte, ängstlich beeindruckt.

»Ach ja, noch eine Kleinigkeit. Zieh dir Handschuhe an. Sie sind in der Tasche deiner Kombi.«

»Warum?« Jung konnte seine Frage nicht zurückhalten.

»Falls du etwas anfassen solltest, was du nicht darfst, dann wenigstens nicht mit schweißnassen Pfoten. Das mögen die Warte nicht, okay?«

Tiny sah ihm auffordernd in die Augen, startete den Motor und rollte rückwärts aus der Parklücke.

»Wir fahren jetzt raus auf die Platte zu unserer Maschine«, fuhr Tiny fort. »Die Techniker erwarten uns schon. Einer wird dich angurten und verkabeln. Du musst gar nichts tun. Sei ganz ruhig. Sag nichts. Er weiß genau, was er tut. Ach ja. Vorher Helm aufsetzen, Maske schließen und Visier runterklappen, okay?«

Jung nickte und fragte sich zum ersten Mal, ob er nicht lieber am Boden bleiben sollte. Aber die Sache war nun schon so weit gediehen, dass er sich wie ein feiger Idiot vorgekommen wäre, wenn er abgebrochen hätte. Tinys Coolness erweckte sein Vertrauen und beruhigte ihn.

Tiny parkte das Auto vor der Staffel. Sie gingen noch einmal auf die Toilette. Dann durchquerten sie, ihre

Helme unter dem Arm, die riesige, menschenleere Halle und kamen auf das Vorfeld. Hier standen rund ein Dutzend Flugzeuge sauber aufgereiht in der Sonne. Vor die Reihe hatte man eine einzelne Maschine gerollt. Die Kabinendächer waren geöffnet, und zwei Tritte lehnten am Rumpf unterhalb des Cockpits. Ein Mann und eine Frau in grauen Overalls warteten an den Einstiegen.

Jung atmete auf. Er sah auf einen rundlichen Vogel mit niedlichen Ballonreifen. Seine Flügel hingen traurig an seinem buckligen Rücken, so als seufzte er über die Zumutungen, die ihn gleich ereilen würden. Nur sein gläserner Cockpitkopf machte den traurigen Eindruck vergessen. Er war klar, groß und wirkte einladend.

Die Warte begrüßten sie an der Maschine zurückhaltend, fast schüchtern.

»Ich mache noch den Final-Check. Steig schon ein!«, wies Tiny ihn an.

Jung setzte sich den Helm auf, schloss Maske und Visier und erklomm die paar Sprossen zum hinteren Sitz. Er hatte einige Mühe, seine Beine neben dem Steuerknüppel unterzubringen, weil er sich scheute, auf die Sitzfläche zu treten, auf dem das Gurtzeug sauber ausgerichtet bereitlag. Er bemühte sich, die schwarzgelbe Schlaufe unter der Sitzkante nicht zu berühren. Als er endlich saß, stand die Wartin neben ihm auf der Leiter und schnallte ihn fest. Sie zog die Gurte stramm und stöpselte ihn an Kabel und Versorgungsschläuche. Sie überprüfte noch einmal abschließend den Sitz und den Halt und schloss das Kabinendach.

Jung war allein. Er saß überraschend bequem und

legte seine behandschuhten Hände auf die Oberschenkel. Der Vordersitz lag eine Etage tiefer. Jung hatte eine Rundumsicht, die nur von seinem Helm und der begrenzten Beweglichkeit seiner Halswirbel beschränkt wurde. Von der Welt draußen war er abgeschnitten. Geräusche, wie das Anlassen der Turbinen, blieben fern, wenn überhaupt ein Geräusch sein Ohr erreichte. Die Armaturen und Bedienpanels waren leicht zu überschauen. Er hatte sich das komplizierter vorgestellt.

»Schließ die Arretierung des Kabinendaches.« Tinys Anweisung kam leise und unaufgeregt aus der Bordsprechanlage. »Alles klar?«

»Alles klar«, antwortete Jung.

»Okay. Es geht los.« Tinys Worte rieselten farblos in seine Ohren.

Die Warte nahmen die Leitern vom Rumpf und reckten die Daumen in die Luft. Das Flugzeug kam in Bewegung und rollte von der Platte auf dem Taxiway nach Süden. Als sie das Ende erreicht hatten, schwenkte Tiny auf die Runway ein und stellte das Flugzeug auf die Startposition. Er hatte, während sie rollten, mit dem Tower gesprochen. Ihre Sprache war kurz, präzise und emotionslos. Jung hatte den Eindruck, als unterhielten sie sich in Standardphrasen. Er beobachtete, wie Tiny die Schubhebel nach vorn drückte. Er hörte das Jaulen der Turbinen durch seinen Helm, und das Flugzeug schüttelte sich.

»Delta Romeo 101 ready for takeoff. Request clearance«, meldete sich Tiny mit kalter Routine beim Kontroller.

»Delta Romeo 101 cleared for takeoff«, kam es gleichermaßen zurück.

»Here we go.«

Die Maschine machte einen Satz und nahm rasend schnell Geschwindigkeit auf. Jung hatte in seinem ganzen Leben noch kein ähnlich berauschendes Geschwindigkeitsgefühl erlebt. Er war erstaunt, wie schnell es erlosch, als sie kurz danach abgehoben hatten. Tiny zog am Knüppel. Jung wurde in seinen Sitz gepresst. Sein Kopf wurde schwer und wackelte. Er spürte einen Druck auf der Brust, gegen den anzuatmen ihm Mühe machte. Sein Herz klopfte und schlug schneller. Er sah auf die Armaturen vor ihm. Sie schienen wild geworden zu sein. Seine Hände klebten auf den Schenkeln und ließen sich nicht bewegen. Endlich war es vorbei. Jung brach der erste Schweiß aus.

»Wir gehen jetzt runter auf den Low-level-Kurs«, sagte Tiny ruhig. »Aufpassen.«

Jung wusste mit dieser Anweisung nichts anzufangen. Eine Bestätigung brauchte er nicht zu geben, nur im Notfall, erinnerte er sich. Er sah sich in keiner Notlage. Tiny drückte das Flugzeug in einen Sturzflug, zurück zur Erde. Jung wurde kurz aus seinem Sitz gehoben und spürte, wie sich sein Magen hob. Die aufsteigende Magensäure schluckte er mühsam wieder hinunter. Dann sah er den Boden auf sich zurasen und wollte sich mit den Händen abstützen. Das Gurtzeug hielt ihn in seinem Sitz. Er hatte Mühe, daran zu glauben, dass nichts von ihm verlangt wurde, außer ruhig sitzen zu bleiben. Kurz bevor sie auf dem Boden zu zerschellen drohten, fing Tiny die Maschine ab, und Jung erlebte verstärkt, was er schon nach dem Start erlebt hatte und lieber nicht noch einmal durchgemacht hätte.

Sie flogen jetzt geradeaus in 150 Feet Höhe über Grund. Jung spürte seinen Schweiß auf dem Rücken. Er erholte sich langsam. Die Geschwindigkeit nahm ihm den Atem. Aber er gewöhnte sich daran. Tiny schwieg und flog das Flugzeug wie einen Automaten auf Schienen. Das Terrain war leicht gewellt. Sie überflogen lichte Wälder aus Korkeichen und Ölbäumen. Die ein oder andere Fahrspur war am Boden auszumachen, auch einige wenige Trampelpfade. Es gab nur spärliche Anzeichen menschlicher Zivilisation, keine Straßen, keine Hochspannungsleitungen, Bauernhöfe, Silos oder andere Gebäude, die auf Landwirtschaft hätten schließen lassen. Eine Ziegenherde stob panisch auseinander, als sie über sie hinwegdonnerten. Einige einsame, klapprige Hütten schienen den Tieren und ihren Hütern einen Unterschlupf zu bieten. Der Detailreichtum dessen, was Jung sah, überwältigte ihn. Bei der horrenden Geschwindigkeit kam ihm das wie ein Wunder vor.

Jung erfasste Euphorie. War das der Geschwindigkeitsrausch oder der reine Sauerstoff, den er atmete? Er genoss jetzt den Flug und richtete sich darauf ein, das Schlimmste am Anfang hinter sich gelassen zu haben. Seine Euphorie dauerte nicht lange. Tiny verließ den Kurs, zog die Maschine hoch und stürzte sich gleich danach in ein Flusstal. Jungs Magen rebellierte. Tiny folgte dem Tal im Tiefflug. Er hatte die Geschwindigkeit gedrosselt. Und dennoch waren die Kräfte enorm, die in den sich unablässig aneinanderreihenden, engen Kurven an ihnen zerrten. Jung wurde schwindelig. Sein Herz raste. Der Schweiß lief ihm den Rücken hinunter. Er nahm die Flusslandschaft nur schemenhaft wahr. Lange Zeit flogen sie unterhalb des Uferkammes. Eine erste Panikattacke erfasste Jung, als sie unter einer Hochspannungsleitung hindurchflogen, die sich über das Flusstal spannte. Was hatte den da vorn gepackt? Wollte er sie umbringen?

Tiny befreite Jung von seinen Ängsten. Das Tal weitete sich. Er flog in einer weichen Rechtskurve hinaus auf das Meer und gewann langsam Höhe. Jung atmete auf. Er hatte vorgehabt, sein Schweigen zu brechen. Jetzt gebot er sich Einhalt und gewann Zuversicht. Tiny steuerte auf einen Westkurs, die Küste entlang, und machte weiter Höhe.

»Jetzt kommt der schöne Teil«, meldete er sich. »Wir überfliegen gleich Carvoeiro.«

Jung schwieg und konzentrierte sich auf das, was er unter sich sah. Der Anblick war entrückend. Zur Linken das Meer, unter ihnen die Küste, Sandbänke, Lagunen, Felsen, Buchten und Strände. Alles lag sauber, geordnet und hübsch da, alle Hässlichkeiten und Fehler schienen niemals gemacht oder ausradiert worden zu sein.

Er erholte sich. Er spähte angestrengt nach unten. Tiny meldete sich bei der Luftraumüberwachung von Faro. Jung sah den Flughafen unter sich, aber keinen fetten Airliner in der Luft. Er freute sich, als er schließlich Carvoeiro identifizieren konnte und einen Blick auf sein Haus erhaschte.

»Da ist es.« Mehr sagte er nicht.

»Wink zum Abschied. Wir sind schnell«, erwiderte Tiny cool.

Jung sah auf die Anzeige: 400 Knoten. Er schwieg. Was sollte das heißen? Was wollte Tiny ihm sagen? Die Maschine drehte fast unmerklich nach rechts ab. Ihr Trip war jetzt zu einem Spazierflug geworden. Bald sah Jung voraus im Westen das Landende und weiter draußen die silbrige Unendlichkeit des Ozeans. Tiny legte das Flugzeug in eine weite Rechtskurve und schwenkte wenig später auf einen Nordkurs entlang der Küste ein.

Der Küstenstrich war wild, zerklüftet und – abgesehen von wenigen Dörfern und Fischerhäfen – nahezu unbewohnt. Von Tourismus war hier nichts zu sehen. Keine blauen Pools, keine Hotelkomplexe, keine Golfplätze und keine ausgezirkelten Ferienhaussiedlungen. In Jung regte sich der Wunsch, zu Fuß die einsamen Strände zwischen den Uferfelsen zu erkunden.

»Wir gehen jetzt zurück low level nach Beja«, meldete sich Tiny.

»Alles klar«, antwortete Jung.

Tiny legte das Flugzeug in eine enge Rechtskurve. Jung wurde in den Sitz gepresst, dann herausgehoben. Er hatte das Gefühl, dass er durch das Kabinendach geflogen wäre, hätte er nicht in den Gurten festgehangen. Sein Magen rebellierte wiederholt. Warum machte

Tiny das? Er hätte sie sicherlich eleganter nach unten bringen können. Es schien ihm, als verfolge er eine Absicht. Was wollte er ihm zeigen?

Jung verwarf weitere Gedanken. Sie flogen im Tiefflug geradeaus, wie schon auf dem ersten Teilstück. Das Terrain war ähnlich, zwar ebener, aber ebenso leer und unbewohnt. Jung fiel zurück in seinen euphorischen Zustand.

»Achtung. Es geht hoch in die TRA.« Tinys leise, unbewegte Stimme schreckte Jung aus seinen Träumereien. Tiny stellte das Flugzeug auf den Schwanz und legte den Schubhebel ganz nach vorn. Die Maschine schüttelte sich. Jung wurde mulmig. Sie strebten in den Himmel und wurden immer langsamer, je höher sie kamen. Er sah seitlich aus der Kabine den Erdboden unter sich verschwinden. Er schien entsetzlich weit entfernt. Irgendwann hatte Jung das Gefühl, als würden sie, hilflos auf dem Rücken liegend, im nächsten Augenblick wie ein Stein zur Erde zurückfallen. Eine wilde Panik bemächtigte sich seiner. Was hatte Tiny vor? Was wollte er von ihm? Wollte er sie ins Jenseits befördern? Das Flugzeug kam ins Trudeln und stürzte ab. Jung wurde hundeelend. Sein Bewusstsein setzte aus. Blitzartig wurde er in seinen Sitz gedrückt. Der Druck war so stark, dass er glaubte, zu einem leblosen Klümpchen Fleisch zusammengepresst zu werden. Sein Gesichtsfeld schrumpfte und verdunkelte sich. Er kam kurz zurück ans Licht und glaubte im nächsten Moment, aus dem Cockpit zu fallen. Sein Herz raste. Seine Nackenmuskeln schmerzten. Seine Stimme versagte. Er hatte jede Orientierung verloren. Tiny hörte nicht auf. Er hörte einfach nicht auf. Jung wurde durcheinandergeschüttelt. Ihn beherrschte ein einziger Gedanke: Sie waren in die Hölle geflogen, und Tiny wollte sie dort für immer verschwinden lassen. In seiner Panik erinnerte er sich an den Griff unter seinem Sitz. Er war zu allem bereit. Er wollte sich aus diesem apokalyptischen Wahnsinn herausschießen. Aber er konnte weder Hände noch Beine bewegen, obwohl er es verzweifelt versuchte.

»Roger. Wir landen.« Tinys emotionslose Stimme klang wie die eines unendlich fremden Wesens. Es war vorbei. Den Rest erlebte Jung nicht mehr.

*

Seine Sinne fingen erst wieder an zu arbeiten, als er entfernt vernahm, wie das Heulen der Turbinen erstarb. Tiny hatte das Flugzeug vor der Halle abgestellt.

»Kabinendach entriegeln«, kam Tinys kurze Anweisung. Jung löste den Verschluss mit zittriger Hand, mehr in Trance als mit Bewusstsein. Die Flugzeugwartin stand schon neben ihm und öffnete das Kabinendach. Sie löste die Schlösser seines Gurtzeugs und trennte ihn von allen Systemen ab. Jung blieb sitzen. Er nahm den Helm vom Kopf und reichte ihn an die Wartin weiter. Seine Haare waren klatschnass. Ein leichter Wind strich ihm kühlend über den Kopf. Er atmete tief die frische Luft ein. Er zog sich mit den Händen am Kabinenrahmen hoch. Er zitterte am ganzen Körper. Er stieg auf den Sitz. Er schwang ein Bein über den Cockpitrand und setzte es auf die oberste Leitersprosse. Mühsam und zittrig verließ er das Flugzeug. Am Boden gaben seine Knie nach, und er musste sich an der Leiter festhalten.

»Ah, da ist er ja, der Commissario Brunetti. Sieht aus wie ein frisch geficktes Eichhörnchen.« Tiny war zu ihm getreten und lachte. »Setz deine Sonnenbrille auf. Du fällst sonst dumm auf.«

Jungs verhuschtes Grinsen war undeutlich und säuerlich. Was wusste Tiny schon von einem Brunetti? Jung stierte entgeistert ins Leere. Er hätte kotzen können, wenn er etwas zum Kotzen gehabt hätte.

»Wir verschwinden von hier, so schnell es geht!«, rief ihm Tiny zu.

»Ich brauche einen Schnaps«, erwiderte Jung.

»Das habe ich mir schon gedacht«, lachte Tiny kumpelhaft. »Ich kenne in Beja jede Kneipe. Bis dahin musst du dich gedulden, okay?«

Jung nickte schwächlich. Er wandte sich noch einmal um und warf einen letzten Blick auf den kuscheligen Vogel, der da unschuldig auf der Platte stand, als könne er kein Wässerchen trüben. Wer hätte dahinter eine solche Höllenmaschine vermutet, fragte er sich. Tiny war vorausgegangen, und Jung hatte Mühe, ihm zu folgen.

Als sie die Fliegerwesten abgelegt hatten und die Ausrüstung zurückgaben, war Jungs Kombi von oben bis unten schweißgetränkt. Er bemerkte zu seiner Entlastung, dass auch Tiny heftig geschwitzt hatte. Der

Techniker reichte ihnen Handtücher, damit sie sich trockenrubbeln konnten. Duschen gab es für sie nicht. Jung verschwendete keinen Gedanken darauf, als er sich sein Zivilzeug wieder überstreifte. Es war ihm egal, ob er roch und wie er roch. Er war weit weg von seinem Normalzustand.

Tiny nahm Jung energisch ins Schlepptau und drängte zur Eile. Er fuhr rasch.

»Ich habe noch ein Debriefing bei BaseOps«, informierte er Jung, als er das Auto vor dem Towergebäude anhielt. »Warte hier. Dauert nicht lange.«

Jung lehnte sich in den Sitz zurück und schloss die Augen. Was hatte er sehen sollen, fragte er sich. Und was hatte er gesehen? Er wusste es nicht. Er war nur unendlich froh, wieder unten zu sein, ruhig dazusitzen und sich nicht bewegen zu müssen. Es bereitete ihm ein kindliches Wohlbehagen, dass seine Umgebung sich nicht bewegte, dass sie fest und sicher war, ohne zu schwanken, zu wackeln, sich zu drehen oder Purzelbäume zu schlagen. Er war auf eine unwirkliche Art glücklich. Ihm war so ziemlich alles egal. Er dachte mit Sehnsucht an Svenja und seine Kinder. Es war warm im Auto, und es wurde von Minute zu Minute wärmer.

»Alles in Ordnung. Wir können.« Tiny schloss die Autotür hinter sich und startete den Motor. Er sah Jung besorgt an, sagte aber kein weiteres Wort und fuhr los. Der Schlagbaum öffnete sich vor ihnen, ohne dass sie angehalten worden wären. Sie verharrten in Schweigen. Tiny brauchte nur wenige Minuten, bis er das Auto am Rande der Stadt geparkt hatte.

»Da oben habe ich einmal gewohnt.« Tiny zeigte auf das oberste Stockwerk eines Wohnblocks, vor dem er das Auto abgestellt hatte. »War aber selten da, muss ich gestehen.«

Jung sah desinteressiert an dem kahlen Kasten empor. Er fühlte sich nicht angeregt, irgendeinen Kommentar abzugeben. Ihn beherrschte ein Gefühl schwebender Körperlosigkeit, so, als wäre ihm etwas genommen worden, das er bis dahin unbemerkt und wie selbstverständlich mit sich herumgeschleppt hatte. Er stieg mit weichen Knien aus dem Auto.

»Wir müssen ein paar Schritte gehen«, erklärte Tiny grinsend.

Jung nickte stumm. Sie gingen ein paar gesichtslose, öde Straßen hinauf ins Zentrum der Stadt. Jungs Aufmerksamkeit war von ungewöhnlicher Schärfe und dennoch weit weg. Er war müde, und das Gehen strengte ihn an. Er registrierte, dass die Gehwege ohne Ausnahme mit sandfarbenen, kleinen Kopfsteinen gepflastert waren. Ein ganz ungewöhnlicher Aufwand, fand er.

Tiny führte ihn in eine Snack-Bar schräg gegenüber eines Wochenmarktes, der gerade seine Tore schloss. Die abziehenden Bauersleute sahen alt, schwarz und krumm aus. Der Gastraum war kahl und kühl. Das überwiegend weibliche Publikum erweckte den Eindruck von Geschäft, Dienstleistung und Verwaltung. Sie schienen merkwürdig alterslos, ihre Kleidung tantenhaft und farblos. Sie trugen allesamt Tücher, drapiert um Hälse, Schultern, Brüste oder Hüften.

»Sie sehen noch genauso aus wie damals«, meinte

Tiny. Er bestellte am Tresen zwei Bagaco, und sie setzten sich an einen freien Tisch. Normalerweise hätte Jung danach gefragt, bevor er etwas trank, was er nicht kannte. Heute blieb er gleichgültig. Schlimmeres konnte nicht mehr kommen, dachte er.

»Was wolltest du mir nun zeigen?«, kam Jung unvermittelt zur Sache.

»Hab ich dir nicht gesagt, du sollst aufpassen?«, erwiderte Tiny streng.

»Wann?«, entgegnete Jung tonlos.

»Zu Beginn, bevor wir auf den ersten low level gingen.«

»Ich erinnere mich nicht. Habe ich was verpasst?«

Der Barmann brachte den Schnaps an den Tisch. »A nossa.« Jung hob das Glas und stürzte es, ohne auf Tiny zu warten, in einem Zug hinunter. Sein Schlund brannte, aber in seinem Magen breitete sich sofort eine beruhigende Wärme aus. Er gab das Glas dem Barmann zurück und bestellte eine zweite Runde.

»Den Platz, wo das Mädchen liegt«, sagte Tiny ungerührt, kippte den Bagaco herunter und stellte das Glas zurück auf den Tisch.

»Ich habe nichts gesehen.«

»Das ist auch gut so. Bist du jetzt ruhiger?«

Jung ging nicht weiter darauf ein.

»Nur du allein findest sie wieder, richtig?« Jung wunderte sich, dass ihn diese Ungeheuerlichkeit völlig kaltließ.

»Ja. Nur ich kenne jeden Baum und Strauch, jede Fahrspur, jeden Stock und jeden Stein da draußen.«

»Jeden?«

»Na ja, fast jeden. Es reicht jedenfalls.«

»Hast du keine Angst, dass jemand sie findet?«

»Wer denn? Hast du irgendjemanden in dieser Einöde gesehen?«

»Ziegenhirten.«

»Die haben ihre Trampelpfade. Die verlassen die nicht.«

»Woher weißt du das alles so genau?«

»Von meinen unzähligen Durchschlageübungen.«

Der Barmann brachte ihnen eine neue Lage Schnaps. Sie tranken, ohne zu zögern.

»Durchschlageübungen, ah ha.« Jung dehnte seine Worte übertrieben lange aus.

»Wir übten in der Einöde das Überleben hinter den feindlichen Linien nach einem möglichen Abschuss. Wohl gemerkt, ohne fremde Hilfe, ganz auf uns allein gestellt.«

»Und? Wie viele Tage habt ihr überlebt?«

»Drei. Dann holte uns der Hubi an einem verabredeten Treffpunkt wieder raus.«

»Hübsche Übung.«

»Ja. Hat Spaß gemacht, vor allem im Sommer, bei 40 Grad und mehr. Ich kenne die Gegend von unzähligen Überflügen. Einen davon hast du heute mitgemacht.«

»Hat sich seit damals etwas verändert?«, fragte Jung gelangweilt.

»Nein. Ich kenn noch heute jede Korkeiche und könnte dir sagen, wann sie das letzte Mal geerntet worden ist.«

»Dann ist ja alles in bester Ordnung.« Jungs Emotionslosigkeit brachte Tiny zum Schweigen.

Jung sah sich in der Bar um. Die Situation kam ihm absurd vor. Er lächelte bei dem Gedanken, welche Aufregung Tinys Geständnis gestern noch in ihm ausgelöst hatte. Er spürte heute absolut nichts mehr davon. Er wollte zurück ins Ferienhaus, ins Bett und schlafen.

»Ich nehme einen letzten Schnaps. Du auch?«

Tiny nickte zustimmend. Jung winkte dem Barmann und zeigte pathetisch auf ihre Gläser.

»Ich bezahle. Und dann fahren wir«, entschied Jung.

Tiny nickte und schwieg. Der Barmann kam mit den Gläsern. Jung bezahlte, und sie stürzten den Tresterbrand hinunter. Als Jung sich erhob, merkte er, dass er angetrunken war. Er kam nur wankend auf die Beine. Der Gang zum Auto kostete ihn Überwindung. Seine Knochen taten ihm weh, aber er wäre nie auf die Idee gekommen, sich darüber zu beklagen.

Als sie die Stadt verlassen und, an der blitzsauberen Kaserne vorbei, die ersten Weinfelder passiert hatten, senkte sich die Melancholie der Landschaft doppelt schwer auf Jung herab.

»Hast du Musik im Auto?«, fragte er Tiny.

»Klar. Was magst du? Tom Jones, James Brown, George …«

»Schon gut«, wiegelte Jung ab. Er dachte an etwas anderes, an Tschaikowsky, Dvořák, Mussorgski, an diese Musik-Giganten aus dem wilden Osten. Ex oriente lux, erinnerte er sich. Ihre Musik klang ihm in den Ohren, und ihr schwerblütiger, gewaltiger Enthusiasmus legte sich ihm aufs Gemüt. Sie führte ihn durch ›Das große Tor von Kiew‹ geradewegs in die ›Neue Welt‹, in der er noch nicht gewesen war und die jetzt auf ihn wartete. Er stellte die Sitzlehne zurück, zog sich das Ballcap über die Augen und schlummerte ein.

*

»Wach auf. Wir sind da.« Tiny stieß Jung mit dem Ellenbogen in die Seite. Jung richtete sich verdattert auf und stellte die Sitzlehne hoch.

»Was willst du nun tun, Tomi?«, fragte Tiny.

»Ich mache jetzt Urlaub, die paar Tage, die mir noch bleiben.«

»Und dann?«

»Dann fliege ich nach Hause und gehe wieder an die Arbeit«, sagte Jung unbedarft. »Hast du vielleicht 'ne Idee, wie ich den Wein nach Hause kriege?«

»Mach dich nicht blöder, als du bist. Du weißt, was ich meine«, entgegnete Tiny.

»Wenn ich mich recht erinnere, hatten wir das schon besprochen, Tiny.«

»Ja, aber wenn du erst wieder im Dienst bist, ist das vielleicht anders.«

Jung wiegte nachdenklich den Kopf. Er öffnete die Wagentür und stieg aus. Tiny tat es ihm nach. Sie sahen sich über das Wagendach hinweg an.

»Vielleicht gebe ich den portugiesischen Kollegen einen Tipp, unter Kollegen sozusagen. Bei der weltweiten Aufmerksamkeit, die der Fall ausgelöst hat, wird das keine große Verwunderung hervorrufen.«

»In welche Richtung, Tomi?«, fragte Tiny eindringlich.

»Sie könnten angeregt werden, sich mal etwas intensiver um die Eltern zu kümmern, nicht wahr?«

»Okay.« Tiny schien erleichtert. »Und später?«

»Das lassen wir auf uns zukommen. Wenn wir nichts sagen, wird das noch ewig so weitergehen.«

»Meinst du das wirklich?«

»Ja«, erwiderte Jung schlicht. »Wohin geht deine Reise, Tiny?«

»Ich fliege morgen nach Rio.«

»Na, dann viel Spaß. Bleibst ja fast in der Heimat. Die sprechen da drüben auch Portugiesisch.«

»Wenn ich zurück bin, melde ich mich.«

»Lieber nicht. Und mach keinen Scheiß.«

»Ebenfalls. Adeus, Tomi.«

»Adeus, Tiny.«

Sie reichten sich die Hände über das Autodach. Tinys Händedruck war schlapp und flüchtig. Jung wandte sich um und ging die Auffahrt hinunter. Als er auf dem Weg zum Haus um die Hibiskushecke bog, hörte er, wie Tinys Haustür ins Schloss fiel.

URLAUBSENDE

Jung wachte früh auf. Die aufgehende Sonne erfüllte sein Zimmer mit dem ersten Licht. Er blieb noch etwas liegen und döste vor sich hin. Die Hände hinter den Kopf gelegt, blickte er aus dem Fenster in einen wolkenlosen, blassen Himmel. Es versprach ein ähnlich schöner Tag zu werden wie gestern.

War Tiny schon unterwegs nach Rio, fragte er sich. Die Erinnerung an seinen Nachbarn machte ihm ein ungutes Gefühl. Er hatte sich gestern von ihm bedienen lassen wie ein verwöhntes Gör und sich nicht einmal bedankt. Tiny hatte ihn in seinem Auto nach Beja chauffiert. Er hatte ihm ein unbezahlbares Abenteuer beschert und ihn danach ohne Murren sicher nach Hause zurückgebracht. Und was hatte er, Tomas Jung, getan? Er hatte die Rückfahrt komplett verpennt. Er hatte Tiny das Schlimmste zugetraut. Bei dem Gedanken, dass er drauf und dran gewesen war, sie beide aus dem Flugzeug zu schießen und eine Katastrophe heraufzubeschwören, kam er sich schlecht vor. Er verzieh sich nicht, dass seine Angst sein sicheres Urteilsvermögen vernebelt hatte. Und Panik – das wurde ihm erschreckend klar – vermochte den Verstand so vollständig auszuhebeln, dass er ihn in das komplette Gegenteil verkehrte, in schieren Unsinn. Unter diesem Aspekt war seine Unfähigkeit, Arme und Beine zu bewegen, ein Segen gewesen.

Diese Erkenntnis brachte ihn zum Lachen, beunruhigte ihn aber auch.

Er erhob sich, machte Morgentoilette und zog sich an. Es war noch zu früh am Morgen, um Svenja anzurufen und sie von der neuen Lage in Kenntnis zu setzen. Er ging in die Küche und bereitete sich ein Frühstück. Maria hatte den Kühlschrank mit Köstlichkeiten gefüllt. Ihre Fürsorglichkeit erweckte erneut seine Sympathie. Als Erstes presste er sich frische Orangen aus. Dann fertigte er sich ein Müsli aus Feigen, Erdbeeren, Apfelsinen, Körnern und Joghurt und setzte sich damit auf die Terrasse. Der Anblick des in der Morgensonne glitzernden Meeres betäubte ihn und versetzte ihn in einen Zustand gelöster Zuversichtlichkeit. Er nahm sich Zeit und genoss das Essen.

Als er sein Frühstück beendet hatte, schlenderte er, die Hände in den Taschen, zu den Klippen. Sein Kopf war ungewohnt leer. Nach alter Gewohnheit sollte er sich eigentlich darüber Gedanken gemacht haben, was er in naher und fernerer Zukunft erwarten musste. Aber die Erinnerung an das Geschehen der letzten Tage erzeugte in ihm nur Widerwillen. Seine Interessenlosigkeit war so groß, dass sie ihm selbst unheimlich war. Aber anstatt sich darüber zu wundern, freute er sich.

Auf dem Rückweg registrierte er beiläufig die heruntergelassenen Jalousien in Tinys Haus. Später, auf dem Weg zum Clube Carvoeiro, nahm er wahr, dass Tinys Auto nicht mehr auf der Auffahrt stand. Er war allein, und er war glücklich. Im Supermercado hielt er nicht vor der Zeitungsauslage und las auch nicht die Schlagzeilen der Tageszeitungen. Er fragte sich, ob er etwas Besonderes zu Svenjas Heimkehr einkaufen sollte, gab aber seinem Impuls nicht nach, weil Maria schon an alles gedacht hatte, sogar an einen Strauß frischer Feldblumen: roter Mohn, blaue Kornblumen, gelber Ginster und grünsilbrige Olivenzweige.

So spazierte er wieder zurück zum Haus, ohne Geld ausgegeben zu haben. Auf der Terrasse setzte er sich unter den Sonnenschirm, steckte sich eine Zigarre an und verfolgte die Rauchkringel, wie sie in der leichten Brise langsam verwehten. Sein Urlaub konnte beginnen.

*

»Kann ich mit Senhora Jung sprechen?«

»Ich verbinde Sie«, beschied Jung eine unbekannte Stimme.

»Hallo?«

»Hallo, Svenja. Ich bin's. Ich wollte mal hören, wie's dir geht.« Jung hatte sich vorher zurechtgelegt, das Gespräch mit Svenja unverbindlich beginnen zu lassen.

»Na endlich. Ich habe schon auf deinen Anruf gewartet.« Svenja klang ehrlich erleichtert. Jung war überrascht.

»Hat dir Amalia meine Nachricht ausgerichtet?«, fragte er.

»Wer?«

»Amalia, die attraktive, junge Portugiesin von der Rezeption.«

»Ach, die. Ja, hat sie. Aber attraktiv? Ich finde, sie sieht eher aus wie eine dieser getunten Partymäuse aus dem Fernsehen.«

Jung schwieg für eine Sekunde.

»Ich habe mit ihr zu Abend gegessen. In einem guten Restaurant. Ich fand sie intelligent.«

»Intelligent? Das ist das Letzte, was mir zu ihr einfallen würde«, entgegnete Svenja wegwerfend. »Aber nun erzähl doch mal. Ist er weg?«

»Du meinst Tiny, nicht wahr? Ja. Er ist weg. Ich erzähle dir alles, wenn du da bist. Wann kommst du?«

»Ich sitze sozusagen auf gepacktem Koffer, mein Schatz.«

»Hast du inzwischen einen Tennisarm, oder was?«

»Frag nicht so blöd. Ich erledige hier den Rest und setz mich ins Auto.«

»Kennst du den Weg? Wann wirst du hier sein?«

»Tomi, mach mich nicht dümmer, als ich bin. In rund einer Stunde bin ich da, okay?«

»Okay. Ich freu mich. Hast du einen besonderen Wunsch?«

»Ja. Ich möchte, dass du mir haarklein erzählst, was passiert ist. Nicht nur drei Sätze, sondern drei Stunden. Versprochen?«

Jung lachte. »Versprochen. Ich werde mich anstrengen. Bis dann.«

»Bis gleich.«

Jung legte den Hörer zurück und lächelte. So kannte er seine Frau. Sie machte, was sie wollte, und scherte sich keinen Deut darum, wie andere das fanden oder vielleicht belastete, vorausgesetzt, sie selbst fand sich perfekt und fehlerlos. Manchmal schien es Jung, dass sie geradezu danach strebte, unnahbar und daher auch unangreifbar zu sein. Ihr Aufwand in dieser Hinsicht war immens.

War es sinnvoll, ihr die Geschichte zu erzählen, fragte er sich nüchtern. Jeder zusätzliche Mitwisser war eine potenzielle Gefahr für das labile Arrangement. Er kannte seine Frau zu gut, um nicht zu wissen, dass die Kenntnis von dem, was er zu wissen bekommen hatte, sie nur belasten würde. Wenn es um Kinder ging, kannte sie kein Pardon. Sie würde darauf drängen, etwas zu unternehmen.

Wenn er sich andererseits entschlösse, sein Wissen für sich zu behalten, würde sie spüren, dass er etwas vor ihr verbarg. Ihre Intuition war beängstigend hoch entwickelt. Und schon Tiny hatte bemerkt, dass er, Tomas Jung, ein schlechter Lügner war. Er würde gezwungen sein, eine Ausrede zu erfinden, warum Tiny von der Bildfläche verschwunden war. Oder er musste sich ein Verhalten zulegen, das seine Zurückhaltung plausibel machte. Beides würde ihm schwerfallen. Er war in solchen Dingen nicht gut. Sie würde ihn durchschauen und ihn dazu bringen, sein Schweigen zu brechen. Auch darin war sie unschlagbar. Hatte sie erst einmal Witterung aufgenommen, konnte von Urlaub keine Rede mehr sein.

Er sollte auf ihren Verstand vertrauen, redete er sich ein, auf ihre Einsicht, dass die Aufdeckung der Tat Zeit brauchte und die Sühne eines möglichen Verbrechens in die Zukunft verschoben werden musste.

Jung begab sich zurück auf die Terrasse und machte weiter Urlaub.

*

Es klingelte. Das musste Svenja sein. Jung eilte an die Haustür und öffnete.

»Wo ist dein Koffer?«

»Das ist ja eine herzliche Begrüßung. Hast du mir nichts Besseres zu sagen?«

»Das letzte Mal hatte ich den Eindruck, als wenn dein Koffer das Wichtigste sei.«

»Ach, hör schon auf. Er ist im Auto. Er ist schwer. Bitte hilf mir, ja?«

»Komm erst einmal herein. Um den Koffer kümmere ich mich später. Herzlich willkommen!«

»Danke. Schrecklich, wie abhängig man von diesem zivilisatorischen Plunder ist, findest du nicht auch?«

Jung fand etwas anderes bemerkenswert, behielt das aber für sich und schwieg sich aus. Er nahm sie bei der Hand, küsste sie und zog sie ins Haus. Auf der Terrasse setzten sie sich unter den breiten Schirm und sahen sich an.

»Du siehst wohl aus, Tomi«, begann Svenja. »Hast du dich gut erholt?«

Jung wusste nicht recht, was er darauf antworten sollte. Nach Small Talk war ihm nicht, und für eine ernsthafte Antwort brauchte er Zeit.

»Ich mache uns einen Kaffee, okay?«

»Ja, wunderbar. Das ist jetzt das Richtige. Ich komme mit.«

Als er das Wasser in die Kaffeemaschine füllte, fragte sie: »Hast du für Rosa auch Kaffee gekocht?«

»Rosa?« Jung sah seine Frau an. »Nein. Ihre Mutter hatte es eilig. Wir haben uns nur unterhalten.«

»Unterhalten? Worüber denn?«

»Über dich zum Beispiel«, erwiderte Jung schmunzelnd. »Sie meint, du seist eine sehr attraktive und intelligente Frau. Sie hat mich beglückwünscht.«

»Du erzählst doch keine Märchen, oder?«

»Nein«, lachte Jung.

»Warum bist du eigentlich aus dem Aldiana weg, ohne mit mir zu sprechen? Vor allem nach den Strapazen, die du für hin und zurück auf dich genommen hast?«, fragte Svenja scheinheilig.

»Weil ich dich bei deinem sportlichen Tête-à-Tête nicht stören wollte. Außerdem hielten sich die Strapazen in Grenzen. Die Sache mit Tiny war noch nicht ausgestanden. Die wirklichen Strapazen standen mir erst noch bevor.«

»Was? Welche denn?«

Der Kaffee war fertig. Jung griff zwei Tassen aus dem Schrank, setzte dazu die Kanne, Sahne und Zucker auf ein Tablett und trug es auf die Terrasse. Er schenkte den Kaffee in die Tassen und setzte sich in seinen Stuhl. Svenja war ihm gefolgt und setzte sich zu ihm.

»Ist das nicht ein herrlicher Blick, Svenja?«

»Tomi, lenk nicht ab. Welche Strapazen?«

Jung wandte sich um und sah ihr in die Augen.

»Ich bin in einem Jet der portugiesischen Luftwaffe über dich hinweggeflogen. Hast du das etwa nicht bemerkt?«

»Tomi, was erzählst du da? Doch keinen Scheiß, oder?«

»Ich erzähle keinen Scheiß, Svenja.« Jung machte eine Kunstpause und sah sie ausdruckslos an.

»Du willst mich auf den Arm nehmen! Ich kenne dich, mein Lieber!«

»Wirklich nicht, Svenja. Ich bin mir nicht sicher, ob ich dir das überhaupt erzählen soll.«

»Warum?«

»Weil es dich nur belasten würde.«

»Diese Entscheidung solltest du ruhig mir überlassen.«

»Das ist mir klar«, sagte Jung zurückhaltend. »Aber du wirst die Tragweite dessen, was ich zu erzählen habe, erst hinterher ermessen können.«

»Du machst es aber dramatisch, mein Lieber.«

»Es ist ernst. Es reicht, wenn ich damit belastet bin. Also, willst du die Geschichte hören oder nicht?«

»So kenne ich dich gar nicht.« Svenja zog die Stirn in Falten. »Du traust mir nicht, habe ich recht?«

»Im Gegenteil. Ich traue dir viel zu viel. Im Übrigen überlasse ich die Entscheidung ja dir. Du solltest das zu würdigen wissen.«

Svenja beugte sich vor und ergriff ihre Tasse. Sie setzte sie, ohne getrunken zu haben, wieder ab.

»Also gut. Du brauchst mir nichts zu erzählen, wenn du nicht willst. In Ordnung?«

»Bom. Muito bom.«

»Red kein Portugiesisch, Tomi, sondern komm lieber zu dieser Luftnummer. Das darfst du mir doch noch erzählen, oder etwa auch nicht?«

Jung nahm einen Schluck Kaffee und sah seine Frau über den Tassenrand an.

»Also, nun komm schon!«, drängte Svenja. »Wie kommst du überhaupt in so ein Militärdingsbums? Du kannst doch gar nicht …?«

»Yes, we can, Svenja. Tiny hat mich eingeladen. Er kennt den Kommandeur einer Militärbasis, nicht weit weg von hier. Wir haben einen Tiefflug über das Alentejo und die Küste gemacht.«

»Ist unser Nachbar nicht schon längst in Rente? Wie bist du aus der Nummer heil wieder rausgekommen?«

»Gut. Sehr gut. Hat Spaß gemacht. Aus der Luft sieht man viel mehr als am Boden«, erwiderte Jung knapp.

»Und das ist so geheim, dass ich davon nichts wissen darf? Tomi, jetzt hör endlich auf, mich zu verarschen.«

»Was ich gesagt habe, meine ich ernst, Svenja.« Jung kam nicht ins Wanken. »Nimm einen Schluck Kaffee. Er wird sonst kalt.«

»Du entwickelst dich, Tomi. So viel aufmerksame Zuwendung kenne ich von dir sonst gar nicht.«

»Das bringt mein Beruf so mit sich«, erwiderte er kühl.

Svenja stellte die Lehne ihres Gartenstuhls zurück,

legte sich zurück und ließ ihren Blick über die Küste schweifen.

»Ich brauche Zeit, das zu verdauen«, bemerkte sie mehr zu sich selbst.

»Ich hole mir derweil eine Zigarre.«

Jung erhob sich und verschwand im Haus. Im Schlafzimmer überlegte er, ob er zu Svenja ins Zimmer oder ob sie zu ihm ziehen solle. Das Telefon klingelte. Jung hatte keine Lust zu telefonieren und blieb, wo er war. Dann hörte er, wie Svenja in die Diele eilte und das Gespräch entgegennahm.

»Hallo. … Wer? … Hi, Ebba. Das ist ja eine tolle Überraschung. Wie kommst du an meine Nummer? … Nein, das ist ja 'n Ding. Nett von dir, dass du dir so viel Mühe gemacht hast. Was ist denn los? … Ja, ganz prima. Du glaubst gar nicht, wie schön es hier unten ist. Ich habe auch schon Tennis gespielt. Das nächste Mal hast du keine Chance mehr.« Svenja lachte. »Was? … Ja, er ist hier. Ich habe mit ihm trainiert … Kein Neid, bitte. Unser Nachbar nervte fürchterlich. Da hab ich ein paar Trainingseinheiten genommen … Nein, nein. Super. Tomi hat ihn auf den Topf gesetzt. Aber deswegen rufst du doch nicht an, Ebba, Liebste, oder? … Nein. Wir haben ein Ferienhaus in Carvoeiro.«

Jung hörte lange Zeit nichts. Ebba war eine Tratschtante, aber geizig. Was hatte sie trotzdem bewegt anzurufen? Er legte sich aufs Bett und wartete.

»Woher weißt du das? … Ach so. Ich glaube eigentlich nicht daran. Die Mutter ist keine richtige Mutter, verstehst du? Vielleicht ist irgendetwas passiert.«

Ebba musste zu einer längeren, abenteuerlichen Geschichte ausgeholt haben, denn Jung hörte lange Zeit nur einige halbherzige Versuche seiner Frau, den Redefluss ihrer Freundin zu unterbrechen. Schließlich gelang es ihr einzuhaken.

»Also, Ebba, so etwas muss man verdrängen, sonst geht man vor die Hunde … Was? … Ja, natürlich, damit könntest du recht haben … Ach, weißt du, irgendwer wird sich dafür schon finden. Vielleicht der Ehemann, besser noch, irgendein anderer, völlig fremder Trottel, der gerade mal zur Stelle ist … Ja, kann ich mir aber nicht recht vorstellen, Ebba … Du, da muss ich dich enttäuschen. Ich kümmere mich nicht weiter darum, weißt du. Ich habe Urlaub … Nein. Der macht auch Urlaub. Er wäre doch schön blöd. Deutschland reicht doch, oder?«

Jung hörte wieder lange Zeit nichts und wurde unruhig.

»Ich will davon gar nichts wissen, Ebba, verstehst du? Auch wenn die beiden ihr eimerweise Medikamente verabreicht haben, was hat das mit der Entführung der kleinen Engländerin zu tun? Die machten hier Urlaub, wie ich übrigens auch, Ebba, Liebste.«

Wieder entstand eine lange Pause. Welche Medikamente, fragte sich Jung. Der immer unwilliger werdende Tonfall in der Stimme seiner Frau lenkte seine Aufmerksamkeit zurück auf das Gespräch.

»Ach, komm, das ist doch abwegig. Die Eltern sind Ärzte und keine Hartz-IV-Empfänger aus der Neustadt.«

Wieder Pause. Jung fragte sich, wie Svenja das Gespräch beenden würde.

»Du, Ebba, Liebste, können wir uns weiter darüber unterhalten, wenn ich wieder zu Hause bin? Mir geht etwas ganz anderes im Kopf herum. Ich habe gestern in Albufeira …«

Jung nahm eine Cohiba Siglo II aus dem Tubo und griff sich Streichhölzer und Filibuster. Auf dem Weg zur Terrasse gab er Svenja mit Augen und Händen zu verstehen, dass er mitbekommen hatte, mit wem sie sprach, und dass es besser wäre, das Gespräch abzukürzen. Sie verdrehte die Augen und winkte genervt ab. Auf der Terrasse sank Jung in seinen Stuhl, entzündete die Zigarre und sah nachdenklich aufs Meer.

Es dauerte, bis Svenja zurück auf die Terrasse kam.

»Was hat sie gewollt?«, fragte Jung, als sie wieder Platz genommen hatte.

»Sie wollte von mir Neuigkeiten. Stoff für den Kaffeeklatsch. Du weißt schon.«

»Dafür hat sie sich aber mächtig verausgabt. Sie wird dir böse sein, dass nichts Konkretes dabei herausgesprungen ist. Ich habe aus dem Schlafzimmer gelauscht.«

»Kontrollierst du mich jetzt, mein Schatz?«

»So würde ich es nicht formulieren. Dein Gespräch mit Ebba hat mein Interesse geweckt. Das ist alles.«

»Ich sollte dir eine Szene machen, Tomi.«

»Hatten wir das nicht erst kürzlich? Aber mal im Ernst. Was hatte sie denn mit Medikamenten am Hut?«

»Sie erzählte mir von einer fernen Bekanntschaft, einem Ehepaar. Beide hatten ihrer hyperaktiven Tochter, ohne voneinander zu wissen, in guter Absicht Beruhigungsmittel gegeben. Die Kleine war danach verschwunden, keiner wusste, wohin. Dieser Fall hier erinnerte sie daran.«

»Und? Was ist mit der Kleinen passiert?«

»Sie ist durchgedreht. Man hat sie später irgendwo aufgegriffen. Lebend.«

»Aha. Und jetzt wollte sie sich wichtigmachen. Ich verstehe.«

»Sie nahm die Geschichte als Köder, um aus mir Neuigkeiten herauszupressen. Sie glaubt, wenn ich schon vor Ort bin, beschäftige ich mich ausschließlich mit dieser Entführungsgeschichte. Sie ist so. Du kennst sie.«

»Noch Kaffee?«

»Ja, bitte.« Sie reichte ihm ihre Tasse. »Dennoch, ihre Geschichte ist interessant«, fuhr Svenja fort.

»Interessant? Inwiefern?« Jung nahm einen tiefen Zug aus seiner Zigarre und blies den Rauch gegen den Himmel.

»Ich weiß nicht.« Sie trank von ihrem Kaffee und lehnte sich wieder zurück in ihren Gartenstuhl. »Der Schock muss ungeheuer sein.«

»Welcher Schock? Medikamentenschock?«

»Nein. Ich denke an die Mutter, wenn sie einsehen muss, dass sie ihrem Kind etwas angetan hat. Vielleicht versehentlich. Aber das macht es noch viel schlimmer. Es zieht ihr den Boden unter den Füßen weg. Es vernichtet sie, verstehst du?«

»Auch wenn ihr Kind ein absolutes Arschlochkind ist?«

»Das spielt überhaupt keine Rolle.«

Sie schwiegen lange. Jung dachte an den Vater des Mädchens. Er dachte an sich. Er dachte sehr lange nach. Und er dachte schließlich, dass Svenja recht hatte.

Jung sog an seiner Zigarre und paffte den Rauch unter den Sonnenschirm.

»Tiny, unser Nachbar und Expilot, ist übrigens auf dem Weg nach Rio, um dort den Frauen auf den Busen zu glotzen.«

»Hoffentlich hat er nicht seine Ray Ban Aviator vergessen«, bemerkte Svenja schnippisch.

»Alles andere, aber die nicht.«

»Wieso?«

»Jack Nicholson hat einmal festgestellt: Mit meiner Ray Ban bin ich Jack Nicholson, ohne meine Ray Ban nur ein fetter, alter Mann.«

Svenja lachte herzhaft, und Jung fiel in ihr Lachen ein. Sie griff zu ihrer Kaffeetasse und trank. Er freute sich über die heitere Gelassenheit, die sich auszubreiten begann. Der Anlass ihres Gespräches verblasste zusehends.

»Mal was ganz anderes, Svenja.« Jung suchte ihren Blick. »Ich habe eine ganz persönliche Frage an dich.«

»Schieß los, Tomi. Ich bin ganz Ohr.«

»Bist du Alkoholikerin?«

Svenja setzte ihre Kaffeetasse ab und sah ihn verwundert an.

»Wie kommst du darauf, jetzt, nach so vielen Jahren?«

»Du reagierst allergisch. Bei jeder passenden und unpassenden Gelegenheit stänkerst du gegen Alkohol.«

»Aha.« Svenja schwieg, als wäre das Thema damit erledigt.

»Wie, aha? Bist du nun oder nicht?«, insistierte Jung freundlich.

»Soll ich dir mal was sagen, Tomi, ganz unter uns?« Sie machte eine Kunstpause. »Das geht dich einen Scheißdreck an, okay?« Ihre Freundlichkeit tropfte ihr von den Lippen wie süßer Honig.

»Siehst du, das habe ich ihm auch geantwortet«, erwiderte Jung selbstzufrieden.

»Wem hast du was geantwortet?«

»Tiny. Er hat mir die Frage gestellt. Ich habe ihm geantwortet wie du mir eben.«

Svenja sah ihren Mann an und schwieg vielsagend. Kurz darauf fragte sie beiläufig:

»Bist du schwul, Tomi?«

»Was soll das denn jetzt?«

»Du reagierst allergisch. Dauernd stänkerst du gegen Männer.«

Jungs Verblüffung musste ihm ins Gesicht geschrieben stehen, denn Svenja legte den Kopf in den Nacken und lachte ihr fröhlichstes Urlaubslachen. Jung war drauf und dran, seine Zigarre abzulegen, in die Küche zu gehen und sich ein Glas Cava zu gönnen. Er hatte schließlich Urlaub und Anspruch auf Erholung. Er blieb jedoch, wo er war, denn ein Spitzensekt vertrug sich nun einmal nicht mit einer Cohiba, das musste er dem guten Geschmack konzedieren. Deshalb lehnte er sich in seinen Sitz zurück, nahm einen Zug und sah seine Frau durch den davonschwebenden Rauch versonnen an.

Er schüttelte innerlich den Kopf über sie und ihre agressive Intelligenz. Er fragte sich, wie stark sie eigentlich wirklich war und was er von ihr noch zu erwarten haben würde. War sie klug? Vielleicht war ›lebenspraktisch‹ das bessere Wort für das, was er an ihr, nach ihrer Stärke und Intelligenz, am meisten schätzte. Aber es gab auch Gelegenheiten, in denen er ihre Tugenden verfluchte. Oder störte ihn nur, dass er glaubte, ihm selbst stünden diese Eigenschaften nicht zur Verfügung? Und auf einmal wusste er mit letzter Sicherheit, was er bis zum heutigen Tage häufig nur undeutlich, aber immer unauslöschlich gefühlt hatte: Er liebte seine Frau, was immer sie getan hatte und was immer sie noch tun würde. Und er wusste mit der gleichen Sicherheit, dass es in dieser Welt keinen Ort und keine Zeit geben würde, an dem und in der sich seine Liebe erfüllen konnte.

THE TOP GUN

Er langweilte sich. Also machte er sich bereit, in den Club zu gehen. Er tat das immer, wenn seine Unruhe ein Ausmaß erreicht hatte, das ihn weder auf der schattigen Bank im Hof noch auf der Liege am Pool hielt. Auch auf dem Sofa vor dem Kamin konnte er keine Ruhe finden. Er nahm ein Päckchen Camel light vom Tisch, schüttelte ein Stäbchen bis zur Hälfte heraus und steckte es sich zwischen die Lippen.

Auf dem Zippo, mit dem er die Zigarette entzündete, war der Riss eines Kampfjets seiner alten Fighter Squadron eingraviert. Das Geschwader war vor Kurzem aufgelöst worden. Er erinnerte sich mit gemischten Gefühlen an seine aktive Zeit. Seine ersten Jahre, nachdem er combat ready geworden war, hatte er im Geschwader verbracht. Seine Kameraden nannten ihn scherzhaft ›Tiny‹ wegen seiner Körpergröße von gut 1,90 Meter und einem Lebendgewicht von mehr oder weniger 100 Kilo. Es schwankte, je nachdem, wie gut oder schlecht er sich fühlte, was so viel hieß, dass er sich gut oder weniger gut ernährte. Wenn er viel fliegen konnte und ein erotisches Abenteuer am Boden auf ihn wartete, dann war er glücklich, aß viel und trank mehr. Er trank eigentlich immer. Er hatte Schwierigkeiten, die periodisch anfallenden Fliegertauglichkeitstests im Flugmedizinischen Institut der Luftwaffe zu bestehen. Es war ein ernster Kampf, den er Wochen vorher aufnehmen musste und der ihn zu Enthaltsamkeit und Diäten zwang. Aber er unterwarf sich der schmerzhaften Fron jedes Mal aufs Neue, flog nach Fürstenfeldbruck und gewann. Bis zum Schluss, als er mit 43 Jahren ausscheiden musste. Man hatte keine Verwendung mehr für ihn. Als Pilot war er nicht mehr zu gebrauchen. Was zu Beginn seiner Karriere alle bewundert hatten, wurde ihm schließlich zum Verhängnis. Seine physische Einmaligkeit war beim Fliegen eine hohe, letztendlich zu hohe Hypothek auf Herz, Kreislauf und Rücken. Die erhöhten Anforderungen hatten ihn frühzeitig verschlissen, ihn über den Rand seiner körperlichen Möglichkeiten geführt und ein Weiterfliegen unmöglich gemacht. Er war jetzt Frührentner und alleinstehend.

Auf seinen vielen Cross-country-Flügen hatte er die NATO-Welt kennengelernt. Er war schließlich auch gern bereit gewesen, als Fluglehrer für ein paar Jahre im Ausland, auf der Base Aerea numero onze in Portugal zu fliegen. Das Land hatte ihm gefallen, nicht zuletzt wegen der günstigen Lebenshaltungskosten, die vor der EU-Mitgliedschaft lächerlich gering gewesen waren. Außerdem verdiente er hier fast doppelt so viel wie in der Heimat. Das hatte ihn in die Lage versetzt, in Carvoeiro an der Algarve ein Haus zu erwerben.

Damals war Carvoeiro gerade für den Tourismus erschlossen worden. Er hatte den Clube Carvoeiro am Wochenende in Begleitung seiner diversen Freundinnen gern besucht. Bald begrüßte ihn der österreichische Manager per Handschlag, denn er war mit seinen attraktiven Begleiterinnen und seiner eigenen Aura aus Testosteron und Geld ein gern gesehener Gast. Sie waren sich über die Zeit nahegekommen. Seine Verbindung zu dem Österreicher verschaffte ihm schließlich die Möglichkeit, ein Haus mit großem Grundstück günstig zu kaufen. Ganz spontan, nach einer rauschenden Sommernachtsfete mit schönen, lebenshungrigen Frauen und Männern, hatte er zugeschlagen. Im Großen und Ganzen hatte er seinen Entschluss nie bereut.

Aber jetzt fehlten die schönen, lebenshungrigen Frauen. Schließlich war er in die Jahre gekommen, hatte viele Erfahrungen gesammelt und war Rentner geworden. Man konnte ihm das ansehen. Seine straffen Wangen unter hohen Jochbeinen und sein breites, markiges Kinn hatten ihn früher sehr männlich wirken lassen. Und seine hellen, klaren Augen blickten zu dieser Zeit noch unbekümmert in die Welt. Seine stattliche Erscheinung zusammen mit seinem Image als Tigerpilot verströmte das Bild von großer Stärke und unerschütterlicher Zuversicht.

Jetzt war sein Haarschopf schütter geworden, und unter seinen matt gewordenen Augen, aus denen er mit leicht verschleiertem Blick auf die Welt sah, bildeten sich langsam Tränensäcke. Seine Wangen waren erschlafft, formten unterhalb der Kieferknochen erste Täschchen und führten zu zwei tiefen Falten rechts und links der Nase. Ein geierartiger Zug hatte sich in sein Gesicht geschlichen.

Die Belastungen beim Fliegen hatten seine Wirbelsäule irreparabel geschädigt. Er hatte fast permanent

Rückenschmerzen. Sie zwangen ihn zu einer schlechten Haltung. Seine Körperspannung war erschlafft und er hatte einen Bauchansatz. Auf Bildern aus den Anfängen seiner Pilotenausbildung war er für Leute, die ihn erst jetzt kennenlernten, nicht mehr zu identifizieren. Ihm selbst war sein körperlicher Verfall in seinem ganzen Ausmaß nicht bewusst oder er wollte es sich nicht bewusst machen. Denn innerlich war er jung wie eh und je und hatte sich nicht verändert. Jedenfalls glaubte er das. Sein Schnauzer und sein jungenhafter Charme waren ihm geblieben.

Er wusste nicht so recht, ob keine schönen Frauen mehr nachwuchsen oder ihn Frauen einfach nur noch langweilten. Vielleicht hatte er auch nur die Kunst des Anmachens verlernt. Manchmal überfielen ihn solche Gedanken. Jedenfalls war er schon seit einiger Zeit nicht mehr erfolgreich gewesen und mit einer Frau intim geworden. Auf die Idee, dass die Frauen seiner Zielgruppe, deren Alter über die Jahre immer gleich geblieben war – zwischen 20 und höchstens 30 Jahre –, sich jemand anderen wünschten als ihn, wäre er nie gekommen.

Dennoch zog es ihn immer wieder in den Club. Wenn er das Gefühl hatte, es müsse etwas passieren, war er nicht zu halten. Er hatte keine genaue Vorstellung davon, was passieren sollte. Meistens passierte gar nichts, außer dass er am nächsten Morgen mit einem dicken Kopf aufwachte und sich erfolglos fragte, was denn nun eigentlich am letzten Abend und der folgenden Nacht passiert sei. Inzwischen wäre es für ihn ein willkommenes Abenteuer gewesen, wenn er morgens irgendeine Nachteule neben sich gefunden hätte.

*

Er war der Einzige in seiner Straße, der hier seine erste Adresse und dauerhaft Residenz bezogen hatte. Seine Nachbarn vermieteten ihre Häuser und Villen an Touristen. Er half ihnen ab und zu dabei. Erst letzte Woche hatte er das Haus seines Nachbarn an ein deutsches Ehepaar vermitteln können, das demnächst für einige Zeit hier Urlaub machen wollte. Die Besitzer selbst kamen erst zum Sommer und blieben dann ein paar Wochen.

Zurzeit lebte er mutterseelenallein. Sein Domizil lag ein paar Hundert Schritte vom Clube entfernt oberhalb eines Hanges, der sich gegen die Küste neigte und über einen felsigen Steilhang zum Meer abfiel. Der Blick von der Terrasse auf den wenige 100 Schritte entfernt liegenden Atlantik war berauschend, von der Dachterrasse war die Aussicht atemberaubend. Der Blick ging über den unterhalb liegenden Pool und die dahinter sich seitwärts anschließenden Zitrushaine und Mandelgärten zu dem sich unendlich ausbreitenden Ozean. Die Aussicht erweckte in ihm noch immer die Sehnsucht nach Freiheit und Abenteuer.

Sein Haus bildete einen Dreiviertelkreis. Es friedete einen mit Natursteinplatten ausgelegten Innenhof ein, von dem man durch das offen gebliebene Stück auf die

Hügel im Westen schaute. Türen gingen von Küche und Wohnzimmer und direkt von der Eingangshalle auf den Hof hinaus. Auf der einen Seite war hinter einem fest gegründeten, runden Steintisch eine gemauerte Sitznische in die Hauswand eingelassen. An der gegenüberliegenden Wand gab es einen Brunnen. Aus dem Maul eines marmornen Löwenkopfes plätscherte Wasser in ein kreisrundes, kleines Becken. Nische, Brunnenmauer und Tischplatte waren mit portugiesischen Azuleijos gefliest, in traditionellem sommerlich blaugelbem Design aus Paradiesvögeln und Fantasiefischen. An den Wänden rankte tiefblaue Clematis, und in der Mitte war ein Feigenbaum gepflanzt worden, der inzwischen gewachsen war und einen angenehmen Halbschatten über den Innenhof warf.

Das eine Ende des offenen Kreises beherbergte die Küche, das andere Ende, eine halbe Etage tiefer, den Hang hinab gelegen, ein großes Wohnzimmer mit Kamin. Dazwischen verteilten sich eine Essgalerie, die Schlaf- und Ankleidezimmer, zwei Bäder, die Wirtschaftsräume und die Eingangshalle. Auch einen kleinen Keller konnte er von der Küche aus erreichen. Er hatte sich als sehr nützlich erwiesen, denn in der sommerlichen Hitze war ein kühler Vorratsraum von großem Vorteil und äußert bequem. Das Haus wurde über offene Schächte, die durch das Dach gezogen waren und in ortstypischen, maurischen Kaminköpfen endeten, gut entlüftet. Sein Haus hatte nicht nur eine gute Lage, sondern war gut durchdacht, solide und von sicherem Geschmack selbst in den kleinsten Details. Die Einrichtung hatte er selbst besorgt. Sie war in Ordnung, aber ihr fehlte etwas. Sein Haus wirkte merkwürdig unbelebt. Es fehlte eine Frau, dachte er oft.

*

Gewöhnlich duschte er und kleidete sich um, bevor er in den Club ging. Heute hatte er keine Lust dazu. Er blieb in lässigen Jeans und seinem Lieblingshemd, einem schlichten, weißen, langärmeligen Baumwollhemd der Marke Ralph Lauren. Es war Anfang Mai. Die Sonne stach noch nicht vom Himmel wie im Juli und August, wenn draußen alles verbrannte und braun wurde. Die letzten Mandelblüten hingen noch an den Bäumen und Klatschmohn blühte unter den Apfelsinen- und Zitronenbäumchen. Die Temperaturen waren angenehm und bekömmlich. Er schwitzte nicht. Und er würde auch im Club nicht schwitzen müssen, denn die Saison hatte noch lange nicht begonnen. Der Laden würde heute Abend nicht voll werden. Heute würde er dort Leute treffen, die wie er Dauerresidenten waren. Dazu würden die wenigen Cleveren da sein, die gern im Frühjahr aus Deutschland und Großbritannien hierherkamen. Sie liebten die Blüten- und Farbenpracht zu dieser Jahreszeit, und sie schätzten die entspannte Atmosphäre des Clube Carvoeiro, vor allem aber die angenehmen Vorsaisonpreise.

Der Clube Carvoeiro war ein rechteckiger, flacher Gebäudekomplex, dessen Innenhof man aus allen vier Himmelsrichtungen durch Torgänge betreten konnte.

Im Erdgeschoss waren Restaurants, Boutiquen, Souvenir- und Buchläden, ein kleiner Supermercado, eine Autovermietung und die Rezeption untergebracht. Und es gab Agenturen, die Golf, Segeln, Kitesurfen, Tauchen, Tennis und alle nur möglichen und unmöglichen Sportarten und Events vermittelten. Darüber, im ersten und einzigen Stockwerk, lagen Ferienappartements. Zu denen hatte man von den Parkplätzen auf der Außenseite bequem Zugang. Die Balkone gingen sowohl auf die Peripherie als auch in den Innenhof. Wer wollte, konnte wählen zwischen dem Blick auf das rege Treiben der Praca central oder auf den weiten Atlantik oder die nahe Serra Monchique. Unter der Praca central lag die Discoteca, sein bevorzugtes Revier auf der Suche nach Abwechslung und Unterhaltung.

Bevor er in den Katakomben der Disko verschwand, aß er gewöhnlich im Steakhaus des Clube ein herzhaftes argentinisches Entrecote auf dem heißen Stein. Er liebte den rohen Geschmack des Fleisches und den Hautgout des angebrutzelten Fettrandes. Zusammen mit dem dazu gereichten, sehr scharfen Chili und einem Glas frisch gezapftem Bitburger war das für ihn das beste Entree in eine gelungene Nacht.

*

Er zündete sich erneut eine Zigarette an. Der Klang des zuschnappenden Zippos versetzte ihn in vorfreudige Erregung. Schon besser gelaunt, betrat er die Küche und schaute in den Kühlschrank. Bevor es losging, wollte er sich einen steifen Drink mixen, sich in den Innenhof setzen und die Sonne über der Algarve untergehen sehen.

Maria, seine Zugehfrau, hatte den Kühlschrank gut gefüllt. Sie kam zwei Mal die Woche und machte sauber, nahm seine schmutzige Wäsche mit und brachte ihm den gewünschten Einkauf, den er gewöhnlich auf einem in der Küche hinterlegten Zettel notierte. Er hatte erst spät herausgefunden, dass sie nicht lesen und schreiben konnte. Ihr Stolz hatte ihr wohl verboten, es ihm zu sagen. Dennoch hatte sie immer alles richtig besorgt. Wie sie das anstellte, hatte er sie nie gefragt. Es klappte reibungslos, und mehr wollte er ja nicht.

Er setzte sich schließlich mit einem extra starken Gripenberger auf die Hofbank. Die Sitzkissen waren mit hellgelbem Leinen bezogen und sollten schon längst gereinigt worden sein, wie er beiläufig registrierte. Er musste Maria das nächste Mal darauf ansprechen. Der frische Limettenschnitz in seinem Drink duftete herrlich, und das Eis rann ihm erfrischend durch die Kehle. Der Gin wärmte seinen Magen und erweckte seine Lebensgeister. Er sah im Westen die Sonne auf die Hügel sinken und immer röter werden. Er fühlte es. Noch eine kurze Dusche mit Bulgari soir, und es konnte losgehen.

*

Sein Ziel führte ihn einen engen Fahrweg entlang, der eher einem Hohlweg glich. Rechts und links verschwanden die Villen und Häuser hinter Bäumen und hohen Hecken aus Zypressen, Hibiskus, Oleander oder Sanddorn. Die Zufahrten waren so angelegt, dass sie keine Sicht in die dahinterliegenden Grundstücke zuließen. Wenn überhaupt etwas von den Häusern zu sehen war, dann nur die Spitzen der filigranen, maurischen Entlüftungskamine.

Er brauchte nicht einmal zehn Minuten, bis er den westlichen Niedergang zur Discoteca erreicht hatte. Er verzichtete heute auf das Steak davor. Die Gründe dafür blieben ihm unklar. Ihm war einfach nicht danach.

Es war inzwischen dunkel geworden, und die blaue Schriftgirlande über dem Eingang leuchtete ihm einladend entgegen. Einen Türsteher gab es so früh im Jahr noch nicht, aber man hätte ihm auch mit Türsteher den Zugang nicht verwehrt, denn man kannte ihn. So lief er die Treppen hinunter, als wenn er nach Hause käme, was ja in gewisser Weise auch stimmte. Die Discoteca war leer, jedenfalls gemessen an dem dichten Gedränge zur Hochsaison. Der DJ beschallte den Keller mit einem endlosen, hämmernden Technosound. Die Lautstärke hielt sich in Grenzen, was er als angenehm empfand. Sein Lieblingsplatz war gleich vorn, am ersten Tresen.

»Hi, Tiny.« Der farbige Bartender winkte ihm kurz zu und widmete sich dann sogleich wieder seinem Gast vor ihm.

Ihm war es recht. Er sah sich ruhig um. Nichts Aufregendes heute. Ein paar Frauen fielen ihm auf, weil sie in einer Gruppe zusammenstanden und tuschelten. Offensichtlich waren sie ohne männliche Begleitung.

Ihr gewagtes Outfit trugen sie, als hätten sie es vormittags heimlich gekauft, nachmittags kichernd anprobiert und abends zum ersten Mal eingesetzt. Es verriet sie als ein paar Provinzpomeranzen auf Abenteuerausflug. Oh nee, nicht die schon wieder. Er drehte sich ab und dem Tresen zu. Er wartete darauf, seine Bestellung aufgeben zu können.

»Tiny, how are you doing?« Der Bartender kam zu ihm heran und reichte ihm die Hand über den Tresen.

»Just fine, Karim. What's on this night? Something special?«

»Just normal. Gonna go easy, my friend. Same as usual?«

»No, Karim. Let me have a Coke. I feel special. Something in the air. Have to keep my balls.« Er schickte ein paar Lacher über den Tresen, und Karim grinste verständnisinnig zurück. Er wollte noch ein wenig warten, bevor er zu seinem Lieblingsgetränk wechselte.

Er drehte sich wieder dem Dancefloor zu und entdeckte nicht weit weg, unter der Empore, auf der der DJ seiner langweiligen Arbeit nachging, eine Frau. Sie war älter, vielleicht Mitte, Ende 30, so genau konnte er das in dem Dämmer und dem Stroboskop-Gewitter nicht ausmachen. Ihr Outfit passte nicht hierher. Sie trug ein schlichtes, ärmelloses Leinenkleid, das ihr bis kurz über die Knie reichte. Ihre hochhackigen Riemchensandalen brachten ihr Becken nach vorn und machten rassige Waden. Er beäugte sie näher. Sie war schlank, fast hager, aber an ihren Armen und Beinen war alles in schönster Ordnung, das Fleisch an den richtigen Stellen. Durch das Lichtchaos glaubte er, eine makellos glatte Haut schimmern zu sehen. Ihre Haare hatte sie kunstlos hochgesteckt. Sie legten zwei Ohren frei, deren fleischige Ohrläppchen ihm auffielen. Sie passten nicht zu ihrem eher hageren Typus.

Sie fing an, ihn zu interessieren. Sie legte den Kopf in den Nacken, schloss die Augen und bewegte sich unmerklich, mehr in sich selbst versunken, traumverloren. Schwache, flache Wellen durchliefen ihren Körper und gaben ihr eine leise, intensive Präsenz. Der Anblick ihres langen, schlanken Halses und der über ihrem Kehlkopf glatt gespannten Haut fesselten ihn. Sie wirkte sexy. Er sah sie gebannt an. Nein, nein, nicht Flirt war hier im Spiel. Flirt war eine Technik, die man lernen konnte, genauso, wie man lernen konnte, sich richtig zu kleiden. Man war Herr darüber, konnte sie intensivieren oder bremsen, an- und abschalten. Aber das, was er hier belauschte, war etwas gänzlich anderes. Sie huldigte einem Gott, der sie in ihren Klauen hielt, sie dominierte und dem zu trotzen nur dumm gewesen wäre. Jetzt senkte sie den Kopf, schlug die Augen auf und sah einen Mann an, der im Hintergrund an der Wand lehnte. Er bewegte sich nicht, sprach nicht, seine Hände waren hinter seinem Rücken an die Wand gepresst. Er trug eine Brille und kurze glatte Haare.

Sie wandte ihre Augen langsam ab und gab sich weiter ihrem stillen Tanz hin, einem Ritual, in dem er ein heimliches Versprechen zu entdecken glaubte. Er konnte seine Augen nicht von ihr lassen. Er sah an ihrem Körper herunter. Ihr Kleid war in der Mitte durchgeknöpft und verdeckte die Konturen ihrer Brüste und Hüften. Das Material war nicht so, dass sich ihr BH oder ihr Höschen darunter hätten abzeichnen können. Aber die zwei Stoffhügelchen auf Brusthöhe waren nicht zu übersehen. Sein Blick wurde gierig, in seinen Lenden krampfte sich etwas zusammen und ihm wuchs ein Ständer. Es tat weh. Sie sah jetzt wieder den Fremden an, und das Spiel zwischen ihnen wiederholte sich. Die Musik war lauter geworden, aber von der gleichen hämmernden Monotonie. Sie ärgerte ihn, und er blickte kurz zu dem DJ hoch, auf die dunkle Empore. Joyce legte heute auf. Er kannte ihn. Er setzte sich in Bewegung und erklomm den Thron der Discoteca.

»Joyi, stopp it. Put that old stuff on, please. James Brown, Tiger Jones or something like that!«, brüllte er ihm ins Ohr.

»Hi, Tiny, old boy. No way, absolutely no.«

»Why?«

»It's out like you, granny boy. Got it?«

»Fuck you, limey.«

Scheißengländer. Als der Österreicher hier noch das Sagen hatte, wäre sein Wunsch Befehl gewesen. Er trollte sich zurück an den Tresen und hatte seine Erektion verloren. Er schüttelte seinen Ärger ab und blickte wieder in die Runde.

Er fand sie an gleicher Stelle wieder. Sie gab sich, die Arme über den Kopf gehoben und die Hände auf dem in den Nacken gelegten Hinterkopf übereinandergelegt, ihrem Ritual hin. Es war wie ein flehendes Gebet an einen Gott, den er nicht kannte und den kennenzulernen es ihn unaufhaltsam drängte. Ja, so musste man das einfach sehen, was sie da aufführte, fuhr es ihm aufgeregt durch den Kopf. Ihr Anblick hatte ihn jetzt gefangen und fesselte ihn. Er sah ihr in die enthaarten Achseln, und er konnte sich nicht erinnern, jemals zuvor von dem Anblick einer weiblichen Achselhöhle derartig berührt worden zu sein. Und dann warf sie ihm überraschend einen längeren Blick zu. Er drang ihm durch den Körper bis in die Hoden und richtete seinen Schwanz abermals schmerzhaft auf. Er glaubte, sich Erleichterung verschaffen zu müssen. Er drehte sich zum Tresen und winkte nach Karim. Er hatte einen Drink nötig. Karim war beschäftigt, und er wartete geduldig. Dann spürte er in seinem Rücken, wie sich ein Körper gegen ihn lehnte. Er fuhr zusammen und drehte sich um. Die Frau im durchgeknöpften Kleid stand nahe vor ihm und sah ihn aus aufreizend-traurigen Augen an. Er wusste sich nicht zu helfen. Er sperrte den Mund auf und wollte etwas sagen. Sie legte ihm sanft ihre Finger auf die Lippen und tastete nach seinen Händen. Die Berührung löste eine erneute Schockwelle in ihm aus. Sie fuhr ihm durch den Körper, und er reagierte heftiger als zuvor, als er seine Reaktion mit einem Glas Bourbon in den Griff zu bekommen versucht hatte. Er war sich schmerzlich seines Zustandes bewusst und fühlte sich hilflos und ausgeliefert.

Sie gab ihm durch Zeichen zu verstehen, den Mund zu halten. Jetzt musterte er ihr Gesicht. Es war nicht lieblich, nicht mal ausgesprochen weiblich, eher fremdartig und interessant. Ihre Augen leuchteten, ja glühten. Ihre Lippen waren leicht geöffnet und glänzten von der Feuchte und dem Blut, das er glaubte, unter der zarten Haut pulsieren zu sehen. Sie lehnte sich an ihn und musste jetzt seine Erektion spüren. Sie reagierte nicht und sah ihm unverwandt in die Augen. Er glaubte, handeln zu müssen. Sie schien das zu spüren und legte ihm erneut besänftigend die Finger auf die Lippen. Sie lächelte ihn an und führte seine Hand langsam durch die Knopfleiste ihres Kleides auf ihren warmen Schamhügel. Er fing an zu zittern. Sie trug nichts darunter. Er hielt das nicht länger aus und wand sich schmerzlich. Er fühlte wohlig ihre weiche Schambehaarung in seiner Handfläche. Ein Dämon zwang ihn, seine Hand tastend nach unten zu bewegen. Sie stellte sich auf die Zehenspitzen, legte ihre Hand in seinen Nacken und zog seinen Kopf sanft zu sich herunter. Dann legte sie ihm ihre Lippen auf den Mund. Er vergaß seine Umgebung.

Er wusste im Nachhinein nicht, wie es überhaupt geschehen war, dass er sich in seinem Schlafzimmer wiederfand, ohne mit ihr ein Wort gewechselt oder sie betastet zu haben.

Später zuckte und wand er sich. Dann suchte er sich zu sammeln. Ein schlechtes Gewissen überkam ihn, sie nicht mitgenommen zu haben. Er sah sie an. Sie lächelte verloren und wischte sich seinen Samen aus dem Gesicht und leckte die Lippen sauber. Seine Geilheit ließ nicht nach und war noch völlig unbefriedigt. Ein tierhafter Furor tobte in ihm. Er führte ihn an Quellen, von denen er nichts geahnt hatte.

Er kam zittrig auf die Beine. Als er an sich herunter sah, wippte sein Schwanz auf und ab. Der Anblick berauschte ihn, machte ihn geiler und gab ihm Kraft. Er nahm sie einfach bei den Schultern und warf sie aufs Bett. Sie spreizte die Schenkel, als hätte sie darauf gewartet. Sie wandte ihr Gesicht ab und barg es in der Armbeuge. Sie stöhnte lauter und wölbte den Bauch. Ihre Laute kamen aus einer Ferne, die er nicht kannte. Er sah, wie zwischen ihren aufgeworfenen Schamlippen ihre glänzende Klitoris herausglitt. Er stürzte sich über ihren Schoß und nahm sie zwischen die Lippen. Er spielte mit der Zunge an ihr, verpasste ihr leichte Bisse, saugte sie in den Mund. Er wollte sie größer sehen, mehr von ihr haben. Die Frau schlug ihm ihre Schenkel an die Ohren und drückte ihm fast die Luft ab. Dann warf sie sie wieder auseinander und spreizte sie, als wollte sie das geile Tierchen aus ihrer Vulva herauspressen. Sie zitterte am ganzen Körper. Wellen liefen durch ihren Leib, und ihrer Kehle entströmten gurgelnde, wimmernde Laute, die aus unermesslichen Tiefen kamen. Sie trieb ihn zu immer wahnwitzigeren Begierden. Er steckte ihr die Nase in die triefende Möse und sog den scharfen, süßlich-sauren Duft ein. Dann traktierte er gierig ihre Klitoris. Er raste. Er schob ihr Zeige- und Mittelfinger brutal in den After. Sie bäumte sich auf. Ihr Schließmuskel trennte ihm fast die Finger ab. Er krümmte die Finger, drückte mit aller Kraft gegen die Scheidenwand und massierte sie. Die Frau bäumte sich auf, ihr Gesäß drückte schmerzhaft auf seine Hand, und ein unmenschlicher Schrei entwich ihrer Kehle. Und dann schoss ihm ein bitter-scharfer Strahl ins Gesicht, überschwemmte ihn und troff an ihm herab. Wo nahm die Frau das her? In immer neuen Fontänen strömte es aus ihr heraus. Unter ihr tierhaftes Stöhnen mischten sich jubelnde, spitze Kreischer. Ihre orgiastischen Laute und Bewegungen trieben ihn immer weiter. Sein Unterleib fühlte sich an wie nach außen gestülpt. Als seine Eichel gegen die Bettkante schlug, spritzte er einen kräftigen Strahl dicken Spermas auf die Holzdielen.

Ihr Brunnen war versiegt. Sie lag stöhnend und zitternd da. Er spürte, wie ihr Schließmuskel sich entspannte und weit und weich wurde. Er zog seine Finger zurück, und mit ihnen floss eine dampfende Kotbrühe aufs Bett. Er wischte sich die Finger am Bettlaken ab, stand auf und sah auf sie herab. Sie wandte ihm ihr Gesicht zu. Dicke Tränen rollten ihr aus den Augenwinkeln die Schläfen herunter. Sie blickte verlangend auf seine zuckende Rute. Sie zitterte am ganzen Leib. Er drückte heftig seine aufgeschwollene Eichel. Er wollte mehr. Er konnte nicht an sich halten. Er machte sich über sie her wie ein Tier. Er sog so heftig an ihrer Brust, dass sie in seinem Mund verschwand. Sie rollte sich wild hin und her und schlang ihre Beine um seinen Rücken. Sein Penis schlug an ihre Vulva und er keuchte erbittert. Er spürte jubelnd, wie sie seinen Schwanz packte und in ihre nasse Möse stieß. Sie presste die Schenkel in seine

Lenden. Ihre Scheide verkrampfte, und eine Serie von Spasmen segelte über ihn dahin. Er lutschte, saugte und biss. Ihre Brustwarze drückte hart gegen seinen Gaumen und machte ihn wahnsinnig. Sie röchelte. Er saugte säuerliche Tropfen aus ihrer Brust und wurde von einem rasenden Rausch erfasst. Er wollte ihr am liebsten die Zähne in die Brüste schlagen. Er presste sich weiter in sie hinein. Sie schrie gellend auf. Aus den tiefsten Tiefen seiner Lenden spürte er es kommen. Sie schrie, schrie heraus, was er noch nie vorher vernommen hatte und was ihn sein Leben lang verfolgen würde. Dann spürte er, wie eine neue Kaskade heißer Säfte seine Hoden und das Laken überspülte. Was war das für ein Weib?

Er konnte nicht mehr, aber er war noch nicht fertig. Er spürte seine Eichel an der geriffelten Scheidenwand. Er genoss die kleinen Sensationen, die Wellen wohltuender Entspannung, die seinen Körper erfassten. Er öffnete die Augen und sah sie an. Ihr Gesicht war tränenüberströmt. Sie lächelte traurig-selig und strich ihm mit dem Finger über die Lippen. Sie hielt ihn in ihrer Scheide krampfhaft fest. Er legte sich schwer auf sie und vergrub seine Nase und Hände in ihrem Haar. Ein Duft von fremdem Schweiß, Tränen, Sperma, Kot und der entfernte Hauch eines schweren Parfüms berauschten ihn.

Er war fertig. Er spürte sie unter sich zittern. Ihr Scheidenmuskel zuckte noch immer in kontraktiven Spasmen, die ihm ein unerträgliches Vergnügen bescherten. Dankbarkeit überschwemmte ihn. Er wollte ihr etwas Gutes tun. Sie ließ ihn nicht los.

So blieb er, wo er war, auf ihr, in ihr, in ihren Haaren verfangen und seinem Wohlgefühl ausgeliefert, minutenlang, verstummt und ganz dem Ausklingen ihrer mächtigen Empfindungen nachlauschend. Als er seinen Penis aus ihrer nassen Vulva zog, berührte das schmatzend-saugende Geräusch in der Stille des mondbeschienenen Zimmers noch einmal seine tierhafte Geilheit. Aber er konnte ihr nicht mehr nachgeben und sank neben sie auf das Laken, dessen kalte Nässe ihn jetzt daran erinnerte, dass er hier nicht länger liegen bleiben konnte.

Er erhob sich mit weichen Knien. Sein Schwanz war gefallen, aber er war noch groß, und die Eichel glänzte feucht im Mondlicht. Ein freudiger Stolz durchrieselte ihn. Er lief auf die andere Seite des Bettes und nahm sie bei der Hand. Sie erhob sich schwankend, er nahm sie in die Arme und geleitete sie in Richtung Bad.

»No, please.« Ihre Stimme kam aus der Welt, die er gerade im Begriff war zu verlassen. Er hielt augenblicklich inne. Sie fiel vor ihm in die Hocke und hauchte einen Kuss auf seinen Penis. Er bäumte sich noch einmal auf.

»Take me home, please. Hurry.«

Und wenn sie ihn um sonst etwas gebeten hätte, er hätte ihr jeden Wunsch erfüllt. Sie kleideten sich hastig an. Im Hohlweg legte sie ihren Arm um seine Hüfte und schmiegte sich wieder unter seinen Arm. Sie verströmte einen Duft, in den jeder Augenblick ihres Beisammenseins eingewoben war. Er schauderte. Er liebte, wie er noch nie in seinem Leben geliebt hatte. Sie gingen schweigend. Sie führte ihn zu einem Auto. Sie öffnete und gab ihm den Schlüssel. Dann stieg sie auf der Beifahrerseite zu.

»Where?«

»Praia da Luz.«

Er fuhr wie in Trance, wie in einer anderen Welt: unbehindert, weltvergessen, sicher, zeitlos. Er konnte sich später an kaum etwas anderes erinnern als an sie. Während der Fahrt legte sie ihre Hand zwischen seine Beine, und er reagierte augenblicklich und heftig. Er wollte anhalten. Sie bat ihn, weiterzufahren. Er hätte ihr keine Bitte abschlagen können. Dann senkte sie ihren Kopf und legte die Lippen auf seinen Schoß. Er spürte durch den Stoff ihren heißen Atem. Er fuhr schneller.

Sie führte ihn auf den Parkplatz einer Ferienhaussiedlung. Sie stieg aus und bat ihn, sitzen zu bleiben. Sie kam um das Auto herum und er kurbelte die Scheibe herunter. Sie beugte ihr Gesicht zu ihm herein. Er sah die Verwüstungen ihrer Tränen und Schreie darin. Eine nie gekannte Zärtlichkeit durchströmte ihn. Er wollte ihr Gesicht in seine Hände nehmen, aber sie wehrte ihn sanft ab.

»Get the car back to the parking-lot, please. My husband is waiting. You can't miss him. Be sure. Thank you so much.«

Sie strich ihm leicht über die Wange und küsste ihn sanft auf den Mundwinkel. Er wollte sie küssen. Sie wehrte ihn ab.

»Please, do it. Hurry, please.«

Ein dumpfes, fernes Flehen beherrschte ihre Stimme.

Er konnte dem Klang nicht widerstehen. Jede Faser seines Ichs drängte sich zu ihr. Aber die Erfüllung ihrer Bitte ließ ihm keine Wahl. Es war eine Pflicht, der er sich nicht entziehen konnte. Er startete und machte sich auf den Weg.

Hinter Lagos erwachte er allmählich aus seinem Traum. Die Straße war leer und er fuhr schnell. Was musste das für eine Ehe sein, in der der Mann ein so tolles Weib zur Frau hatte und ruhig abwartete, bis sie ihm nach der Fickerei mit einem Fremden das Auto vorbeischickte? Er schämte sich seiner Gedanken: Ficken, das war ein gänzlich unangemessener Ausdruck für das, was er erlebt hatte. Und er sollte sich lieber keine Gedanken über anderer Leute Ehe machen. Dafür war er nicht der Richtige, gestand er sich ein.

Er musste sie wiedersehen, das war so sicher wie das Amen in der Kirche. Mit dem Ehemann wollte er nichts zu tun haben. Er würde nur alles komplizieren und war auch nicht sein Problem. Er würde ihm das Auto vor die Füße stellen und verschwinden. Wie hieß sie überhaupt, wie konnte er sie erreichen? Panik überfiel ihn. Er blickte sich beiläufig im Auto um. Auf dem Rücksitz lag ein in Decken gewickeltes großes Bündel. Die Ablagen und Taschen an den Türen waren leer. Sein Blick landete schließlich auf dem Handschuhfach. Er öffnete es und nahm einen Stapel Papiere heraus. Er konnte, während er fuhr, nicht entziffern, um welche Papiere es sich handelte. Er nahm sie und steckte sie sich unter das Hemd. Sie würden sich bei ihm melden müssen, wenn Wichtiges dabei war, und er würde einen Hinweis haben, in welcher Richtung er sich auf die Suche machen musste. Er war zufrieden mit sich.

Als er in Portimao die Brücke passierte, freute er sich auf sein Bett. Er konnte es diese Nacht nicht mehr benutzen. Er dachte schmunzelnd und mit Freude an das Bild, das sich ihm morgen früh, bei vollem Tageslicht, bieten würde. Was würde wohl Maria dazu sagen? Er lachte. Es gab ja genug Gästebetten.

Am Clube angekommen, sah er schon von Weitem den Mann, den er aus der Discoteca kannte. Er stand an der Auffahrt zum Parkplatz und winkte. Er stoppte den Wagen und stieg neben ihm aus. Der Mann sah ihn kurz an und sagte kein einziges Wort. Er riss die hintere Tür auf und mühte sich, das Bündel auf die Arme zu kriegen. Dann stieß der Kerl die Tür mit der Hacke zu, drückte ihm das Paket vor die Brust und ließ los. Ein Reflex zwang ihn, es aufzufangen und festzuhalten. Der Typ setzte sich wortlos in den Wagen und fuhr mit durchdrehenden Rädern davon. Er wollte ihm hinterherschreien. Aber die Vergeblichkeit seines Tuns war ihm schnell klar.

Was war das in seinen Armen? Es fühlte sich an wie ein kleiner Mensch, ein Kind, leblos. Er erschrak. Er sah sich um. Er war allein. Was sollte das? Was passierte hier eigentlich? Wollte ihn jemand verarschen? Er konnte nicht die ganze Nacht mit dem Bündel auf dem Arm hier herumstehen. Ihn überfiel eine unbekannte Angst. Was tun?

Er ging rasch nach Hause. In der Halle legte er das Bündel auf den Boden und schlug die Decke zurück.

Er erschauerte. Es war ein kleines Mädchen, vielleicht drei bis vier Jahre alt. Ihre Augen starrten aus ihrem bleichen, wächsernen Gesicht ins Leere. Er sah kein Blut, und sie war auch ansonsten unversehrt, soweit er das sehen konnte. Sie war tot, daran konnte es keinen Zweifel geben. Er konnte sie in der Halle nicht liegen lassen. Er schaffte den Leichnam ins Gästezimmer, legte ihn aufs Bett und hüllte ihn wieder ein.

Sollte er die Polizei zu Hilfe rufen, jetzt, mitten in der Nacht? Was wollte er denen erzählen? Wer würde seine Geschichte glauben? Nach Einbruch der Dunkelheit waren portugiesische Beamte schlecht ansprechbar. Sie waren unwillig. Sie würden ihn einfach dabehalten und einbuchten, nur um ihre Ruhe zu haben. Außerdem war es ihm peinlich, derartig an der Nase herumgeführt zu werden. Ja, er fühlte sich entehrt. Ihm war nach Rache zumute, nach Vergeltung für den demütigenden Streich, den sie ihm gespielt hatten. Er kochte. Denen werde ich es zeigen, erregte er sich. Am nächsten Tag war noch Zeit genug, sich zu kümmern. Cool bleiben, redete er sich zu.

In der Küche schnappte er sich ein Sagres aus dem Kühlschrank und nahm einen tiefen Schluck. Sein Durst war groß. Er überlegte nur kurz. Ihn überfiel Unruhe. Wie war das möglich, dass sie derartig abging, während in ihrem Auto die Leiche eines Kindes lag? Wusste sie überhaupt davon? Das konnte doch nicht sein! Zu wem gehörte das Kind? Ihr Mann, dieses Bleichgesicht, musste es wissen, sonst hätte er nicht so zielsicher gehandelt. War sie überhaupt seine Ehefrau? Seine Wut schwoll an. Er erinnerte sich an die Papiere, die er an sich genommen hatte, und zog sie unter seinem Hemd hervor. Es waren die Unterlagen für ein Mietfahrzeug, darunter der Mietvertrag, ausgestellt auf einen Marc Callahan aus Liverpool. Als vorübergehende Adresse war Clube Atlantico, Praia da Luz, angegeben.

Einen Anhaltspunkt hatte er nun. Er atmete aus. Er leerte die Bierflasche. Dann zog er die Kleider aus und stellte sich unter die Dusche. Sie tat ihm gut. Er duschte lange, aber bald spürte er, wie ihn Müdigkeit erfasste und ihn zu lähmen begann. Er nahm sich vor, morgen nach Praia da Luz zu fahren, die Mieter des Wagens ausfindig zu machen und ihnen das Bündel vor die Tür zu legen. Alles Weitere würde sich irgendwie ergeben. Er ging ins Wohnzimmer und legte sich auf das breite Sofa. Er schlief sofort ein.

EPILOG

September 2009

Der Chefermittler Gonçalo Amaral hatte über den Fall des an der Algarve vermissten englischen Mädchens ein Buch mit dem Titel ›Die Wahrheit über die Lüge‹ veröffentlicht.

Dort stellt er die Behauptung auf, dass das Mädchen tot sei und ihre Eltern etwas mit dem Verschwinden zu tun haben sollen. Das Buch wird nun verboten und aus allen Buchhandlungen herausgenommen. Die Verlagshäuser müssen pro Tag eine Strafe von 1.000 Euro begleichen.

Gonçalo Amaral wird auf 1,2 Millionen Euro Schadensersatz wegen verleumderischer Behauptungen verklagt. Er darf seine Vermutung nicht weiterhin öffentlich machen, und auch der Film, der nach dem Buch gedreht wurde, darf nicht gezeigt werden.

September 2009

Der beschriebene Clube Carvoeiro existiert wirklich und erfreut sich unter Kennern der Algarve großer Beliebtheit. Allerdings gibt es keine Diskothek unter der Praca central. Das Steakhaus ist einer Art Kantine gewichen, in der man Kaffee und ein Glas Bier oder Wein trinken kann. Die beschriebenen Ferienhäuser kann man mieten, doch sollte man sich darauf einrichten, dass die Entfernungen und die Örtlichkeiten nicht der Wirklichkeit entsprechen. Auch die Umgebung hat durch eine blinde, ungezügelte Bauwut eine nicht gerade begrüßenswerte Veränderung erfahren. Das Motto der alten Anlage ›Second home first choise‹ gilt aber nach wie vor, wie ich finde.

*

Der Club Aldiana wurde unter dem Motto ›Zeit für Gefühle – Ferien unter Freunden‹ geführt. Er ist vor wenigen Jahren aufgegeben worden. Die Anlage existiert aber an der beschriebenen Stelle noch heute, nur hat sie einen anderen Namen und einen anderen Unternehmer gefunden. Wie zu hören war, ist von dem hohen Standard des Clubs nicht viel übrig geblieben.

*

Es gibt auch einen Clube Atlantico in Praia da Luz. Allerdings habe ich, abgesehen von einem vagen Eindruck, den ich von einem Fünf-Minuten-Aufenthalt auf dem Parkplatz mitnahm, nichts weiter vom Club gesehen.

*

In den 80er-Jahren hielt ich mich länger in Portugal auf und traf dort auf Landsleute, die bei der Deutschen Luftwaffe arbeiteten. Die Bundesrepublik unterhielt bis Mitte der 90er-Jahre ein Luftwaffenübungsplatzkommando auf der Base Aerea Numero 11 bei Beja. Es diente den Piloten u. a. zum Training extremen Tiefflugs und für Schießübungen auf der Schießbahn in Alcochete, nahe Lissabon. Das Flugzeugmuster Alpha-Jet von Dassault-Dornier wurde 1979 in der deutschen Luftwaffe in Dienst gestellt und 1997 endgültig ausgemustert. Es fliegt aber in anderen Ländern (u. a. in Frankreich, Belgien und Portugal) noch heute.

ENDE

Weitere Krimis finden Sie auf den folgenden Seiten und im Internet: www.gmeiner-verlag.de

REINHARD PELTE

Inselbeichte

227 Seiten, Paperback.
ISBN 978-3-8392-1122-9.

EISHEILIGE Kriminalrat Tomas Jung, Leiter und einziger Mitarbeiter des Dezernats für unaufgeklärte Kapitalverbrechen bei der Polizeiinspektion Nord in Flensburg, hat es mit einem zehn Jahre zurückliegenden Fall zu tun: Damals verschwand ein junges Mädchen auf dem Weg vom elterlichen Hof nach Husum spurlos. Ihre Familie ist nach dem tragischen Ereignis auseinandergebrochen. Die Mutter bereits verstorben, Vater und Bruder ausgewandert.

Mit Akribie und dem ihm eigenen Instinkt macht sich Jung an die Ermittlungen. Während eine Schneekatastrophe über Schleswig-Holstein hereinbricht, stößt er endlich auf die ersehnte heiße Spur …

REINHARD PELTE

Kielwasser

275 Seiten, Paperback.
ISBN 978-3-8392-1082-6.

AUF HOHER SEE Ein merkwürdiger Fall lässt Kriminalrat Tomas Jung, Leiter der Abteilung für unaufgeklärte Kapitalverbrechen in Flensburg, keine Ruhe: Ein deutscher Mariner ist spurlos im Arabischen Meer verschwunden. Die Ermittlungen sind eigentlich bereits abgeschlossen. Der Soldat sei über Bord gegangen und ertrunken – so das Ergebnis. Aber seine Vorgesetzten mögen daran nicht glauben. Ein Unfall passt nicht zu dem Menschen, den sie kennen gelernt haben.

Jung und sein pensionierter Kollege Boll schalten sich ein. Nicht offiziell, sondern under cover …

GMEINER

Wir machen's spannend

REINHARD PELTE

Inselkoller

278 Seiten, Paperback.
ISBN 978-3-8392-1014-7.

ZURÜCK IM SPIEL Kriminalrat Tomas Jung ist auf dem Karriereabstellgleis gelandet, ins Abseits gelobt als Leiter und einziger Mitarbeiter der regionalen Abteilung für unaufgeklärte Kapitalverbrechen in Flensburg. In fünf Jahren hat er es gerade mal auf sechs bearbeitete Fälle gebracht – keinen davon konnte er lösen. Kein Wunder, dass niemand mehr an ihn glaubt. Doch dies soll sich als voreilig erweisen.

Sein neuer Fall: der Gifttod einer einflussreichen Sylter Immobilienmaklerin. Beging die einsame, kranke Frau Selbstmord? Langsam und zögerlich beginnt Jung mit den Ermittlungen. Als er im Garten der Toten einen grausigen Fund macht, scheint die Klärung des Falls nah …

HARDY PUNDT

Bugschuss

332 Seiten, Paperback.
ISBN 978-3-8392-1224-0.

HECKENSCHÜTZE Es ist Sommer im Nordwesten. Eine Gruppe von sieben Männern unternimmt eine Rudertour über die Kanäle und Meere Ostfrieslands. Doch der Ausflug findet ein jähes Ende, als zwei Schüsse auf eines der Boote abgegeben werden. Ein Ruderer wird gestreift, ein anderer nur knapp verfehlt. Wem galt der Anschlag? Hauptkommissarin Tanja Itzenga und ihr Kollege Ulfert Ulferts nehmen die Ermittlungen auf. Als erneut Schüsse fallen, diesmal in der Hafenstadt Emden, verfolgen die Kommissare verschiedene Spuren. Alle führen weit in die Vergangenheit …

ELLA DANZ

Geschmacksverwirrung

368 Seiten, Paperback.
ISBN 978-3-8392-1248-6.

BISSEN ZUM ABSCHIED Kommissar Georg Angermüllers Stimmung passt zum grauen Novemberwetter in Lübeck. Erst vor kurzem zu Hause ausgezogen, fühlt er sich in den neuen vier Wänden noch ziemlich fremd. Und dann wird ausgerechnet in der Nachbarwohnung der Journalist Victor Hagebusch tot aufgefunden. Der Mann ist an Gänseleberpastete erstickt, die ihm mit einem Stopfrohr eingeführt wurde, und sitzt, nur mit einer Unterhose bekleidet, blutig rot beschmiert und weiß gefedert an seinem Schreibtisch. Alles sieht nach einer Tat militanter Tierschützer aus. Hatte der Journalist etwas mit der Szene zu tun? Angermüller folgt vielen Spuren, bis er auf eine überraschende Verbindung stößt …

SANDRA DÜNSCHEDE

Nordfeuer

367 Seiten, Paperback.
ISBN 978-3-8392-1244-8.

IN FLAMMEN AUFGEGANGEN Die Menschen in Nordfriesland leben in Angst und Schrecken. Ein Feuerteufel treibt sein Unwesen. 14 Brände hat er bereits gelegt – fünf davon allein in Risum-Lindholm.

Der Polizei fehlt jede Spur. Dann fällt die Grundschule im Dorf dem Brandstifter zum Opfer und im Lehrerzimmer des abgebrannten Gebäudes stößt die Feuerwehr auf eine verkohlte Frauenleiche. Die Kriminalpolizei geht von einem Unfall aus, doch Kommissar Dirk Thamsen und seine Freunde Haie, Tom und Marlene vermuten, dass ein Trittbretttäter dahinter steckt, der einen Mord vertuschen will …

GMEINER

Wir machen's spannend

Alle Gmeiner-Autoren und ihre Romane auf einen Blick

Naschmarkt-Morde **MADER, RAIMUND A.**: Schindlerjüdin • Glasberg **MARION WEISS, ELKE**: Triangel **MAXIAN, JEFF / WEIDINGER, ERICH**: Mords-Zillertal **MISKO, MONA**: Winzertochter • Kindsblut **MORF, ISABEL**: Satzfetzen • Schrottreif **MOTHWURF, ONO**: Werbevoodoo • Taubendreck **MUCHA, MARTIN**: Seelenschacher • Papierkrieg **NAUMANN, STEPHAN**: Das Werk der Bücher **NEEB, URSULA**: Madame empfängt **NEUREITER, SIGRID**: Burgfrieden **ÖHRI, ARMIN / TSCHIRKY, VANESSA**: Sinfonie des Todes **OSWALD, SUSANNE**: Liebe wie gemalt **OTT, PAUL**: Bodensee-Blues **PARADEISER, PETER**: Himmelreich und Höllental **PARK, KAROLIN**: Stilettoholic **PELTE, REINHARD**: Abgestürzt • Inselbeichte • Kielwasser • Inselkoller **PFLUG, HARALD**: Tschoklet **PITTLER, ANDREAS**: Mischpoche **PORATH, SILKE / BRAUN, ANDREAS**: Klostergeist **PORATH, SILKE**: Nicht ohne meinen Mops **PUHLFÜRST, CLAUDIA**: Dunkelhaft • Eiseskälte • Leichenstarre **PUNDT, HARDY**: Bugschuss • Friesenwut • Deichbruch **PUSCHMANN, DOROTHEA**: Zwickmühle **RATH, CHRISTINE**: Butterblumenträume **ROSSBACHER, CLAUDIA**: Steirerherz • Steirerblut **RUSCH, HANS-JÜRGEN**: Neptunopfer • Gegenwende **SCHAEWEN, OLIVER VON**: Räuberblut • Schillerhöhe **SCHMID, CLAUDIA**: Die brennenden Lettern **SCHMÖE, FRIEDERIKE**: Rosenfolter • Lasst uns froh und grausig sein • Wasdunkelbleibt • Wernievergibt • Wieweitdugehst • Bisduvergisst • Fliehganzleis • Schweigfeinstill • Spinnefeind • Pfeilgift • Januskopf • Schockstarre • Käfersterben • Fratzenmond • Kirchweihmord • Maskenspiel **SCHNEIDER, BERNWARD**: Todeseis • Flammenteufel • Spittelmarkt **SCHNEIDER, HARALD**: Blutbahn • Räuberbier • Wassergeld • Erfindergeist • Schwarzkittel • Ernteopfer **SCHNYDER, MARIJKE**: Stollengeflüster • Matrjoschka-Jagd **SCHÖTTLE, RUPERT**: Damenschneider **SCHRÖDER, ANGELIKA**: Mordsgier • Mordswut • Mordsliebe **SCHÜTZ, ERICH**: Doktormacher-Mafia • Bombenbrut • Judengold **SCHUKER, KLAUS**: Brudernacht **SCHWAB, ELKE**: Angstfalle • Großeinsatz **SCHWARZ, MAREN**: Treibgut • Zwiespalt • Maienfrost • Dämonenspiel • Grabeskälte **SENF, JOCHEN**: Kindswut • Knochenspiel • Nichtwisser **SKALECKI, LILIANE / RIST, BIGGI**: Schwanensterben **SPATZ, WILLIBALD**: Alpenkasper • Alpenlust • Alpendöner **STAMMKÖTTER, ANDREAS**: Messewalzer **STEINHAUER, FRANZISKA**: Sturm über Branitz • Spielwiese • Gurkensaat • Wortlos • Menschenfänger • Narrenspiel • Seelenqual • Racheakt **STRENG, WILDIS**: Ohrenzeugen **SYLVESTER, CHRISTINE**: Sachsen-Sushi **SZRAMA, BETTINA**: Die Hure und der Meisterdieb • Die Konkubine des Mörders • Die Giftmischerin **THIEL, SEBASTIAN**: Wunderwaffe • Die Hexe vom Niederrhein **THADEWALDT, ASTRID / BAUER, CARSTEN**: Blutblume • Kreuzkönig **THÖMMES, GÜNTHER**: Malz und Totschlag • Der Fluch des Bierzauberers • Das Erbe des Bierzauberers • Der Bierzauberer **TRAMITZ, CHRISTIANE**: Himmelsspitz **TRINKAUS, SABINE**: Schnapsleiche **ULLRICH, SONJA**: Fummelbunker • Teppichporsche **WARK, PETER**: Epizentrum • Ballonglühen **WERNLI, TAMARA**: Blind Date mit Folgen **WICKENHÄUSER, RUBEN PHILLIP**: Die Magie des Falken • Die Seele des Wolfes **WILKENLOH, WIMMER**: Eidernebel • Poppenspäl • Feuermal • Hätschelkind **WÖLM, DIETER**: Mainfall **WOLF, OLIVER**: Netzkiller **WUCHERER, BERNHARD**: Die Pestspur **WYSS, VERENA**: Blutrunen • Todesformel

GMEINER

Wir machen's spannend